U0113284

中国超算

“银河”“天河”的故事

龚盛辉 著

河南文艺出版社
·郑州·

图书在版编目(CIP)数据

中国超算:“银河”“天河”的故事/龚盛辉著. —郑州:河南文艺出版社,2017.9

(中国创造故事丛书/李炳银主编)

ISBN 978-7-5559-0588-2

Ⅰ.①中… Ⅱ.①龚… Ⅲ.①报告文学-中国-当代 Ⅳ.①I25

中国版本图书馆 CIP 数据核字(2017)第 186059 号

出版发行 河南文艺出版社
本社地址 郑州市鑫苑路 18 号 11 栋
邮政编码 450011
售书热线 0371-65379196
承印单位 河南瑞之光印刷股份有限公司
经销单位 新华书店
开　　本 700 毫米×1000 毫米 1/16
印　　张 17.25
字　　数 225 000
版　　次 2017 年 9 月第 1 版
印　　次 2017 年 9 月第 1 次印刷
定　　价 48.00 元

印厂地址 河南省武陟县产业集聚区东区(詹店镇)泰安路
邮政编码 454950 电话 0391-2527860

“中国创造故事丛书”总序

李炳银

人类社会的历史，一直伴随着对客观世界的认识和自然规律的理解。这一过程，就是科学开始和不断融合于社会生活实际的过程，也就是人类科学技术日渐发展更新的道路。

习近平总书记指出，历史证明，谁牵住了科技创新这个牛鼻子，谁走好了科技创新这步先手棋，谁就能占领先机、赢得优势。长久以来，国际范围内的竞争，综合国力的竞争，其关键是科学技术的竞争，科技进步和创新是增强综合国力的决定性因素，对经济和社会发展具有先导性、全局性的意义，增强创新能力关系到中华民族的兴衰存亡。发展教育与科学，是文化建设的基础性工程，是推动经济和社会发展的决定性因素，加强科学技术创新和教育创新，有助于发展教育。创新是一个民族的灵魂，是一个国家兴旺发达的不竭动力。

中国曾经是一个科技文明发达的国家，拥有灿烂的文化和丰富的科技创造成果。后来因为长久相对恒定僵化的社会制度，再加上自我禁锢和故步自封，到了近现代，在科学技术领域明显落后于西方国家，结果遭受西方列强铁船火炮的凌辱。后来有人“睁开眼睛看世界”，提出了“以夷治夷”，开展“洋务运动”等主张，都是在感受到科技落后的基点上的自醒与奋起。中华人民共和国建立之后，国家独立，科技进步，日新月异。特别是自20世纪后期开始的改革开放以来，科技是第一生产力的观念得到确认，科学发展的自觉和行动愈加坚定，科技体制改革在加快，科技创新的成果不断地涌现出来，令人振奋和自豪，也让国家的尊严和综合实力获得很大提高。如今，科学技术不断更新换代，中国已经在不少科技项目中站在了世界的前列，令人至为高兴和振奋。因此，热情走近像青藏铁路建设、杂交水稻品种培育、高速铁路、航天科技、海洋深潜、超级运算、大飞机制造等这些立足于自主创新基础上的，表现了中国人独特的科技创造精神，并领先世界的科技成果项目，感受和理解中国科学家的科学思想、科学精神、科学创新、科学担当、科学情怀等丰富的内容，向科技创新致敬，就应该成为文学表达的优先选择。这也正是“中国创造故事丛书”策划、组织和书写、出版的初衷所在。

“中国创造故事丛书”以报告文学的形式，向读者真实展现我国近些年来的重大科技成果和高科技领域许多优秀人物的动人故事，目的在于提高对科技创新活动的认识和主动参与的自觉，推动中国全社会，特别是青少年形成学科学、爱科学的良好氛围。高科技成果的不断涌现，是中国国家力量和民族智慧创新精神的表现，真实生动地给予文学呈现，在增强民族自信心，增进爱国主义精神和普及科技知识的同时，积极弘扬科学精神，提升全社会创新发展意识水平，实现中华民族伟大复兴的中国梦，具有非常重要的现实意义。

参与这套丛书写作的作家，都是活跃于当今中国报告文学创作领域的骨干力量。他们不尚空谈，也没有无视和躲避现实社会生活的巨大改变，他们热情地抵近社会生活的前沿，在很多伟大的科技创造现场，在很多动人的科学人物故事中，在很多振奋人心的科技创新技术面前，在很多足以提振国人自豪骄傲的伟大创造成果获得中，很好地表现了文学家的热情，表现了文学对科学的致敬。如果说，提高全民科学素质，普及科学知识，弘扬科学精神，传播科学思想，倡导科学方法是科技工作者义不容辞的责任的话，那么，这套丛书的写作和出版，也是作家通过真实艺术表达的特殊方式参加科学推广和普及的一种表现，相信会产生积极的社会影响。

感谢所有参与这套丛书的作家和出版人士。

2017年7月26日

目录

Contents

第一章　朝阳喷薄

“算”出来的军事强国

1991年春末，沙特阿拉伯首都利雅得纯净如洗的天空，笼罩着战争的阴影，弥漫着浓厚的硝烟味。从伊拉克升空的“飞毛腿”导弹，一枚接一枚地扑向这里。哪知它们刚接近利雅得上空，就遭到美军紧急部署在这里的“爱国者”反弹道导弹系统的成功拦截，在高空炸开一团团绚烂的火花。

伊拉克攻击利雅得的数十枚“飞毛腿”，被“爱国者”变成了美军庆祝胜利的礼花。

一时间，“爱国者”成为各国导弹的“克星”、世界军事领域的“战神”，更是美国人心目中名副其实的爱国者和顶礼膜拜的英雄。

“爱国者”到底有何种魔咒，能让“飞毛腿”尽数灰飞烟灭？

先来看看“爱国者”弹道导弹防御系统的作战流程，也就是“飞毛腿”走向毁灭的过程吧：

“飞毛腿”导弹从伊拉克地面阵地点火升空，美国紧急向伊拉克上空飘移的作战卫星第一时间捕捉到“飞毛腿”的踪迹，并迅速将它的飞行数据发送到远在美国本土的五角大楼数据中心——五角大楼数据中心的超级计算机只需3~5秒便能算出“飞毛腿”飞临利雅得上空的时间、轨道及“爱国者”迎击的时间、方位等参数。五角大楼数据中心再将这些数据通过卫星通报利雅得美军“爱国者”导弹基地——导弹基地官兵只需按照超级计算机给出的数据操作“爱国者”，便可准确无误地将迎头飞来的“飞毛腿”化为高空礼花。

明眼人一看便知，真正的英雄并不是“爱国者”，而是远在美国本土五角大楼里的超级计算机！

其实，超级计算机应用于“爱国者”弹道导弹防御系统作战，只是它在军事领域应用的冰山一角。可以说，计算机技术的问世、兴起及其发展，都离不开军事活动的牵引与驱动。

20世纪40年代初，二战前线的美军将士急需先进的火炮实施炮火支援，而研制这种火炮需要一台“计算速度比炮弹飞行速度还要快”的计算机来计算，于是美国启动了世界上第一台数字计算机ENIAC的研制计划。

此时，“世界数学奇才”、美国曼哈顿计划的高级顾问冯·诺伊曼，肩负着解决核武器的数学计算重任，正为解决曼哈顿工程中的大规模科学计算问题而绞尽脑汁。那天，他在阿伯丁火车站与计算机专家戈德斯丁相遇。戈德斯丁出于对这位数学大家的景仰，主动上前与冯·诺伊曼搭讪，冯·诺伊曼起初并不热情。可当戈德斯丁说出自己正在开发一台每秒钟能执行333次乘法运算的计算机时，冯·诺伊曼的谈兴陡然高涨，两人从此成为诤友。

不久之后，在戈德斯丁的引荐下，冯·诺伊曼来到了ENIAC研制实验室。冯·诺伊曼与该计算机研制负责人埃克特和莫奇利一见面，便就计算机技术问题进行了深入交谈，并欣然担任了ENIAC的研制顾问。

冯·诺伊曼在与莫奇利、埃克特及小组其他成员的深入交流中，不断萌发创新想法，并积累形成了“存储程序计算机”、二进制等一系列计算机创新理论，为 ENIAC 成为人类第一台真正能用于科学计算的计算机做出了决定性贡献，而且为计算机技术的发展带来了革命性影响，成为计算机结构技术发展的“奠基石”。冯·诺伊曼由此赢得了“计算机之父”的美名。

人类真正意义上的计算机 ENIAC 在美国诞生后，美国的计算机技术与军事科技便如同“孪生兄弟”，相互携手、齐头并进：军事科技对科学计算的需求“一浪高过一浪”，牵引着计算机技术发展滚滚向前；不断跃升的计算机技术平台，强力助推着军事装备“后浪推前浪”。

众所周知，战略武器在当今时代已经成为一个国家维系和平的主要力量、必备利器，而研制战略武器需要进行大量实验。但采用实爆实射的实验方法，将付出巨大的环境代价，面临重大的国际压力。为避免这些问题，美国首先在世界上尝试运用超级计算机进行战略武器模拟试验，得出的参数与通过实爆实射的效果基本相同。凭此“独门绝技”，美国在联合国唱起了“高调”，提出在世界上“禁止核实爆”，以保持它的世界“核霸”地位。

可以说，美国超级计算机水平有多高，其战略武器的水平就有多高。

超级计算机的另一个重大用途，是用于航天、航空领域的科学计算。美国为什么拥有世界最先进的导弹、卫星和飞机？重要原因就在于它有世界无二的超级计算机技术平台。

据统计，美国波音公司 60%到 70%的研发工作，就是通过超级计算机的科学计算完成的，美国先进军用战机的设计研制就更是如此。

超级计算机还可以进行精密的作战模拟，它可以根据现实情况预设成千上万种作战方案，然后通过计算和分析得出最优化的方案。运算能力越强，可以预设的作战方案越多，计算速度也就越快，分析结果也就越接近实战。

可以说，当今美国已将超级计算机应用到军事领域的每一个角落。

因此有人说："美国的军事强国地位是'算'出来的。"

美国人自己说得更直白："我们美国的超级计算机主要用于战略武器研究！"

超级计算机不仅应用于军事科技，还广泛应用于现代社会进步的各个领域。毫不夸张地说，当今时代，没有哪一个学科像超级计算这样，在科学研究中运用得如此广泛、如此深入、如此前沿。正如计算机专家所说："超级计算机算天、算地、算人，比如运用超算给大地做CT（计算机层析成像），可以又快又准地找到石油；运用超算分析人类基因，能够解读生命的奥秘；运用超算做风洞，设计的飞机可以飞得更快、更高、更省油……"

人类的现代生活，都与超级计算机发生着直接或间接的联系。

比如，运用超级计算机进行以水稻、玉米、生猪等为主要对象的基因工程研究，让粮食产量更高、味道更美、营养更丰富，使生猪长得更快、肉质更好，更有利于人类健康。

比如，超级计算机让各种新药研制周期从数年甚至十年缩短到一年以内甚至几个月，让需要化疗、放疗的癌症病人的基因检测过程由一两个月缩短为几分钟。

比如，超级计算机能在几秒内算出未来一周的天气情况，在一天内完成过去几年甚至几十年才能完成的计算工作，甚至可以预测地震、海啸等自然灾害。

比如，超级计算机可以完成让人们直呼"酷极""过瘾"的动漫渲染。美国电影《阿凡达》《生化危机2》以及国产电影《关云长》、新版电视剧《西游记》等影视剧精彩绝伦的后期特效，都是超级计算机的功劳。

…………

超级计算机还被誉为人类探索自然奥秘的"天文望远镜"。它可以帮助人们更好地发现自然规律、理解自然规律、掌握自然规律，从而推动科学的进步。德国科学家彼得·格林贝格尔，借助超级计算机发现了“巨磁电阻”效应，使得小型大容量硬盘的问世成为可能，获得了2007年诺贝尔物理学奖。

超级计算机不仅能算过去、算现在，还可以算未来——

汽车、飞机、轮船制造如何改善空气/流体动力学结构，减少燃料消耗和噪声，提高防撞强度和乘坐舒适度？

如何防范和减轻气候变化带来的破坏？

如何寻找人类疾病治疗的革命性方法？

地震给人类的生命财产带来的危害实在太大，如何通过预警降低地震给人类带来的损失？

影响社会健康和安全的因素有哪些？如何应对它们？

如何突破地球物理学中的大数据处理与模拟，从而找到地球演变的规律？

天体是如何演变的？

高经济价值物质在哪里？它们的反应规律如何？怎样找到它们？

人类活动、社会发展到底有无规律，又如何找到它们的规律？

…………

这些涉及交通工具制造、气象预报、生物信息、地震监测、地球科学、天体物理、公共健康、材料科学、人类/组织系统研究等几乎涵盖科学研究的每一个领域和社会生活方方面面的科学难题的解决，都有赖于超级计算机的帮助。

换言之，当今时代离开了超级计算机，人类对高精尖科学问题的探索将举步维艰，甚至寸步难行！

随着人类认识的不断拓展和深化，尤其是现代大科学、大工程、大数据的出现，以超级计算机为平台的超级计算，在科技发展领域，已渐渐与科学理论、科学实验“并肩而立”，成为“支撑现代科技大厦三大支柱”

之一，是国家科技竞争力的重要标志。

正如国际TOP500（前500名）排行榜编撰人之一、美国田纳西大学杰克·唐加拉教授所言："全球研制运算最快超级计算机的竞争，与国家荣誉密切相关。因为这种超级计算机在处理与国家利益密切相关的国防、经济、能源、财政与科学等领域，发挥着巨大的作用。"

美国总统2005年曾咨询属下的信息技术委员会："超级计算机有什么作用?"

该委员会是这样回答他的："计算科学是确保美国21世纪战略地位的重要手段，而超级计算机是实现计算科学的最重要的载体。"

正因为这样，美国政府拼尽全力角逐这一战略技术制高点，形成了得天独厚的产业优势，并努力在这一领域领跑世界。

美国从研制出世界第一台数字计算机ENIAC后，在计算机领域的"霸主"地位始终无人撼动。在2010年之前，国际TOP500创建后举行的数十次颁奖大会上，荣膺前三名的全是美国、英国、日本等传统计算机强国的公司，而冠军头衔则几乎被美国囊括。

因此，我国的科学家把中国与世界大国在超算领域的竞争与角逐，喻为"高科技领域的上甘岭战役"。

苏联专家的赌注

高科技直接决定着国家的前途命运，这个领域是没有硝烟的前沿战场。中国与世界强国在计算机技术领域的竞争与较量，是在极不平等的条件下开始的——

1946年2月14日，当美国宾夕法尼亚大学教授莫奇利、讲师埃克特和现代计算机理论奠基人冯·诺伊曼举起香槟酒，庆贺他们研制成功世界上第一台电子管数字计算机时，中国当时的统治者蒋介石刚刚向他的爱将杜聿明下达了向中国共产党东北民主联军发起进攻的命令，内战进入白热化阶段。

1949年10月1日，“东方雄狮”在毛泽东“中华人民共和国中央人民政府成立了”的庄严宣告声中站立起来。然而，刚刚站立起来的“东方雄狮”，虽然有着庞大的骨骼，却还没有强劲的肌肉，依然显得有些瘦弱。

科学技术是让“东方雄狮”尽快健壮起来的最有效的“强身剂”。

1956年，国家计划委员会、中国科学院和其他有关部门联合制定了1956—1967年“十二年科学技术发展远景规划”，把电子学列为国家科技12项重点任务的第三项。计算机技术是其中的紧迫任务之一，为此成立了计算技术研究所筹备委员会，中国科学院数学所所长华罗庚担任委员会主任。

中国在世界上第一台计算机诞生20年后，终于吹响向计算机科学与技术进军的集结号！

这年秋的一天清晨，我人民海军东海舰队鱼雷快艇奉命出海巡航。辽阔的海面上笼罩着浓雾，一片朦胧。舰上官兵各就各位，睁大眼睛警觉地搜索着四周海面。

突然，官兵们发现左前方约一公里处有一可疑目标。我鱼雷快艇悄悄向目标靠近，十几分钟后终于透过迷雾隐约看见一艘快艇。

“台军舰艇！”舰长判断，迅速发出战斗指令，“准备发射鱼雷！”

这时敌舰显然已发现我舰，快速掉转航向，转眼没入茫茫浓雾，逃之夭夭。

晚上，台军快艇再次出现。我鱼雷快艇再次出港迎敌，可刚刚发现目标，敌舰又在夜色掩护下迅速逃走了。

台军舰艇为何如此猖狂？那是因为他们抓住了我军装备的“软肋”。

新中国成立之初，根据国家“积极防御”的战略方针，人民海军重点发展海军航空兵、潜艇和鱼雷快艇。也就是说，鱼雷快艇是人民海军的主力装备之一。而当时的鱼雷快艇是从苏联进口的，它的鱼雷发射瞄准仪是一个机械式三角杆，只能用肉眼瞄准目标。这种瞄准方法，在航速极快、颠簸剧烈的鱼雷快艇上难以稳定精准，尤其在雾天和夜间，根本无法遂行作战任务。

我军鱼雷快艇要实现全天候作战，必须尽快研制出鱼雷快艇指挥仪：它基于计算机平台，能够根据雷达信号准确计算敌舰航向、航速、距离，并结合我舰航向、航速，准确计算鱼雷发射角度、发射时间等数据。有了它，鱼雷手只需根据这些参数发射鱼雷，便能准确击中目标，无论白天黑夜、雾天雨天，无论敌舰行踪多么诡秘，只要胆敢来犯，我舰官兵定能及时发现目标，并在第一时间将其埋葬海底！

鱼雷快艇指挥仪当时是国际先进军事技术，世界军事强国对华实行禁运，就连苏联“老大哥”都捂得紧紧的，其设计图纸连看都不让中国人看一眼，一切都必须自己去摸索、去创造。

海军司令部将研制鱼雷快艇指挥仪的重担交给了中国人民解放军军事工程学院（因校址在哈尔滨，又简称“哈军工”）。鱼雷快艇指挥仪将是我国第一台专用数字计算机，因此哈军工在接受这一任务时，不仅没有实验室，就连一台设备、一点原材料都没有，连见过计算机的教员也没几个，甚至知道计算机采用二进制的都屈指可数。

苏联“老大哥”派到哈军工海军工程系的专家，听说系里要自己设计制造专用数字计算机，一个劲地耸肩摇头，好心地劝道：“计算机不是谁都能搞的，要有苏联科学院列别捷夫院士这样的大专家才能动手，你们这些中国同志是不是想得太简单了？如果你们真想搞计算机，我建议你们还是先派人去苏联学习，然后走仿制的路吧。否则，我敢打赌，你们绝对搞不出来!”

这话传到学院院长刘居英的耳朵里，刘居英也和苏联专家一样摇着头说：“这些苏联‘老大哥’呀，忘性真大，他们忘了已经和我们赌过一回，而且输得很惨。又来和我们打赌，他们太不了解我军官兵了。”

“老大哥”专家第一次和刘居英打赌，是在哈军工创建的1953年。军事工程学院创建后，工兵工程系招收的第一期学员中，有一名叫谭国玉的学员入学前只有小学文化程度，可当时在部队，他已经算个文化人了。加之他出身贫寒，7岁就给地下党送信，17岁参加东北抗日联军，与日寇浴血奋战；解放战争中他参加了辽沈、平津、衡宝等一系列战役，从东北一直打到广东沿海，多次立功，是第四野战军某部“老虎连”指导员。因此，部队坚持保送他到军事工程学院学习。谭国玉十分感激部队的关怀和器重，拍着胸脯向部队首长表态：“我一定发扬战争年代的战斗作风，保证‘人在阵地在’，坚决完成学习任务!”

可一到学校预科班学习，却发现自己对数、理、化一窍不通，上课听不懂，下课读不懂，头两个月测验，没有一门功课及格，编班考试，5门功课一共只得了7分（5分制）。

苏联顾问对学院招收谭国玉很有意见：“作为最高学府，怎么能招收小学毕业生呢?”苏联首席顾问奥列霍夫还对院长刘居英说：“这名学员将来肯定毕不了业。”刘居英却肯定地说：“他肯定能毕业。”奥列霍夫说：“那我们打赌。”刘居英说：“好，我们就赌一回。”

面对学习上的重重困难，谭国玉自己也有些畏惧了，坚决要求退学回部队。陈赓了解到这一情况后，把谭国玉叫到家里共进午餐，边吃边细声批评他说：“你口口声声‘人在阵地在’，实际上是啥也不在，给你创造了这么好的学习条件，不好好学习，还要求走。”谭国玉低着头说：“我怕以后学习越来越难，我日子不好过不说，还给部队丢脸。”陈赓突然严肃起来：“你现在要求退学，就不给部队丢脸了？你真不想给部队丢脸，就给我守住这个阵地，在学习上也打他个漂亮仗!”谭国玉既感动又惭愧，起身一个立正：“陈院长，我死也要死在这里!”

谭国玉以顽强的毅力重新投入学习。白天上课认真听讲，不懂就问，老师提问时，他总是第一个举手回答，从不怕当众出丑。晚上熄灯后，他一个人溜出宿舍，站在走廊、过道的灯下，或是躲在灯光暗淡的地下室、锅炉房学习。有时被队干部发现了“揪”回宿舍，他就躲在被窝里打着手电看书。那阵子他每天只睡三四个小时，眼睛熬成了熊猫眼，身上瘦成皮包骨。有两次，队干部凌晨起来查铺，见他床上空空的，找到地下室，发现他昏倒在冰冷的水泥地上。

在艰辛的汗水里，谭国玉的学习成绩不断进步。在文化补习班后期的一次数学测试中，他第一次得了个3分，接着化学、物理测验也都及格了。尽管在升学考试中，谭国玉仍有两门不及格，但学院领导依然决定让他继续留下试读一年。

陈赓再次把谭国玉请到家里，满怀期望地对他说：“本来按规定，两门不及格是要作退学处理的。但看你苦大仇深觉悟高，学习又刻苦努力，学院再给你一次机会，你可要好好珍惜呀。”

谭国玉被学院领导的信任深深地感动，守住学习阵地的决心更大了。他渐渐摸索出了一套行之有效的学习方法：注意弄懂基本概念和基本原理；边学大学课程，边巩固中学知识；笔记完整，小结及时……他的学习成绩突飞猛进。第一个学期期末考试，只有个别功课不及格；第二个学期期末考试，全部功课都及格；第三个学期期末考试，成绩开始出现4分；第四个学期期末考试，成绩开始出现5分；第五个学期期末考试，成绩全部4分以上；第六个学期期末考试，成绩全部5分。

任课教师对他的神速进步，既高兴又不敢相信。一次，在他考试得了5分后，又拿一张试卷让他考，结果还是5分。

苏联顾问团更是深表怀疑。此后，谭国玉每次考试，工兵工程系顾问克拉辛柯夫都到场“陪考”，最后他终于深信不疑了，高兴地对科主任说：“从谭国玉身上，我看到中国人民解放军是战无不胜的。”

最后，在铁的事实面前，苏联首席顾问奥列霍夫不得不向刘居英认输：“你赢了，我输了。你的学员真是了不起！”

刘居英笑着说：“我敢肯定地说，他们这回肯定还会输。”

陈赓听了这事，也鼓励电子管计算机研制小组：“别管他什么列别捷夫，我们干我们的！不一定都照着苏联的办，舰艇上落后的机械拉杆式指挥仪，一定要研制出新产品来取代它。经费、材料有困难，找院领导、系领导，让他们出面去解决。”

年轻教员柳克俊同样不信邪。1956 年，先后完成清华大学本科、“哈工大”硕士学业的他，被陈赓点将到哈军工工作后，直接前往江南造船厂担任军代表，负责验收从苏联引进的五种舰艇指挥仪。苏联提供的关键设备进厂后，柳克俊仔细检查每种指挥仪时，发现大部分是二战期间用过的旧设备，技术性能不达标。柳克俊拒绝在验收单上签字。

苏联专家咄咄逼人地问：“为什么不签字？”

柳克俊理直气壮地答：“你们这是旧设备，性能不达标！”

苏联专家做出一副无奈状：“那你说怎么办？”

柳克俊指着手中两国签署的协议说：“按合同办事，换新的。”

苏联专家耍起了蛮横：“那不可能！”

柳克俊也不示弱：“那我坚决不签字！”

在柳克俊的坚持下，苏联专家只得把旧指挥仪打包运回国内，换来了新的指挥仪。

柳克俊也是哈军工较早接触计算机技术的教员之一。1956 年，他从一本学术期刊上看到英国人正在搞计算机，便一下子被“这个神秘的东西”迷住了。还不知计算机是啥模样的柳克俊，对照着一篇科普文章，运用自己在本科和研究生期间打下的机电专业和自动控制专业理论，对计算机科学的世界展开了丰富的想象和深入的思考：算盘与计算机有什么区别？珠算口诀与计算机软件有什么联系？计算机中与算盘珠子对应的部件是什么？计算器是如何移位的？数据是如何输入机器中的……经过几个月的琢磨，他终于弄清了计算机的基本原理，并萌生了运用计算机技术制造鱼雷快艇指挥仪的念头。

1957 年夏天，柳克俊作为翻译兼秘书，跟随以刘居英院长为团长的军事工程学院代表团，出访苏联、波兰、捷克斯洛伐克。在苏联，柳克俊终于看到了朝思暮想的计算机。“这个神秘的东西”像个巨大的磁场，紧紧地吸住了他的目光，让他流连忘返。

回到学院，柳克俊向系领导撰写了《关于发展舰用计算机，研究试制供快艇用的快速电子指挥仪的报告》。海军工程系主任黄景文、政委邓易非接到这位年轻人的报告非常激动，他们欣然批示：“柳克俊同志的报告，写得很好，同意搞。要有中国人的志气，一定要搞好，相信一定能搞好！”并迅速将报告上呈学院。学院领导也非常重视，在第一时间上报海军领导机关，并积极组织方案汇报，争取早日启动项目。

1958 年 4 月，哈军工把鱼雷快艇指挥仪研制定为“一号任务”。

海军工程系为此召开专门党委会，成立了由系副主任慈云桂直接领导、柳克俊任组长、胡守仁任指导员，以胡克强、陈福接、卢经友、耿惠民、张玛娅、盛建国等为成员的“331”（后改为“901”）型电子管数字计算机研制小组。这是一支年轻的科研队伍，平均年龄只有 25 岁。直接领导这项任务的系副主任慈云桂，在课题组中年纪最长，当年也只有 40 岁；课题组指导员胡守仁，刚 30 出头；课题组组长柳克俊，则只有 25 岁。

散会后，主任黄景文、政委邓易非又把慈云桂留下，推心置腹地说：“老慈呀，这可是我们学院承担的第一个重大科研任务，我们不具备任何条件，什么都要从头开始，任务艰巨，你肩上的担子重、压力大呀！”

慈云桂起身立正，响亮地回答：“请主任、政委放心，再大的压力我也要扛着，一定要把机器搞出来！”

“流亡者”之梦

“书琴，好日子来了！”伴随着悠长的熄灯号，慈云桂推开家门，对着正在洗衣服的夫人琚书琴兴高采烈地说，“我终于等到这一天了！”

琚书琴抬头微笑着问：“啥事让你这么高兴？”

慈云桂喜不自禁地说：“我们系要搞专用数字计算机，用作鱼雷快艇瞄准仪，系里让我负责这项工作。如果搞成了，人民海军的鱼雷快艇就能实现全天候作战！”

琚书琴说：“这不正是你天天想、日日盼的事吗？”

慈云桂说：“是啊，我盼它都盼了二十年了，现在终于可以为国家、为军队做些实实在在的事情了。”

夜深了，家人入睡了，军营安静了。

慈云桂依然兴奋难抑，他坐在阳台上，看着一颗颗流星从天际划过，仿佛又看到那一个个从他身边离去后再也没回来的同学，耳畔又响起俯冲的战机那尖厉得扎人心窝的轰鸣声……

1917 年 10 月，他出生于安徽桐城的一个耕读世家。他的故乡——外坂村，南望一汪清澈的湖水，北依一座高高的山冈，东临一条滔滔的大河，是个风景秀丽的鱼米之乡。慈家门前的两棵梧桐，笔直挺拔，树高参天，根须如龙卧地，冠似巨伞庇荫，树上长年有喜鹊驻窝。因此，周围人家都说慈家风水佳、门庭好，将来要出名人、发大财。

慈云桂的祖父是清末秀才，父亲虽然只念了四年私塾，此后终生务

慈云桂夫妇

农，但他一生好学，深受邻里敬重。贤淑的母亲待人温厚，遇事克己，教子上进，对慈云桂影响很大。慈云桂自幼聪颖，5 岁读私塾，7 岁会写文章，8 岁能作诗。他记忆力超人，《滕王阁序》教读一遍，便能一字不差背诵下来。9 岁上小学直至初中毕业，每次考试都名列榜首，1936 年以优异的成绩顺利升入安庆高中。

安庆高中是安徽省立重点中学，校园宽敞雅静，师资力量雄厚，学习氛围浓郁，老师个个奉公敬业、诗书满腹，学生人人创优、个个争先。哪知，正当慈云桂发奋苦读、日有上进之时，随着“卢沟桥事变”爆发，全面抗战拉开序幕，慈云桂开始了“流亡读书”的生活。

1937 年 8 月，淞沪抗战爆发，日军飞机深入安庆狂轰滥炸。安庆中学被迫西迁，慈云桂和 800 多名高中同学南渡长江，步行数百里，来到江南九华山，借住在老百姓家里，艰难地继续学业。

12 月，日军占领南京，发生了震惊中外的“南京大屠杀”。他所在的中学被迫提前期考，然后就地解散。慈云桂和同学们冒着敌机轰炸的危险，从九华山重返江北，步行几百里回到家乡桐城。

1938年春节刚过，他听说叔祖慈克庄受省教育厅委任，在皖南重镇至德县组建第四临时中学。于是，慈云桂又和同学们迎着鹅毛大雪，再次南渡长江。可仅在几个月里，芜湖、宣城、安庆、马当、小孤山相继沦陷，日军大举进攻大别山。第四临时中学又被迫转移，全校500多名师生步行千余里，辗转到皖南的屯溪镇。

哪知，不到一个月，日军又跟过来了。500多名师生怀着仇恨与眷恋交加的心情，一步一回头地离开故土，开始了向湘西转移的苦难征途。夏日的南方，骄阳似火。他们和成千上万的灾民手牵着手，队伍逶迤数十里，艰难地行走在崎岖泥泞的山路上。一路上，他们风餐露宿、忍饥挨饿，还经历了敌机的几十次轰炸，可谓尽历艰辛。

3个月，他们跋涉了3000多公里，从皖南重镇至德县，来到湘西洪江镇的一座破庙里。

3个月，与他同时从皖南出发的近400名同学，到湘西时，只有50多名了。慈云桂目睹了近百名同学离去的情景，他们有的倒在敌机的轰炸之下，有的倒在极度的饥饿里，有的被凶恶的病魔夺走了生命……几乎每一天都有同学和老师在他身边倒下，再也没有起来。

初到湘西的半年里，他几乎每天晚上都做噩梦，梦见敌机在头顶盘旋，敌机俯冲时那尖厉的声音在耳畔回响，然后一个同学倒下去，又一个老师倒下去……

每次梦醒后，他都不由自主地叹息一声："要是中国也有很多很多先进的飞机多好啊，那样日本人的飞机就不敢来了，这些老师、同学就不会倒下，我们就可以坐在安静的教室里上课……"

渐渐地，这一声声叹息，在慈云桂心里凝铸为一个坚定的声音："将来，我一定要成为一名航空专家，造出比敌人更多、更好的飞机！"

这个钢铁般的声音，促使他更加发奋读书。1939年7月，他从安徽省立临时八中毕业后，以优异的成绩考入西南联大航空系。可遗憾的是，正在他踌躇满志要投身中国航空事业之时，因长途奔波、长期流亡、身体虚弱，突然重病缠身，无力再长途跋涉前往昆明的西南联大报到。征得校方同意，慈云桂只能就近借读湖南大学。由于湖南大学没有航空专业，他只能改读机械专业，不久又改为无线电专业。

尽管此时湖南大学已从长沙西迁到湘西辰溪大山里，可日军飞机依然数次轰炸校园。他怀着坚定的报国意志抱病苦读，学习成绩依然出类拔萃，在学校中文、数学和英文等竞赛中，屡拔头筹，深受老师同学们的称赞。1943 年，慈云桂以优异的成绩考取昆明清华大学无线电学研究所研究生，致力于微波理论与雷达技术研究。抗战胜利后，已研究生毕业的慈云桂随清华大学重返北京，被分配到物理系负责创建无线电实验室。正当他准备为发展国家无线电事业大干一番时，内战爆发了。

内战，让慈云桂明白：只有共产党领导下的中国，才能真正让中国人站立起来。

1949 年 12 月 1 日，中华人民共和国中央军委命令组建大连海军学校，并面向全国选调教员。

慈云桂得此消息，感到自己“过去没有参加轰轰烈烈的革命斗争，现在应该参加到一个伟大的新建设中去，将来能留下美好的回忆，而无愧于子孙。祖国有 36000 多里海岸线，必须如毛主席说的‘一定要建设一支强大的海军’，因而参加海军是当前一个光荣而伟大的任务；而无线电、雷达又是现代化海军的重要科技，自己参加进去，必将随着海军事业的发展而取得很大的成就。坚信人民海军将来也会十分强大，自己科学技术方面的特长一定能够得到充分的发挥，有无限的发明创造机会和前途”。

于是，慈云桂于 1950 年 4 月告别自己学习工作了 7 年的母校清华大学，携妻儿离开北京，来到大连参与中国海军院校的建设。他为学校教学、科研打开局面做出了重大贡献，很快晋升为副教授，并被任命为通信系副主任。

1952 年，中央军委决定筹建哈军工。首任院长兼政委陈赓，亲自前往大连海校挑选老师，并点名要见慈云桂。1954 年 11 月，慈云桂举家调到哈军工，他担任海军工程系首任雷达教授会主任。施展才华的舞台更加宽敞了，慈云桂为海军建设做贡献的理想也更加高远了。

1956 年夏，慈云桂带领海军工程系学员到海军部队实习。一天，他与

哈军工成立典礼

学员登上苏联制造的鱼雷快艇出海演习。

高速航行的鱼雷快艇发现预设目标后，艇长果断下达指令："发现目标！瞄准！"

一名战士紧急操作机械三角杆计算机进行攻击数据计算，哪知接近目标了，他还没完成计算任务，错过了最佳攻击时机。

站在一旁的慈云桂把这一切都看在眼里：快艇航行速度快，海浪颠簸厉害，用肉眼观察计算，根本就来不及。白天尚且如此，夜间、雾天怎么办？今天这是演习，打不中目标，顶多算个训练成绩不合格。要是实战呢？那可是要舰沉人亡的，那可就是打败仗了！

从那时起，慈云桂就开始琢磨如何用现代化手段取代古老的鱼雷快艇三角瞄准器。

1957 年夏天，慈云桂作为中国人民解放军院校参观团成员，随团出访苏联、波兰、捷克斯洛伐克，他见到了梦想中的计算机。看着计算机上那闪闪烁烁的指示灯，慈云桂嘴巴里不由自主地念叨着："计算机啊计算机……"

回到下榻的宾馆，计算机那一排排指示灯还在他头脑中不停地眨巴眼睛，牵引着他的思维不停地运转——如何把计算机技术学到手呢？

1957 年 9 月，慈云桂完成考察任务，搭乘国际列车返回祖国。列车在俄罗斯广袤的土地上奔驰，慈云桂的大脑也在不停地思索：计算机是当今世界新兴科技，无论如何不能落后于别人啊。

回国后，慈云桂立刻到图书馆查阅计算机资料，意外发现在美国无线电工程学会最新一期杂志上发表了一篇关于数字计算机的综合性论文，对计算机的过去和未来做了全面细致的分析、论证和预测。

读完论文，慈云桂的信念更加坚定：一定要把计算机技术应用到军队建设上，直接为提升我军战斗力服务！

现在机会终于来了，党组织把研制鱼雷快艇指挥仪的光荣任务交给了自己！

慈云桂默默地对自己说："哪怕困难再多、肩上压力再大，就是压掉身上几十斤肉、压矮半截身子，也要把人民海军的鱼雷快艇指挥仪打出来！"

聂荣臻元帅哼小曲

满怀报国热情和创新欲望的慈云桂，就像一叶蓄足动力开始远航的风帆，乘风踏浪，奋勇疾进。

研制小组成员大部分是"计算机盲"。慈云桂说："那些计算机专家也不是生下来就懂计算机。我们又不比他们笨，他们能成为专家，我们为什么不能？再说我们绝大部分同志来自雷达教研室，与电子计算机学科学缘相近，同属电子学这片'水域'，熟悉'水情'，容易举一反三、触类旁通。虽然搞科研不像打仗那样，凭着不怕牺牲的精神和压倒一切的气势，把枪一端、头一低，一鼓作气就能冲上制高点，但我们可以像攀登悬崖那样，虽然很难，只要找准了路径，就可以抠着崖缝往上爬，终会攀到山顶上。"

于是，"901"总负责人慈云桂、研制小组组长柳克俊、指导员胡守仁，与大家一块"一手拿着书本，一手拿着万能表"边学边干，一步一步地攀"悬崖"。

科研就像"鸡生蛋"，要想有"蛋"，就必须先有"鸡"。"蛋"不能无中生有、凭空而来。现在，研制小组渴望得到"901"电子管专用计算机这枚"蛋"，却没有"鸡"：实验室、科研设备、原材料……一无所有。

“901” 军用电子计算机研制现场

对此，慈云桂也很乐观：“世界上到底是先有鸡再有蛋，还是先有蛋再有鸡？生物学界争论了多少个世纪也没有定论。但不管是先有鸡还是先有蛋，这第一只鸡或者第一枚蛋，都是无中生有的。咱们‘901’计算机为什么就不能无中生有？”

于是，没有实验室，他们就借用系里的雷达实验室，开辟了这场攻坚战的第一块“根据地”。

计算机系统由运算系统、控制系统、存储系统、输入输出系统等部分构成。其中存储系统在计算机技术发展中具有里程碑意义，是传统计算器向现代计算机转变的关键技术，亦是计算机研制的重中之重、难中之难。没有它，计算机无从谈起。而研制它，哈军工根本不具备条件。

慈云桂亲自担任这一重大关键技术攻关人。为攻克这一技术高峰，他带领一队人马远赴北京，寻求“火力支援”。

慈云桂一行人，首先来到国防科委大院，走进了国防科委副秘书长安东少将的办公室。慈云桂说：“首长，我们正在研制鱼雷快艇指挥仪——‘901’专用计算机，可我们没条件，经验也不足啊。”

安东将军高兴地说：“你们承担的鱼雷快艇指挥仪项目，可是人民海军现代化建设的标志性项目。有什么困难尽管说，我能办的一定办！”

慈云桂汇报完情况后，安东将军拿起电话要通了国家科委副主任李强：“李副主任，我这儿有几名哈军工的同志，他们的科研遇到了一些困难，想向您汇报一下情况啊。您现在有时间吗？”

李强副主任爽快地回答：“有时间，有时间。哈军工的同志要来，我没时间也要挤出时间。”

在李强副主任办公室，李强又当着慈云桂等人的面给中国科学院张劲夫副院长打电话。张劲夫爽快地表示“一定全力支持”，并指示计算机研究所领导“尽最大努力给军事工程学院的同志提供帮助”。

中国科学院计算机研究所所长阎沛霖和其他所领导，一起在大门口迎接慈云桂一行。

从未谋面的慈云桂和阎沛霖，一见面便如老战友重逢，热情地拥抱。

慈云桂说：“阎所长，我们来给你们添麻烦了。”

阎沛霖说：“我们研究所的大门，随时为兄弟单位敞开，欢迎军工的同志们。你们有什么要求，尽管提。”

慈云桂说：“我们想参观一下在苏联‘老大哥’帮助下，你们正在研制的103小型通用计算机和104大型通用计算机。”

阎沛霖当即把他们带到研制现场，指示项目负责人：“军工的同志什么时候来参观，就什么时候参观。他们想看什么，就让看什么。他们问什么，你们就毫无保留地回答什么。”

慈云桂说：“我们想收集一些计算机方面的资料。”

阎沛霖把慈云桂等人领到资料室，对资料员说：“他们是军事工程学院的同志，他们想看什么资料，你们就拿什么资料，对他们不保密。”

慈云桂非常感动，紧紧握着阎沛霖的手连声说道：“谢谢、谢谢……”

“慈教授，用你们部队上的话说，我们是一条战壕里的战友，都在为国家的计算机事业奋斗。”阎沛霖说，“现在国家这方面的基础还很差，只有团结协作，集中力量，才能办成大事，尽快赶上世界先进水平，国家十二年科学技术远景规划就是这样要求的嘛。你们有什么困难，不要保留，尽管提。”

心头热乎的慈云桂也不再客气，一股脑儿端出了自己的难处。阎沛霖也没把慈云桂当外人，倾己所有，全力相助。

慈云桂说：“我们军工研制计算机刚刚起步，几乎没有什么条件，困难确实很多，尤其是存储器研制难度非常大，我们在军工根本干不了，您看我们能不能……在你们所设计研制存储器?”

阎沛霖想了想，拍着慈云桂的肩膀说：“我看这样吧，就把你们军事工程学院的同志编为一个临时研究小组，和所里其他研究室一样的待遇，安排一个专用实验室，我们提供实验仪器、设备和工具，你们可以借阅各种资料、领取各种实验器材，参加包括学术活动在内的各种活动。包括你们的食宿，都由所里统一安排。”

计算机研究所的无私帮助，让哈军工人感到温暖、受到鼓舞，也更体会到肩负任务的沉重和紧迫。他们全身心地投入研制工作中，每天都要干十七八个小时，实验室、食堂、宿舍，是他们一日生活的所有空间。

计算机研究所的同志感慨地说：“从他们身上，我们看到了解放军顽强的作风!”

磁芯存储器终于研制成功。但研制整机的器材依然没有着落，这些电子元器件，都是紧俏物品，国家实行计划供应，而有些器材，军事院校并不在供应范围内，让慈云桂一筹莫展。这些情况，也不知从什么渠道传到了阎沛霖的耳朵里。

那天，阎沛霖特意来到临时研制小组，握着慈云桂的手说："慈教授，我知道你们又遇到难处了。这样吧，你这两天计划一下，看你们'901'机器需要多少器材，给我列个表，只要所里有，你要什么我给什么，要多少我给多少。"

就这样，慈云桂于1959年8月初带着研制小组返回哈军工时，不仅带回了大量资料、研制工具、关键测试设备磁芯测试仪、关键部件磁芯存储器，还带回了装配整台机器的元器件。

慈云桂带领磁芯存储器研制小组在北京顽强攻关期间，柳克俊、胡守仁等留在哈尔滨的同志，也紧锣密鼓地进行基本电路设计与实验及运算器、控制器逻辑设计。1958年5月的《工学》报记录了他们的攻关生活："柳克俊、胡守仁等同志经过一个月顽强拼搏，终于把一架新型电子计算机的草图设计完成了。设计过程中，同志们每天工作12个小时左右，甚至把午饭、晚饭带到实验室去吃，星期六、星期天也钻进实验室里坚持工作……"

9月28日凌晨，"901"攻坚战的最后一役——机器实际算题拉开了序幕。

雷达科的领导来了，海军工程系领导来了……数十双眼睛紧盯着输出系统。不久，打印机吱吱响了。

慈云桂拿着打印纸仔细比对，高声宣布："计算结果，全部正确！"

由中国人自己设计研制的第一台电子管专用数字计算机终于诞生了！

大家欢呼雀跃，尽情相拥，热泪盈眶。

学院院长刘居英少将听到消息，立刻赶到计算机实验室，指示研制人员对"901"再进行两天实算考核，断定性能稳定、结果可靠后，高兴地说："立刻向党中央报喜！"

聂荣臻元帅在办公室里收到哈军工的报喜急电，朗朗有声地念道：

报聂总、黄总长、陈副总长、海司肖苏首长：

海军工程系自行设计、自行试制的“331”（后改为“901”）型舰用数字电子计算机，经三个月苦战，已于28日完成。经检验算题，证明成品完全符合要求。该机如装到我舰和潜艇上，将会很大地提高战斗力。特电报捷。

军事工程学院　谢有法　刘居英

九月三十日

聂荣臻笑眯眯地在电报上签了字，对身边秘书说：好啊，军工给国庆节送来一份大礼呀，快把电报给黄总长和陈副总长送去。

放下笔，聂帅像过去在战争年代每次签完报捷电报那样，站起身，背着手，在办公室里轻快地踱着步，嘴里念念有词：计算机，计算机……

然后聂帅坐在椅子上，手指轻轻弹着扶手，哼起了四川小调。

世界上第一台电子管数字计算机ENIAC问世后，英国模仿研制第一台数字计算机“曼彻斯特机”，用了两年多时间。苏联第一台电子管数字计算机NORC的研制，持续了五六年。

而我国第一台自行设计研制的电子管数字专用计算机，哈军工只用了不到一年时间！

这是名副其实的“中国速度”啊！

壮士断腕

慈云桂率领大家完成“901”电子管专用数字计算机研制任务后，又在学院领导大力支持下，马不停蹄地向大型电子管通用计算机发起冲刺。1961年9月，大型电子管通用计算机研制攻克关键技术，研制工作接近尾声。

这时，慈云桂接到上级指示：随中国计算机代表团出访西欧。

在英国曼彻斯特大学，他被眼前的一台小小的机器惊呆了——它只有一个衣柜大小，但它的计算速度却是一间大房子甚至一层楼房才能容下的电子管计算机的数十倍，甚至上百倍！

它就是人类历史上第一台晶体管计算机——Meg！

慈云桂没想到世界计算机技术在“冷战”时代更新换代得如此神速！

1945年8月，美军轰炸机在日本广岛扔下的那个“小男孩”，爆出的惊天巨响，腾起的硕大无比的蘑菇云，炸开的无坚不摧的冲击波，让人类惊恐不已，又使那些政治强人惊羡不已。世界强国趋之若鹜，纷纷启动战略武器计划，开启了人类以战略武器竞赛为特征的冷战时代。

实施战略武器工程首先遇到的最大难题，就是大量复杂的数字计算。使用寿命短、功耗大、结构脆弱又体形“肥大”并且反应迟钝的真空电子管计算机，显然难负重托。

计算机技术的发展急需一种性能稳定、功耗小、使用寿命长而且体积微小、反应灵敏的新一代元器件。

1948年春，肖克莱带领两名助手，经过反复“失败后重新开始”，终于发明了体积、功耗仅有电子管数百分之一的新一代电子元件——晶体管，其形似一顶礼帽。因此，电子科学家把肖克莱的发明誉为“把大象装进魔术师的礼帽里”。

1952年，英国曼彻斯特大学从美国进口了一批晶体管，率先启动世界上第一个晶体管计算机工程“Meg”，徐徐开启了世界计算机新时代的大幕。

美国在晶体管计算机技术创新之路上虽没有捷足先登，却是突飞猛进。

1954年研制成功功耗约100瓦、体积为3立方英尺的全晶体管数字计算机TRADIC。

1956年推出存储容量4096个字、字长18位的晶体管化试验计算机TX-O。

1958年，美国飞歌公司生产出大型通用晶体管计算机Philco Transa S-2000。

同年，北美航空公司自动化分公司研制的小型晶体管计算机Recomp-Ⅱ也投入运行。

特别是1960年6月美国IBM公司（国际商业机器公司）为弹道导弹预警系统研制的晶体管计算机709TX，是当时世界上最强的数据处理机，广泛应用于导弹、火箭发动机、喷气式发动机、超音速飞机和原子反应堆的设计……

20世纪60年代初，“魔术师的礼帽”（晶体管）已完全成为世界计算机技术领域的“主角”，而这时的中国计算机技术舞台上，却依然热衷于“大象”（真空电子管）的表演。

中国计算机事业的起步比别人晚了10余年。晶体管计算机探索之路，别人已经走了近10年，推出了几代机型，而慈云桂还在带领大伙热火朝天地干着大型电子管通用计算机。

中国的计算机技术远远落后了！

那一刻，慈云桂心灵受到的冲击用他自己的话说：“就像脑袋里爆炸了一颗原子弹！”

返回下榻的宾馆，慈云桂顾不上吃饭，立刻坐到窗前的写字台上，向学院领导汇报了世界计算机的发展情况，建议立刻中止学院的大型电子管通用计算机研制工作，着手启动晶体管计算机项目。

信写完了，慈云桂依然心潮难平，凌晨 2 点多了还没有丝毫睡意，索性从床上爬起来，再次坐到那张写字台前，铺开信笺，写下了清秀的钢笔楷书：中国晶体管计算机设计方案……

两个多月后回国时，他不仅抱回一大堆技术资料，而且带回一个完整的晶体管体系结构和基本逻辑电路设计方案。

从北京乘火车回到哈尔滨，已是晚上 7 点多。慈云桂在家草草吃完晚饭，便抱着那些资料和研制方案上实验室了。走到电子工程系大楼前，他抬头看一眼楼上的计算机实验室，那里依旧灯火通明。上楼推开房门一看，只见电子管通用计算机项目组的同志，一个不少，全在加班。有的在测试，有的在焊接，有的在制图……大家都聚精会神地埋头工作。

同志们见慈云桂回来了，呼啦啦围过来，兴高采烈地向他汇报电子管通用计算机的项目进展。但慈云桂却不得不硬着心肠往大伙儿头上泼冷水：“同志们，我们现在做的是无用功啊。现在世界上已经进入晶体管计算机时代，我们搞的电子管通用计算机已经远远落后了。这个项目再干下去，只能给国家带来更大的浪费，必须立刻下马。我知道这些日子，大家加班加点赶任务，辛苦了。从现在开始别干了，大家收拾收拾，赶紧回家休息吧。咱们要赶快准备干新一代机器——晶体管计算机。”

对慈云桂的决定大家有些想不通：“大型电子管通用计算机项目，已经和用户签订了合同。我们下马了，拿什么向别人交差？”

慈云桂叹口气说：“没办法了，我去和他们谈，保证以后给他们一台更先进的机器，争取他们的理解。”

有人惋惜地说："这台机器，再干一两个月就大功告成，就这么下马，真让人于心不忍啊。"

慈云桂说："再难忍也得忍，咱们再不能为一台落后的机器而继续投入。过去的付出，就当买了个教训吧。"

那个晚上，慈云桂彻夜坐在阳台上，彻夜心痛如绞。这台机器，凝聚了他和同志们一年多的心血，现在让它下马，就像从他身上斩掉一只胳膊。可这只胳膊已经被蛇咬伤了，正在慢慢坏死，若不及时斩掉，其毒素可能蔓延整个身体，必须忍痛舍去。

让慈云桂没想到的是，一些领导不仅主张继续干完大型电子管通用计算机，而且不惜往他头上扣上一顶顶大帽子。

"你这是公然与'大跃进'唱对台戏!"

"这是党中央交给我们的政治任务，岂能你说下马就下马!"

…………

对此，慈云桂很无奈，只能让别人爱怎么说就怎么说，而自己该怎么做还怎么做。

当然，反对的声音里，也不乏善意的提醒："中国五年内根本不具备上晶体管通用计算机的条件。"

20 世纪 60 年代初，中国的晶体管产业刚刚起步，产品量少质差，根本不能用于研制计算机。而国外对我国又严禁出口晶体管，国际市场买不到。前些年国内就有一家单位开始应用国产晶体管研制专用计算机。奋战两年把机器搞出来后，却发现性能极不稳定，几分钟就出一次故障，不是管子被烧坏，就是电路出毛病，根本不能使用。

但慈云桂有自己的想法：在晶体管计算机已经成为世界主流的今天，如果我们再左顾右盼、瞻前顾后，再不拿出迎难而上的气魄和胆略，中国计算机技术水平与世界先进水平将越拉越大，继而影响到整个国民经济，尤其是国防和军队现代化。至于兄弟单位对晶体管计算机探索的失败，只能算学走路的孩子跌倒了，只是一个教训，而不能就此断定他再也学不会走路了。再说，如果大家都不用国产晶体管，我国晶体管产业如何发展？而且他通过深入的调查分析，认为国产晶体管虽然目前还存在一些问题，但通过严格筛选和严格设计电路，还是可以研制出晶体管计算机的。

慈云桂的想法与聂荣臻元帅不谋而合。

聂帅听了慈云桂的汇报，不仅对慈云桂"壮士断腕"之举深表赞赏，而且还指示慈云桂立刻着手启动晶体管通用计算机工程。

聂帅深情地说：国家一系列战略武器工程正急需先进的计算机技术啊。你们没有管子，我给你们调，只要你们能尽快造出来，有什么困难，随时可以来找我。

把慈云桂送出办公室，聂帅亲自给哈军工刘居英院长打电话，下达死命令：军事工程学院要尽快研制出晶体管通用计算机！

学院院长刘居英也对慈云桂说："经费问题，你不用考虑。院里支持你，你就大胆地搞吧。"

吃了一颗定心丸的慈云桂，胸腔里回荡着创新的澎湃激情。

晶体管通用计算机研制是一场名副其实的攻坚战，需要一支专业底蕴厚实、整体实力强大的研制队伍。可经历"901"电子管专用计算机研制的队伍，大部分在继续进行"901"应用研究，能加入晶体管通用计算机攻坚的人员十分有限。

慈云桂的当务之急是组建一支坚强有力的科研团队。

他组织"诸葛亮"会，公开求证晶体管通用计算机研制方案。一天，求证会上来了一名陌生的年轻人。

慈云桂眼睛一亮：他不是研制小组成员，却来参加晶体管通用计算机研制方案研讨，说明他有志于这个事业，起码对计算机感兴趣。更让他感到意外的是，当大家讨论到晶体管计算机字长、尾数和解码问题时，这名年轻人竟然站起来发表了自己的观点，而且发言有理有据。

讨论结束，当这名年轻人准备离开时，慈云桂走到他面前笑着问："小伙子叫什么名字？那个系的？"

年轻人回答："我是五系504教研室助教孟庆余。"

慈云桂说："我看你刚才谈得很好，愿不愿意和我们一起干这个事？"

孟庆余一听，脱口而出："我非常愿意！"

慈云桂说："那好，以后开会我就请你参加。"

简短的几句对话，让孟庆余从此对计算机魂牵梦绕。他这个五系的助教，在四系的计算机专业一干就是18年。

慈云桂甚至把选人的目光投向大学尚未毕业、学院准备"拔青苗"提前安排上岗当教员的年轻人身上，把其中几名佼佼者要到自己团队担当重任。

就这样，慈云桂睁大那双慧眼，在哈军工宽敞的校园里四处扫描，不拘一格地搜罗科技人才，组建起中国第一台晶体管通用计算机攻坚队伍。

1962年3月5日，也就是慈云桂随团访英回国4个月后，在电子工程系计算机教研室成立了由十几名年轻教员组成、系副主任慈云桂直接领导的晶体管通用计算机研制小组。研制机型代号为"441B"。

虽然研制队伍中有部分同志经历了"901"电子管专用计算机的锻炼，但对于搞晶体管大家依然很陌生，还是"孩子学走路"。而且我国的晶体管起步于"大跃进"时期，还处于试生产阶段，质量确实很差，用它来搞计算机，无异于"孩子在泥泞地上学走路"。

慈云桂形象地说："在泥泞地上学走路，关键是两点：一是要解决胆量问题，要勇于把步子迈出去；二是力求把每一步走稳当，尽量少摔跤，力争不摔跤。"

为给大家壮胆，慈云桂鼓励设计人员发扬"三敢精神"，即敢想、敢说、敢干，不能缩手缩脚，要大胆把身子往前扑。

为把步子迈稳，他要求大家严格遵循聂荣臻元帅倡导的"三严原则"，即严肃的态度、严密的组织、严格的要求，尤其要强调机器的可靠性和稳定性。

基于上述指导思想，慈云桂为“441B”攻关制定了“严格把关+大胆创新”的战略战术。

国产晶体管质量参差不齐，他们就对晶体管逐一进行严格检测，尤其是老化筛选，从“矮子中挑高个”。在此基础上，对系统总体设计与逻辑设计、基本电路设计、实验与定型、结构生产与装焊工艺、模型机研制与考机等各系统、各环节，步步为营，严格把关，力争最优化，争取零缺陷，以确保整机质量。

落后的国产晶体管，能否设计出先进的基本电路呢？这既是国内计算机领域争论的焦点，也是中国能否研制出自己的晶体管计算机的关键，亦

慈云桂（中）与“441B”部分研制骨干

是最大难关！

谁能担此重任呢？

康鹏电路

1962年，北京的春天似乎比往年要来得晚一些。往日，古朴幽雅的清华校园，当第一缕春风吹过，便开始春芽萌动，满园春意盎然。可这年已是春深时节，依然一片萧条，不见往日幽静里生机荡漾的景象，静得仿佛一下子回到了远古，宽敞的校园一片沉寂。

校图书馆旁，一名中等身材、面庞俊朗的上尉军官，在白杨树下不住地徘徊。他时而抬头对着灰蒙蒙的天空长叹一声，时而低下头颅，把沉重的叹息砸向水泥地面，那双明亮的眸子里写满忧郁。

他叫康鹏。1937年出生于山东微山湖畔，是军事工程学院第四期学员。他本科尚未读完，便迎来了“大跃进”。哈军工为实现人才培养“大跃进”，盲目扩招学生，原有的教学力量难以承担沉重的教学任务。学院为迅速壮大师资力量，特意在高年级学员中“拔青苗”，挑选一些优秀学员，让他们提前毕业当教员。

康鹏生性聪明，又勤奋好学。上课时，教员讲解的内容，他大部分已通过自学弄懂弄通，听课时他已经在思考更深层次的问题，而且十分专注，常常下课铃响了，同学们都离开了，他还一个人呆呆地坐在教室里。因此，他学习成绩突出，尤其精通电子技术，成为师生心目中的“怪才”，在哈军工名气很大。康鹏不仅理所当然地被“拔青苗”，而且组织上为让这株“青苗”快快成长，特意把他送到清华大学进修计算机专业。

康鹏最欣赏我国新儒学奠基人熊十力的一段话：“故有生一日，皆创新之日，不容一时休歇而无创，守故而无新，使有一息而无创无新，即此一息已不生矣。”哪知，康鹏带着“多学一些计算机知识，将来为国家计算机技术创新发展多做贡献”的远大理想来到清华园没几天，就赶上清华大学批判“资产阶级学术权威”，学术专家们接受“教育”，课停了，图书馆关门了，学术活动停止了……

来这里学习深造的康鹏，成了整日无所事事的“浪荡子”。

这时，身后突然有人叫他：“康鹏！”

康鹏停下踌躇的脚步，心生纳闷：自己在清华园一无同学、二无同乡，居然有人认识自己？

他慢慢转身一看，只见哈军工电子工程系副主任慈云桂教授笑吟吟地站在那里：“慈教授，您怎么也在这儿？”

慈云桂说：“我来找你呀。”

康鹏还有些不解：“这么大个校园，您怎么知道我在这儿呢？”

慈云桂指着一旁紧闭大门的图书馆说：“让我来猜猜你此时此刻的心思吧。现在这里正在批‘资产阶级学术权威’，没老师上课，实验室也关了门。你想到图书馆去，哪知这里也有锁将军把门，你进不去，就只能在这里打转转了。康鹏，我说得对不对？”

“还是慈教授您了解学生。”康鹏脸上滑过一丝苦笑，“现在学院情况怎么样？”

“哈军工也在批‘资产阶级学术权威’，但情况比这里稍好些。”慈云桂介绍说，“尤其是我们电子工程系，正准备干一个大项目，是聂帅亲自下达的任务呢。”

康鹏迫不及待地问：“什么任务？”

慈云桂说：“干我们中国自己的晶体管通用计算机，这可是世界新一代计算机技术呀！”

“太好了！”康鹏听了，脸上的阴霾荡然而去，但接着又一声叹息，“咳，真后悔来了清华，计算机没学上，又错过学院的晶体管计算机研制。”

“我今天从哈军工赶到这里，就是来找你商量这个事的。”慈云桂紧紧握着康鹏的手，充满期待地说，“我已经和学院及清华大学有关部门商量过了，准备让你提前结束这里的进修，回去干‘441B’晶体管通用计算机，你干不干？”

康鹏心里忙不迭地回答“我干，我干”，却一时激动得说不出话来。

慈云桂深情地说：“跟我回去吧，别在这里浪费青春时光了。”

康鹏坚毅地点了点头。他当天就办妥有关手续，到宿舍打上背包，往背上一甩，跟着慈云桂返回哈军工，参加“441B”攻坚战。

慈云桂“不拘一格降人才”，大胆任命“拔青苗”提前本科毕业的康鹏为“441B”研制小组副组长。

攻坚战打响之初，慈云桂组织大家学习晶体管理论知识。可学了没几天，康鹏就向慈云桂发牢骚：“我们不应该花太多时间去钻研半导体理论，我们主要是用晶体管，知道它的特性，学会使用就行了。”

这便是康鹏的性格，无论对同学、对同事，还是对领导，都是直抒胸臆，从不掖掖藏藏。

慈云桂听了“逆耳”之言，不仅不生气，还笑着把他拉到自己身边坐下，长谈起来。

慈云桂说：“咱们要搞出‘441B’，你认为最核心的是什么？”

康鹏若有所思地说：“应该是基本电路设计。”

“是啊，难就难在这儿。”慈云桂说，“主要是咱们国产晶体管质量太不可靠、性能太不稳定了。一些权威专家认定，凭着我国现有水平的晶体管，根本研制不了晶体管计算机。对此，你怎么看？”

康鹏很不屑地说：“现在进口晶体管，外国人不给。若照这些专家的说法，那咱们中国就永远都不会有自己的新一代计算机了。”

慈云桂认真地问：“那你认为国产晶体管能搞出性能可靠的基本电路吗?”

康鹏不假思索地回答：“能呀！为什么不能?”

慈云桂追问：“你认为能的理由是什么?”

康鹏说：“国产晶体管虽然总体质量不是很高，但其中也有相对好一些的，咱们可以选出那些好一些的用。再说，咱们还可以通过精细的设计，科学搭配各层次质量的管子，实现整体稳定可靠的目标，只是在设计时多动些脑子、工作麻烦一些、多付出一些劳动而已。”

又是“英雄所见略同”。慈云桂更加信任眼前这名年仅26岁的年轻助教。

“我把‘441B’基本电路设计的任务交给你，敢接吗?”

“为什么不敢？就怕您不敢把它交给我呢。”

“初生牛犊不怕虎”的康鹏，受领“441B”核心关键技术攻坚任务后，受命前往中科院计算机研究所、四机部计算机研究所等专业计算机研制单位调研。这时，康鹏才意识到，“牛犊”要把“虎”斗赢还真不是件易事。

调研结束，他一回到学院，便直接敲开慈云桂的家门汇报情况：“慈副主任，人家科学院计算机所可是近千人的大所，干晶体管计算机都两年了，还没有实质性突破，我们只是一个十几个人的小组，连人家一个研究室都不如，能拿下这个大任务吗?”

慈云桂哈哈笑道：“当初我们军工干‘901’时，也有人说，在苏联这样的任务都是院士一级的大科学家们干的，你们几个年轻人能干成？结果我们干成了。年轻不是缺点，恰恰相反，年轻就是活力，青春就是创造。这就是我敢用你们年轻人的依据。大胆朝前走，不要被大院大所吓住!”

康鹏点点头，沉稳地说：“我反复想过，我们也没有三头六臂，要想干成别的大单位干不成的事，我们就不能走别人的老路，要巧干，要走出一条新路。现在大院大所采用的都是诺尔电路，虽然它在国外已经很成熟，但用国产晶体管不一定走得通，我们一定要立足国产晶体管想问题。”

可从“落后的国产晶体管”走向“先进的基本电路”的那条“新路”在哪儿呢？

这个问号，整日缠绕在康鹏的脑袋里，缠得他白天坐立不安、吃饭不香，夜间卧不安枕，甚至梦里都在苦苦思索，也因此而耽误了一些政治学习。于是被人认为“只专不红”，甚至有人给他扣上“反党”的帽子，把他押到台上“接受教育”。

为保护康鹏，与他一起站在台上的慈云桂“揭发”康鹏：“你康鹏那么单纯，能有什么思想？你脑子里除了马克思列宁主义，除了毛泽东思想，再也装不下别的思想！”

电子工程系副主任张杰，也旗帜鲜明地支持他：“康鹏，你不要怕，我们都了解你，甭管别人说什么，你该干什么还干什么！”

院长刘居英更是毫不含糊，力挺康鹏：“康鹏，你干得不错，你应该干得更好！”

有领导撑腰，康鹏全身心地投入晶体管通用计算机电路设计上。

那天，他和大伙去礼堂听报告。和往常参加各种会议一样，他到会场一坐下，思维便自觉不自觉地集中到电路设计上，全然不知台上坐着哪些人、讲课的是谁、讲了些什么，只顾沉浸在晶体管电路那缤纷的空间里……

会场上，回响着授课者慷慨激昂的声音，置身其中的康鹏却仿佛在原始森林里漫步。周围一片静谧，阳光透过浓密的枝叶洒在草地上，斑斑驳驳。周围的小路纵横交错。他低着头寻寻觅觅，探索着那条能通向广阔天地的道路。渐渐地，他眼前越来越明亮，越来越明亮……

国产晶体管初期产品质量差主要表现在使用寿命短，容易被烧坏，导致机器故障……导致晶体管寿命短的原因，主要是功耗太大……要延长晶体管寿命，就必须降低功耗，这就像一个能挑100斤担子的人，让其只挑20斤，就能走得更远……

会堂爆发出雷鸣般的掌声，会议结束了。大家都散去了，但康鹏还在座位上静静地保持着军人标准的坐姿。

一名同事推推他："康鹏，散会了！"

康鹏迷迷糊糊道："哦，散什么了？"

同事笑道："散会了！"

走出会堂，康鹏还在那片"原始森林"里寻寻觅觅。返回实验室，直到深夜，加班的同志们都回家休息了，康鹏依然在那条"小路"上徜徉。

他觉得身子很疲惫，顺势躺在宽大的工作台上休息了一会儿，可思维却无法刹车，继续转呀，转呀……

次日，战友周堤基提前来上班。康鹏突然从工作台上跃起来，一把抓住周堤基的手说："我终于找到晶体管计算机电路设计的最佳方案了！老周，请你帮我做出来吧。"

康鹏应用磁芯晶体管间歇振荡器的隔离阻塞技术，有效降低了晶体管的功耗，进而发明了数字计算机最基本的单元。

周堤基只用了几分钟，便做出了隔离-阻塞式间歇振荡器和隔离-阻塞式推拉触发器。它把传统的"单边推拉"创造性地改为"双边推拉"，把过去的6个晶体管减至2个晶体管，并且不再要求两边的晶体管性能参数对称。

而它的整体性能大大优于世界同类产品！

聂荣臻元帅得知康鹏用落后的国产晶体管研制出世界领先水平的隔离-阻塞式间歇振荡器和隔离-阻塞式推拉触发器，扫除了研制晶体管通用计算机"441B"的最大"拦路虎"，高兴地说：我们就是要为中国人争口气，不要一说发明就是外国人的名字，应该给康鹏同志发明的电路命名！

国防科委某局局长李庄建议：我看就用康鹏的名字命名吧。

聂帅说：好，就叫“康鹏电路”！

聂帅亲自签发了“康鹏电路”发明证书，这在中国科技史上史无前例。

牵引导弹的“风筝线”

研制小组突破基本电路这道落差最大的“险滩”后，又相继攻克软件设计、存储系统、输入输出系统等关键技术，先后研制成功 8 位运算器、20 位运算器和磁芯存储器模型机，通过长时间运行试验，表明功能完备、性能良好、稳定可靠、工艺可行。

1964 年 8 月，“441B”组装完成，迎来了考机的日子。

用落后的国产晶体管也能研制出性能稳定的“441B”？这听起来似乎有些“天方夜谭”，国防科委接到报告后，既惊喜不已，又疑窦丛生，特意派了两名参谋到现场“监考”。

电源开关“啪”的一声合上，“441B”发出蜂鸣般柔和的声音。

两名“监考官”非常尽职，24 小时守在机房，轮流值班，瞪圆了两只眼睛紧盯着机房，看它有没有“舞弊”行为。

10 小时，20 小时，30 小时……57 小时过去了，机器没有任何故障。

考机第三天，前来接班的参谋见“441B”还在运行，便问前任值班参谋：“是停机后再启动的吧？”

前任值班参谋说：“没有停呢，一直在运行。真没想到‘441B’性能这么好。”

我国第一台晶体管计算机“441B”

接班的参谋说：“它比现在国际上最有名的机型连续运行的时间还多几小时呢！”

58 小时过去了，200 小时无故障……332 小时依然运行正常。

两名“监考官”被“441B”彻底折服了，幽默地对研制人员说：“你们人工关机吧，再考下去，机器受得了，我们也受不了啦。”

“441B”的运行速度达到每秒数万次，相当于“901”电子管计算机计算峰值的近百倍，它无故障时间已经达到世界最好机型无故障记录的 5 倍多！

“441B”综合性能是名副其实的国内领先、国际先进！也是中国计算机技术发展史上毫不浮夸的“大跃进”！

中国军事工程学院慈云桂率领的团队，在元器件落后于世界的情况下，用不到三年时间跨越了英美十几年走过的漫漫长路，成功跻身世界计算机技术先进国家行列！

尤为重要的是，“441B”对供电环境要求很低，只需接通民用电路便可稳定运行，而且抗震能力极强。

“441B”问世不久，便参加了在北京举办的全国仪器、仪表新产品展览会。其他单位参展的计算机，由于不能直接使用普通民用电源，须经电动发动机组隔离民用电的波动与干扰才能使用，因此提前几天把机器运到展厅安装。而“441B”当天就安装完毕。兄弟单位见此情况，一片赞叹：“军事工程学院的‘441B’真好用呀!”

展览期间，邢台地区发生强烈地震，严重波及北京，展厅剧烈摇晃，天花板上的尘土，下大雨般哗哗往下掉，人们惊慌失措、跌跌撞撞地往外跑。强震过后，人们回到展厅，发现其他单位参展的计算机已被震坏，无法重新启动，唯有“441B”毫无故障、工作正常。时任四机部科技司副司长的“两院”院士罗沛霖称赞“441B”是“高可靠性的优选品种”。

“441B”可谓生逢其时。就在它问世的前一年，中国第一颗原子弹在西北罗布泊爆炸成功。可一个国家光有原子弹还远远不够，还需要运载工具把它送向远方，打到那些“想欺负我们的人”的家门口去，别人才会有所顾忌。导弹打不到别人的家门口，有再多的原子弹，别人照样欺负你。

为此，中国于1965年制定了“八年四弹”研制规划，即在8年内研制出中近程导弹“东风二号”、中程导弹“东风三号”、中远程导弹“东风四号”和洲际导弹“东风五号”这4个型号的地对地火箭，要求每个型号的射程比前一型号翻一番以上。

众所周知，要想让导弹在茫茫太空中长途奔驰，准确命中敌方目标，就必须让它严格按照预定轨道飞行。这需要对它实施有效的控制，需要一台高速运行的计算机不断接收导弹的飞行轨道数据，不间断快速处理，不间断发出指令，纠正其飞行偏差。简言之，就是需要一台计算机对它进行实时控制，让它在茫茫太空中严格按照既定轨道飞行。

“441B”的诞生，为我国导弹飞行轨道计算和控制提供了一根现代化的“风筝线”。

有人说："中国的原子弹是算盘算出来的。"

这话既对，也不对。对的是，中国研制原子弹的条件确实落后。不对的是，用算盘绝对算不出原子弹设计的各种数据。算盘作为辅助性计算工具，确实参与了原子弹数学计算工程，但只能进行简单计算。国家原子弹工程启动之初，各种数学计算主要依赖手摇计算机来完成。后来虽然有了电子管通用计算机，依然无法满足原子弹工程中的复杂数学计算需求，计算一个数据需要排队很长时间。因此，相比英、美等发达国家，我们的科学家研制原子弹付出了难以想象的艰辛。

中国的导弹工程显然比原子弹工程要幸运得多，一开始就有了具有世界领先水平的"441B"晶体管通用计算机这个高性能计算平台。

为让中国的"两弹一星"工程早日用上"441B"计算机，聂荣臻元帅在接到"哈军工"研制成功"441B"的消息后，在第一时间给哈军工和国家有关部门紧急下达了三条指示：

尽快把"441B"的优势性能转化为战斗力、生产力！

尽快复制和推广"441B"！

尽快装备到国防科委所属高等院校、国防研究院（所）和基地！

国防科委有关部门很快列出上海交通大学、西北工业大学、西安军事电讯工程学院、成都电讯工程学院、北京工业大学、三机部六院一所、七机部七院六所等，作为第一批复制"441B"的单位。

报告当天就送到正在参加会议的聂帅手中。聂帅当场审阅后，掏出钢笔在报告上签署：同意！速办！

哈军工作为中国第一所军事工程技术学府，也表现出了一个老大哥应有的博大胸襟。

学院党委承诺："441B"创新成果向上述七家单位和盘托出，不作任何保留，不收一分技术转让费，不附加任何条件，不求任何回报！

为让兄弟单位尽快掌握复制和使用"441B"的技术，哈军工于1965

年3月1日至4月17日，举办多期“441B”计算机集训班，数十家单位、近百名科技人员参加培训，参训人员人手一份“441B”设计图纸和技术资料。“441B”机房的大门24小时向大家敞开，想什么时候参观就什么时候参观，想参观多久就参观多久，想看哪儿就看哪儿。研制人员还手把手地教大家操作机器。

1946年，世界上第一台电子计算机ENIAC研制成功后，主持研制人之一莫奇利举办了为期六周的世界历史上第一个计算机培训班，培养了世界上第一批计算机人才，其中很多人后来成为著名计算机科学家。

时隔20年，慈云桂主持的“441B”计算机培训班，也开辟了中国计算机技术培训的先河。它就像一台播种机，将“441B”这粒春天的种子撒向神州大地，迅速开花结果。各单位共复制出100多台机器（仅天津电子仪器厂就生产了30多台），占据全国晶体管计算机的半壁江山，被广泛应用于“两弹一星”的设计与试验和高等院校、科研院所的飞机、油田、冶金、电信、石化、船舶、医疗等技术研究，成为我国20世纪中后期各种复杂科学计算尤其是战略武器研究中的数据求证的主力机型。

1966年装备到科尔沁常规武器试验基地的“441B”，处理了各种常规武器射击诸元编制中的一系列复杂数据。16年后，基地迎来一批前来调研的国防科学技术大学的专家，特意安排大家参观“441B”计算机机房。

陪同参观的基地老工程师陆载德，正要介绍这台计算机的性能时，只见大家把一名中年专家推到他面前：“陆工，你认识他吗？”

陆载德握着中年专家的手：“请问您是……？”

中年专家有些腼腆地自我介绍说：“我就是康鹏……”

陆载德恍然大悟：“原来您就是‘441B’的主要研制者康老师呀。康教授，久仰，久仰，你们搞的这台计算机太过硬了。外面计算机已经更新了好几代，我们一直舍不得撤换它，一直用着。什么叫先进？这台机器就叫先进！它可是我们基地的大功臣啊！射表计算、电影经纬仪判读、火箭遥感处理、照相数据处理……几乎所有复杂数据的处理都离不开它。”

计算机一般五至六年更新换代一次，而“441B”用户普遍使用了十几年，甚至二十几年！

1967年6月17日，军用飞机将一颗330万吨TNT（梯恩梯）当量的氢弹投到罗布泊，西北大漠戈壁上再次传来一声巨响，宣告中国氢弹研制试验获得完美成功。

1970年4月24日，一枚“长征一号”运载火箭将我国第一颗人造地球卫星“东方红一号”送上太空，浩瀚的宇宙回响起优美的《东方红》乐曲。

1975年11月26日，我国第一颗返回式遥感卫星升空，三天后成功回收。我国成为世界上第三个掌握卫星回收技术的国家。

1980年5月18日上午10时，我国第一枚洲际弹道导弹“东风五号”试射成功！

这一系列国家重大战略工程的科学计算，“441B”功不可没！

假如评选为“两弹一星”做出突出贡献的“功勋设备”，“441B”当之无愧！

戴着镣铐舞蹈

20世纪60年代，对于中国来说，可谓“多事之秋”啊。中印边境起冲突，苏联“老大哥”反目，台湾当局叫嚣“反攻大陆”，美国入侵越南，中国的东、南、西、北四面受敌。与此同时，国内政治斗争形势动荡。

这时期的中国国际、国内形势，用“内忧外患”来形容再恰当不过。

那个动荡岁月，科学文化领域深受冲击，而计算机领域更是重灾区。

有人认为计算机是“资产阶级毒草”，研制计算机就是“崇洋媚外”，国家绝大部分计算机研究单位都处于瘫痪状态。

哈军工于1965年组建了计算机系并建立了研究所，但不久哈军工就转业改制，学院改名为“哈尔滨工程学院”，接着动荡岁月开始，系党委瘫痪，系领导“靠边站”，专家纷纷下放农场“劳动改造”。

军装脱下了，职务没了，环境恶劣了，但他们忧国忧民的情怀依旧，他们的血管里依然澎湃着军人知识分子强军兴国的激情。在国家的苦难岁月里，这些中华民族的普罗米修斯，一边背着政治运动的十字架，一边扛起国防技术攻坚的使命，戴着镣铐舞蹈，在“悬崖上冲刺”。

这年夏季的一天傍晚，在“901”专用电子计算机研制中立下汗马功劳，此时正担纲“901”鱼雷快艇指挥仪南海海试重任的柳克俊，突然接到学院发来的紧急电报：“火速回学院执行紧急政治任务！”

政治任务大于天。柳克俊丝毫不敢怠慢，当晚就从三亚基地赶到海口，以最快速度回到了哈军工。

他已经三个月没有回家了。刚到家门口，柳克俊就兴高采烈地呼妻唤儿，但推开房门却见妻子抱着孩子坐在角落里暗自落泪。

柳克俊心里一紧：“家里出什么事了？”

妻子抽泣着望了他一眼：“别人躲还来不及，你跑回来干什么？”

柳克俊一时怔住了：“不是院里让回来执行政治任务吗？”

话音刚落，一群学生组成的专案组冲了进来，宣布了让他回来执行的“政治任务”。“柳克俊，哈军工革命委员会认为你是‘苏联特务嫌疑分子’，是‘反动派’，我宣布对你实行隔离审查！”

“对我隔离审查？”柳克俊仿佛听到一声闷雷，被震得一头雾水，“我天天在海上试验指挥仪，我没犯什么错误呀！”

专案组头头说：“你引导我们走‘白专道路’，是‘反动派’！”

柳克俊哪里知道，他早就被冠以“刘邓资产阶级教育路线忠实黑榜样”的帽子，并成立了审查他的专案组。

柳克俊哭笑不得：“同学们，你们上大学不是来学习知识的吗？我让大家搞好学习，怎么成了‘反动派’了？”

造反派说：“你把计算机叫成电脑，这也是反动言论！”

柳克俊更不理解了：“计算机在国外本来就叫电脑呀，啥时成了反动言论了？”

造反派把眼一瞪：“什么电脑！只有毛泽东思想武装头脑！”

直觉告诉他，这是一群不懂事的鲁莽学生，再和他们理论也是“秀才遇到兵，有理说不清”。

造反派也似乎不想再与他多费口舌，专案组头头下令道：“同志们，看看他家藏有什么‘反革命’证据？”

于是造反派开始抄家，自行车、手表、首饰、布料稍好些的衣服……凡值几个钱的东西，雕花木床、大衣柜子、写字台……结婚时置的家具，都被当作“资产阶级腐朽生活用品”，或被搬走，或被砸得稀烂。而最让柳克俊心疼的是，那两大书柜图书资料，被造反派当成“反动学术权威”的有力证据搬走了，后来竟被那几名不懂事的学员卖给了废品站，换了十几斤水糖果，给加班审问“反动派”的造反派当“消夜”。

把家里闹个天翻地覆后，专案组把柳克俊带到学院一号楼，推进一间阴暗潮湿的房间里。

房间里已经关了一个人。他仔细一看，竟是学院大名鼎鼎的留洋教授、教务部长曹鹤荪。柳克俊不禁一惊：“曹教授，他们怎么也把您关了？”

曹鹤荪一脸茫然：“他们说我是‘反动学术权威’。你呢，他们又怎么把你关了？”

柳克俊苦笑着说：“曹老呀，这回我这个学生和您这个大教授攀上了：您是‘大反动学术权威’，我是‘小反动学术权威’。”

两人对视着摇了摇头，然后一声长叹：“唉——”

专案组送来一盏煤油灯、一支笔、一沓印有“哈尔滨工程学院革命委员会”红色字样的材料纸，让柳克俊写交代材料。

柳克俊绞尽脑汁，深入反省自己这些年到底做了哪些对不起国家的事，说了哪些对不起党的话。可思来想去，他心里只有感恩党和国家的精心培养，只想着多干些科研、多出些成果，尽快把人民军队的现代化建设搞上去，绝对没有反党的念头，更没有什么反动行为、反动言论。他想着想着，心思又不知不觉地转到了科研上，开始思考第三代鱼雷快艇指挥仪的研制问题，并不时把思考所得记在纸上。

两天后，专案组头头来检查柳克俊的“自我反省”，见他已把几张材料纸写得满满当当，高兴地表扬他说：“写了这么多，反动思想根源挖得很深嘛。”可拿过来凑到灯下一看，却见上面写着“集成电路鱼雷快艇指挥仪研制方案”。

专案组头头的脸一下子气成了猪肝色：“看来你柳克俊人还在，心不死，真是反动透顶了！”

专案组头头把手一挥：“把他押到审讯室，看他到底有多顽固！”

两个造反派冲进来，把柳克俊架进一间阴森森的房间，让他低头弯腰站在一个墙角里。

开始审问时，专案组头头还心平气和：“柳克俊，这些年你出过几次国？分别去过哪些国家？”

柳克俊如实回答：“出过两次国，第一次是去苏联，第二次是英国。”

专案组头头问：“和什么人接触过，都做些什么事？”

柳克俊回答：“除了和外国同行交流和参观科学实验室，再没做过别的事情。”

专案组头头说：“做过什么见不得人的勾当没有？”

柳克俊说：“绝对没有！”

专案组头头说：“可有人检举你有里通外国行为?”

柳克俊毫不含糊：“是谁检举的？有什么证据吗?”

大概专案组头头也自知这是子虚乌有的事，没再继续往下问，便转换了话题：“你第一次去苏联，是哪些领导带的队?”

柳克俊说：“那次访苏代表团团长是刘居英院长，唐铎主任也去了，这个全院同志都知道。”

专案组头头说：“刘居英是怎么秘密和苏联联系出卖国家机密的?”

柳克俊有些吃惊：“刘院长出卖国家机密？我整天和他在一起，我怎么没看见?”

专案组头头怒视着他：“你整天和他在一起？他上厕所你也跟着吗?”

柳克俊一时真不知如何回答：“这……”

专案组头头脸上露出一丝得意：“回答不上了吧？唐铎这个老‘苏修特务’又是如何活动的？老实交代!”

柳克俊终于明白这些居心叵测的造反派的险恶用心了，这不禁让他怒从心起，提高了嗓门说：“让我给领导捏造罪名，我做不到，你们也别打这个主意!”

见诡计被识破，专案组头头暴跳如雷：“灭灭他的反革命威风，看到底是他嘴硬，还是我们的革命手段硬!”

几个造反派拥上来，对着柳克俊一顿拳打脚踢。柳克俊紧紧抱着脑袋，不停地说：“你们打吧，什么地方都可以打，只要不打脑袋就行。”

造反派问：“为什么不能打你脑袋?”

柳克俊说：“打坏了我的脑袋，党和国家就少了一个搞革命科技的脑袋了。”

造反派继续向他施以“革命暴力”，不过还算手下留情，始终没打他的脑袋。因此，暴打结束后，柳克俊还向造反派笑了笑。

造反派们纳闷了：“柳克俊，你是什么人哪，被打成这样还笑得起来？”

造反派们又哪里知道，柳克俊微笑里的意思是：“我领导的‘901’鱼雷快艇指挥仪是上了党中央政治局的简报的，是海军司令部催得紧、前线急需的革命任务，这个你们完成不了，只有我们做得来，因此你们迟早要让我回去搞试验的。”

造反派见审问不起作用，便让柳克俊去“劳动改造”。与他一块“改造”的有学院领导，有老教授，也有和他一样的“小反动学术权威”。那天，他完成劳动任务正准备回“牛棚”时，看见一位老领导拉着煤车上坡非常吃力，便上前接过推车说：“老首长，您歇口气，我帮您拉。”

督工的造反派看见了，冲到柳克俊跟前说：“你竟敢帮助‘走资派’！”

柳克俊说：“老领导年纪大，我年轻，让他在旁边歇会儿吧。”

造反派说：“你能替他出力，但能代替他改造思想吗？”

柳克俊说：“你看老领导腰都累弯了，他的任务就由我替他完成吧。”

造反派说：“你有力气没处使是吧？那好，今天你要多拉20车！”

结果那天，他干到深夜12点才下班。

“劳动改造”期间，造反派盯得非常紧，见谁稍有懈怠，就是一顿训斥漫骂。柳克俊“改造”很自觉，劳动非常卖力。让造反派奇怪的是，每次休息时，柳克俊也从不歇着，总是蹲在那里用棍子不停地在地上画来画去。

造反派走过去一看，只见他在地上推演“二进制”，便无奈地说：“柳克俊，你真是顽固不化呀。”

柳克俊抬头朝他笑笑：“革命事业总有一天用得着我这个顽固脑袋，你信不？”

这一天，果然不久就来了。几个月后，毛主席号召“抓革命、促生产”，海军司令部紧急命令哈军工立刻恢复指挥仪南海试验。两个造反派组织得知此事，都争着执行“最高指示”，都突然把柳克俊这个“刘邓资产阶级教育路线忠实黑榜样”当作“香饽饽”，在学院上演了一出“争抢柳克俊”的闹剧。两派把他今天藏东、明天藏西，都极力说服他代表自己的组织执行海试任务。

柳克俊早已把个人恩怨抛到脑后，他严肃地对两派组织的头头说：“你们想参加海上试验，我们都欢迎，但我要对你们约法三章。”

两个造反派头头连忙点头：“柳教授，您说吧。”

“第一，技术上的事，你们不能插手，我们技术人员说了算。”

“我们不懂，听你们的。”

“你们向上级汇报情况，要实事求是，不能捏造事实。”

“我们绝对如实反映，绝不无中生有。”

“到了海上，一切听我指挥，否则死在海上，你们自己负责！”

“是，我们绝对遵守组织纪律，确保试验安全。”

“这几条，要写在纸上，你们要签字，以备后查。”

“是，我们保证签字。”

就这样，审查柳克俊的专案组人员，又成为柳克俊领衔的“901”研制团队成员。

这样幽默得近乎荒诞的故事，是那个特殊岁月里的特别风景。

“我们蹲在窗台下，不时有流弹嗖嗖地从头顶上飞过。”每当李思昆回忆起当年调试机器的情景，就心有余悸。

那是1967年8月，他们研制的“441C”计算机调机已接近尾声，配合打靶试验的炮兵部队，已起程向国家靶场开进。可这时，李思昆负责研制的外设关键部件光电编码器，由于生产单位——长春某机电厂发生“武斗”，工厂停工，火车停运，迟迟没有到货。情急之下，他搭乘军用飞机飞抵长春，在部队帮助下来到这家工厂。

工厂技术员遗憾地告诉他：“光电编码器做是做出来了，可还没有检测，你要现在取货，我们可难以保证质量。”

李思昆说：“我们连夜把检测搞完。”

工厂技术员答应了。可这天晚上检测车间附近发生了激烈“武斗”，子弹不时破窗而入，打得墙壁“啾啾”响。

工厂技术员说：“李老师，这里太危险了，要不等明天他们打完了，我们再干吧。”

李思昆叹口气说：“谁知道他们啥时才能打完，‘441C’就要进行靶场试验了，我们等不起呀。”

为了降低身姿，避免被子弹误伤，他们两人在车间冰冷的地板上趴了整整一晚上，终于赶在天亮前把仪器检测完毕，确保了靶场试验按期进行。

在那些苦难岁月里，也有动人的真情故事。

那年，李思昆带着大二年级工农兵学员桑建云，前往贵州凯里 4292 厂合作研制“HZD-4”多功能控制打印机。那时国家副食供应紧张，工厂食堂常常半个月没有肉菜，好不容易开次荤，等他们加完班上食堂吃饭时，菜盆里只剩下几滴油星子。因此，李思昆和桑建云只能餐餐清汤寡水就玉米饼。一个月下来，两人瘦了一大圈，晚上加班时眼冒金星，两腿打晃。

这天，他们上食堂又晚了，除了玉米饼，别的啥也没有了。两人只好一手一个饼，边啃边回车间。在门口，车间主任突然拦住他们说：“两位请回，坐下慢慢吃。”

他们闻到一股诱人的肉香，低头一看，只见车间主任一手端着一碗回锅肉，一手握着一瓶“贵州醇”。

“刘主任，您这是……？”

刘主任说：“你们大老远来给我们送技术，开发新产品，我们要感谢你们呀。”

李思昆说：“刘主任见外了，这是建设社会主义，是我们共同的事业，我们应该做的。”

刘主任说：“你们工作很辛苦，我们贵州这地方穷，让你们一个多月没沾一点荤，餐餐一把青菜两个玉米粑粑，看着你们一天天瘦下去，我们心里过意不去。今天我让你们嫂子把这月的两斤肉票都用了，还捎了瓶酒，给你们补一补。”

李思昆、桑建云听了，感动得眼泪一下子掉下来。

从那以后，工厂技术员和师傅们每天轮流给他们炒一个肉菜补身体，连续几个月，一天没间断。

每当忆起当年，李思昆总是感动不已：“那时候，贵州穷啊，肉食品全部凭票供应。但那里的人非常纯朴，那些鸡鸭鱼肉，是他们一点点从牙缝里抠出来的，我们也不忍心吃呀。可我们不吃，他们就和我们急，非让我们吃不可。我们实在没办法，就拉上他们一起吃，大家相处得就像一家人。因此科研虽然很辛苦，但干得很痛快，任务结束时，我们都长了好几斤。”

20世纪60年代，哈军工先后完成“901”晶体管鱼雷快艇指挥仪、“441C”高射火炮攻击指挥仪、“441D”基地数据处理计算机、“57-1”靶场试验数据处理机、“DG-1”和“DG-2”小型多功能计算机、“09”核潜艇PL-1惯导计算机、我国第一台全集成电路计算机——“030”潜艇鱼雷攻击指挥仪、我国最早使用多道程序和Fortran语言的“441B”三型通用机等数十个型号的任务，其中数项成果获得“全国科学大会奖”。

哈军工计算机系组建时，系里只有数十名科研人员（绝大部分是年轻人），技术力量、学术积累均比较薄弱，在全国同行中是名不见经传的“小兄弟”。通过十年顽强突击，“小兄弟”一举成为实力雄厚、在全国赫赫有名的“拇指哥”。

有人说他们实现了“弯道超车”。

也有人说这是那段特殊历史成就的“苦涩辉煌”。

反客为主的“特嫌”

慈云桂木偶般地坐在审查隔离室的一个角落里。他不知今夕何夕，也不知自己被隔离多少时日了。隔离室是教室临时改造的，很宽敞，两扇大门反锁着，窗户蒙着厚厚的绒布，透不进一线光。角落里的煤油灯，火苗飘飘悠悠，偌大的隔离室显得有些诡异。身旁的课桌上放着一支笔、一沓信纸，信纸上隐约可见一行红字——“哈尔滨工程学院革命委员会”。

在这里，他感觉不到日月流转、昼夜更替。

前边的门“吱呀”一声开了，一片雪白的阳光扑进来，照得慈云桂眼冒金花，迷迷糊糊中看见一个人走到面前，随后听到一个熟悉但令人生厌的声音：“老石（慈）头，明天去开会！”

“又要开会？”慈云桂身体不禁一颤。

那天，他工作到凌晨4点，正在对国外考察报告进行最后的修订。突然，门口传来猛烈的敲门声。他刚拉开门闩，一伙造反派便闯进来，不由分说地把他架走，推进这间房子里隔离审查。

专案组对他的审查，可谓惨无人道。将他摁到一条瘸腿的凳子上，对着他大声吼叫：“慈云桂，你要老实交代！”“让我交代什么？”“你在国外接头人是谁？在国内的上线又是谁？”“接头人？上线？我不知你们说什么。”“你不要装傻了，这些特务反动派伎俩，骗不了我们。”“特务？我啥时变成特务了？”“北京的大特务都已经交代了。你不仅是老特务，手底下还发展了一群小特务。”

一群小特务？慈云桂一下子醒悟过来：他们指的是他一手带出来的这

批年轻计算机技术骨干。他暗暗提醒自己：千万不要再乱说话，否则将连累大伙，甚至贻误国家计算机发展大业。

办案人员见慈云桂沉默不语，终于捺不住性子，一拳砸了过来。慈云桂脑袋“轰”的一声，瘦弱的身躯和那瘸腿方凳一起倒在地上，昏迷过去。

一桶冷水浇下来，他一个激灵醒了。一个声音恶狠狠地撕扯着他的耳膜：“快交代，你是一个铁杆特务！”

慈云桂再也忍无可忍，单薄的身躯爆发出惊天动地的声音：“我是一个顶天立地的共产党员！”

专案组见审问不管用，便想借助“群众”力量。他们把他押到台上，给他戴上一顶“特务嫌疑分子”的高帽子，强制他把腰弯成90度，俯首恭听“群众”轮流上台揭发。可这些“群众”除了给他上纲上线和漫骂，也说不出多少他当“特务”的真凭实据。如此的批斗一场接一场，每天都让他在台上站好几个小时，站得浑身都快散架了才罢休。

这些日子，他一听“开会”就头皮一阵发麻：“批斗会，你们已开了十几场，还开呀?”

专案人员说：“还开，这回把你押到北京开。”

慈云桂心里又一怵：“我又没在北京工作，我不去！”

专案人员这才低下腔调说：“上北京开学术听证会，你也不去?”

原来国家准备进行洲际导弹试射，弹头落区在远海，超出陆地范围，需要远洋测量船执行导弹飞行测控任务。1967年1月18日，国防科委提出建造“远望号”测量船及其护航舰艇、后勤补给船只等一系列配套舰船，工程代号“718”。“远望号”关键设备——船载计算机“151”，承担着洲际导弹遥测数据处理和预测弹头着陆点的重任，体积要求小，性能要求高。国防科委把研制任务交给一个实力很强的国家计算机研究所，并决定在北京召开专题论证会，邀请包括慈云桂在内的计算机界各路“神仙”，给这台机器“把把脉”。

慈云桂听说自己可以参加学术会议了，竟激动得有些语无伦次：“这个会，我去，我去，我很想去……”

专案组人员又泼来一瓢凉水：“老石（慈）头，你别高兴得太早了，对你的审查还没有结束。你进会场时只能带耳朵，不能带嘴巴，只管听着就是，绝不能乱说乱动。我们还要派个办案人员和你一起去开会，对你实行全程监督！”

慈云桂从“黑屋子”回到家里，吃完夫人端上来的一大碗香喷喷的腊肉蘑菇面，又推出那辆锈迹斑斑的自行车。

夫人琚书琴问：“刚回来，又去哪儿？”

慈云桂说：“我去实验室看看同志们。”

琚书琴没阻拦他，只是提醒道：“现在‘节约闹革命’，路灯都关了，道黑，你小心着骑。”

哪知，刚出“牛棚”，身体发软、头昏眼花的慈云桂，把车骑到离实验室数十米时，竟一头栽进了一个刚挖好的暖气管道坑里。但他挣扎着爬出来，继续推着自行车来到实验室。

见老主任回来了，大伙一下子都围了上来。这时大家才发现他胸前尽是血迹，赶紧把他送进医院里。

医生诊断：锁骨骨折。两天后，慈云桂坚持带伤进京参加听证会。

夫人心疼地千叮咛万嘱咐：“你这样子上北京，真让人不放心。千万千万记住，在会上，你不要点头，也不要摇头，不要再惹事了。”

慈云桂带着伤痛和专案组的一名“保镖”来到北京，才发现“151”计算机研制论证会竟是一场“红脸会”。

会议一开始，机器使用方和承研方便围绕机器运算速度问题发生了激烈的争辩。“一定要上每秒100万次的计算机。”“我们只能搞出每秒50万次的机器。”“这是测量船中心计算机，每秒50万次绝对不行。”“现在国产集成电路不过关，进口又没门，能搞出每秒 50 万次就不错了。”

慈云桂听不下去了，站起来想说话，但见那个专案组“保镖”正瞪着自己，只好叹口气坐下了。

哪知双方争论了近一个小时，还没争出个子丑寅卯。

论证会开不下去了。主持会议的国防科委领导把目光转向一言不发的慈云桂：“慈教授，你的意见呢?”

慈云桂不再看“保镖”的眼色，直抒胸臆道：“非上每秒 100 万次不可!”

国防科委领导见他说得如此断然，便问：“为什么?”

慈云桂从容地陈述道：“作为‘远望’测量船中心处理机，它有四大任务：一是引导各种测量设备实时捕捉目标，保证可靠的跟踪、稳定的观测，实时搜集并记录各种原始数据并加工处理；二是实时处理各种飞行参数和遥测数据，进行实时显示，并预报目标轨迹和落点，监视目标的飞行姿态、轨道情况，实时进行故障判断、安全警告，并实施安全控制；三是进行定期天气预报、定位校准和修正船位姿态；四是完成科学考察数据处理，进行事后数据处理，进行现代科学研究和工程计算。要完成如此艰巨的任务，每秒 50 万次的机器显然力不从心，只有每秒 100 万次机方能与之匹配。”

承研方接过话题说：“别忘了现在我们国产计算机最高水平只有每秒 1 万多次，如上每秒 100 万次，可是要提高两个数量级呀，能一步跨过两道大坎儿吗?”

不等慈云桂回答，就有人发话了：“这个问题，慈教授最有发言权，当初他领着大伙搞第一台晶体管计算机时，我国计算机最高运算速度只有每秒百次，几年后他们的‘441B’就突破了每秒万次。”

承研方强调说：“别忘了，每秒 1 万次已经接近晶体管计算机的极限，用它搞每秒 50 万次还马马虎虎，搞每秒 100 万次绝不可能。”

这个问题，慈云桂早就胸有成竹。且不说“441B”攻关期间，他就想过下一代计算机技术路线问题，就是这些日子在隔离室里，也不是白待的。办案人员每天送来一沓印有“哈尔滨工程学院革命委员会”字样的信纸，让他写交代材料。他每天都“交代”得很投入，都要写到深夜才休息，让那些看守人员很满意。他们又哪里知道，他每天写的除了一两页应付专案组的空话套话，其余的都是有关新一代计算机的设计构想。

慈云桂说：“为什么不用集成电路呢？它在国外已经相当成熟。”

“别以为扒着外国人的门框，偷看了一点外国的东西，就以为是宝贝。”承研方讥讽道，“请你告诉我们上哪儿买去，外国人肯卖给我们吗?”

慈云桂坦诚地说：“那就用国产集成电路呀。”

承研方说：“国产集成电路质量那么差，能造出‘151’这样的大机器、大系统?”

慈云桂肯定地说：“能!”

承研方反问：“请教慈教授，怎么搞?”

这时，有人小声说了一句：“慈教授领衔的研究所，前不久研制完成的‘030’潜艇鱼雷攻击指挥仪，用的就是国产集成电路。”

慈云桂深有体会地说：“国产元件质量差，是完全可以通过系统的严密、工艺上的严格把关来弥补的。好比建大房子，小梁也同样能派上大用场，一根太细，把两根捆在一起不就粗了吗?”

可对方听了，依然不服气：“站着说话腰不疼呢。”

慈云桂没再理会他们，而是把目光转向国防科委领导：“这个任务我们研究所干，你给不给?”

“为什么不给?”国防科委领导喜上眉梢，当场拍板，“这每秒100万次计算机就交给你们了!”

慈云桂坚定地回答：“我保证完成任务!”

就这样，带伤“旁听”的“特嫌”慈云桂，反客为主，把中国第一台每秒百万次计算机“151”的研制任务，从别人锅里舀进了自己碗里。

强震中的“坚强机”

正当慈云桂带领大伙完成每秒百万次“151”计算机研制前期调研和总体设计时，由于珍宝岛自卫还击战爆发，哈军工突然接到南迁长沙的命令。这对于“151”来说，无异于一粒种子刚刚破土萌芽便遭遇一场暴风雪。

协作单位脱钩了，宽敞的实验室没了，仪器设备要经历长途颠簸、风雨侵袭，最严重的是刚刚组建起来的研制队伍面临解散的危机……

更让慈云桂始料不及的是，南迁后生活工作环境之恶劣：这里营房仅有 50 万平方米，这样一块“弹丸之地”，怎能容下匆匆南下的 1000 多户哈军工人？

最后一批南下的计算机系成员，只能借住在郊外的省农机学校。

这里已“停学闹革命”多年，水电设施早已废弃，杂草丛生，蚊蝇乱舞，蛇蝎出没，一片荒芜。附近的农民为“抓革命、促生产”，把一间间校舍变成了养鸭棚。

这样的地方，怎能研制中国第一台每秒 100 万次集成电路计算机啊！

然而慈云桂的决心坚定如铁：“居里夫人当年熬炼沥青渣的条件跟咱们现在差得多，她在那里能发现放射性元素镭，我在这排养鸭棚里照样能搞出每秒百万次机器！”

他们清理地上的积粪，用石灰水刷掉墙上的“革命标语”，买来一台发电机，自己安装、自己发电、自己敷设电路，再装上不辞劳苦、千里迢迢从哈尔滨搬来的“441B”等机器设备，把一排鸭棚改造成科学实验室。

长沙夏天气温高达40多摄氏度，冬天则常常在零摄氏度以下，而孕育“151”的母机“441B”计算机正常工作温度是23摄氏度左右，又没有空调，实验室如何恒温？

他们土法上马。夏天，每天去市区冷库拉一些冰块，放在机器周围，然后再架上几台电风扇不停地吹。冬天，生上十几个炉子，让机器取暖。

条件虽差，但大家创新热情高，每天清早进机房，晚上干到深夜才下班。回家路上没路灯，两旁草丛里常有毒蛇出没。为防毒蛇伤人，大家手上拿着一根竹子或树枝，像在战场上探寻敌人的挂弦雷那样，边拨拉边走。

条件差，但创新标准不减。堆叠式存储器研制成功，经长时间稳定、可靠性检验，证明逻辑正确，线路可靠，工艺可行。可这时他们发现，国际上已出现比堆叠式磁芯存储器更加先进的插件式磁芯存储器。存储系统研制人员立刻放弃已取得的成果，重敲锣鼓重开张，在全国率先研制成功

设计“151”计算机的“养鸭棚”实验室

插件式磁芯存储器，为提升整机性能发挥了重要作用，并在全国推广应用。

1974年秋，慈云桂终于带领大伙在“鸭棚”里完成全部图纸设计，并先后研制出8个模型机。

“151”这只“金凤凰”终于要破壳而出了！

大伙马不停蹄，带上全部图纸移师北京电子厂，生产“151”工程样机。

这里的条件比长沙更艰苦。厂长刚见慈云桂，就开始诉苦：“北京是首都呀，人口太密集了，尤其像我们这样的大厂子，更是人挤人。一间单身宿舍，别的单位住4个人，我们要住6个。办公楼也一样，人家两个人一间办公室，我们挤了三四个。生产用房，那就更紧张了，机器一台挨一台……”

慈云桂一听就明白了：对于他们的到来，工厂不能提供住房、办公室，甚至连调试机器的场所都没有。

这也同样难不住慈云桂：“就不信一群大活人会被尿憋死！没房子，咱们自己盖！”

他们从建材工厂购进板材、油毛毡，在露天操场上搭起一排棚子，既是宿舍，也是办公室和实验室。

计算机调试车间环境要求高，自己没法建，经与工厂反复协调，把工厂大门楼大厅——传达室腾出来，临时改建为机房。

简易棚屋，夏天热得像蒸笼，冬天冻得似冰窖。夏天还能熬过去，可一入冬，硬得似刀子的西北风，呼呼地从板缝钻进棚子，身上盖两条军被都受不了。

慈云桂跟大家商量说：“咱们给每个棚子烧两个炉子吧。”

这时有人提出：“咱们上哪儿找煤去？”

这还真把慈云桂问住了。那年头，买煤是要指标的。他们在北京一无单位、二无户口，没资格申请煤指标。

慈云桂沉默良久，说："炉子必须烧，不然顶不住。至于上哪儿找煤，你们去想办法。"

几个脑子灵的年轻人立刻明白了"慈老头"的意思。于是，等到夜黑风高时，他们便拿上铁铲、筐子，悄悄潜进工厂锅炉房"借煤"。不料值班人员警惕性特高，把他们逮了个正着。

厂领导得到报告，叹了口气，对值班人员说："这大冬天的，你到那棚子里住两天，看是什么滋味？出现这种事，惭愧的是我们。"

次日，厂长亲自把几吨煤指标送到慈云桂手上，紧紧握着他的手说："对不起你们了，你们是厂里的客人，我们没有照顾好，让你们住棚屋，大冬天里挨冻。这些煤给你们烤烤手、取取暖，烧完了，我再送过来。"

四面透风的棚屋里，终于大大方方地燃起了通红的火炉。为防止它在大家熟睡时熄灭，大家还特意排了个值班表，轮流起来往炉子里添煤。

一天晚上临睡前，值班人员风趣地说："哎，我把开水烧好了，大家喝饱了再睡呀。"言外之意，就是让大家多喝水、勤起床小解，顺便给炉子添点煤。从那以后，大家上床前都要喝上两茶缸水，一则暖暖身子，二则起来如厕时，都看看炉子灭没灭。据当事人回忆，那时每天晚上不下三分之一的人起来上厕所，从此炉子再没黑过。添煤值班制度也自行取消。

在那个买啥都要凭票的年代，对于这些"客居他乡"的科学家来说，难以解决的问题，除了煤，还有别的很多问题。他们长期离家出差，苦了家人，还亏了经济。按规定，他们出差一个月，每天补助五角钱；超过一个月，每天只有两角五分钱。北京的物价比外地高，工厂食堂的饭菜更昂贵。他们上食堂从不敢买肉菜，只能买些咸菜、蔬菜下饭。可时间长了，难免营养跟不上，在北京又买不到平价粮油，黑市粮油又吃不起。于是，一些人回家探亲时，都要扛回来一包大米，多则五六十斤，少则三四十斤，还有一大瓶油水稍重的咸菜，在中午、晚上自己蒸饭吃。

1976年年初，“151”样机生产出来，天灾的生死考验又接踵而至。

那天，他们一大早就走进机房，各就各位，紧盯着“151”显示屏上的各种数据变化，轻轻敲打着键盘调试机器。

突然，坚实的大地一下子变成了波涛汹涌的大海，伴随着雷霆般的轰鸣剧烈摇摆起来，摇得水泥房梁咯吱作响，泥渣尘土暴雨般往下掉……

机房，“151”计算机，各种设备，一下子被托上浪尖，一会儿又被甩进浪谷……

被摇得东倒西歪的科研人员不知发生了什么事，但大家爬起来不约而同地扑向“151”计算机，用血肉之躯紧紧护住他们的“心肝宝贝”。

大地颤抖一阵，终于重新安静下来。大家松开护住机器的臂膀，打掉身上的泥土，发现机房虽然裂开几条缝，但粗大的钢筋水泥柱扛住了剧烈的晃动，机器还在运行，人员毫发无损，大家这才轻轻嘘了一口气。

这时，一名工厂值班人员慢慢走进门来，惊讶地望着活似一群泥猴的科研人员：“你们为什么不撤呀?”

他们迷迷糊糊地问：“刚才发生什么事了?”

“大地震了!”值班员着急地冲着他们喊道，“咳！你们赶紧撤吧，说不准啥时余震来了!”

事后他们才知道，京、津、唐地区发生了百年不遇的大地震。震中唐山几乎被夷为平地。北京、天津的建筑严重损毁，也有人员伤亡。而且强震过后，余震不断，各种传言四起。北京许多工厂、学校、机关纷纷停工、停学、停产，动员大家投亲靠友、疏散人口。

刚刚进入调机阶段的“151”机，是先撤回长沙再调，还是坚守北京一鼓作气调完？两种选择各有利弊。

如果在北京继续干，按计划节点完成调机有保障，确实有危险，大家每天都会提心吊胆。但冒险也有冒险的好处，那就是工作不中断，在时间节点内完成任务没问题。

而把机器撤回长沙，无论对人员还是对机器，都有安全保障。可在长沙改造一个新机房，至少要几个月时间，拆除机器、运回长沙重新安装，也至少要几个月，这样大半年就过去了。要是机器再出个意外，对能否按时完成研制任务，他们心里就没底了。

有人说："应该首先考虑完成任务的问题，'151'计算机是国家洲际导弹试验急用的关键设备，要是不能按时完成任务，就会拖整个工程的后腿，影响国家国防现代化建设进程。"

有人说："安全也很重要，现在的机房已经受损，要是扛不住余震发生意外，完成任务就更无从谈起。"

都有道理。两种意见的支持者旗鼓相当，争执半天，谁也没能说服谁。最后都把目光投向慈云桂。

慈云桂环视大伙一眼，沉吟道："这台机器事关国家洲际导弹试验大局，时间不能拖后腿。但安全出了问题，后果更严重。现在要重点考虑的是，假如不走，如何保障安全？"

这时，一个技术员站起来说："我本科是力学专业，懂得建筑力学。这两天仔细察看过这个门楼大厅，它只有几条裂缝，整体情况良好。虽然以后还有余震来袭，但余震的震级一般比头震小得多。既然这个机房能扛住头震，顶住余震应该没问题。"

慈云桂果断拍板："那我们就不走了。为确保按时把机器交给国家，冒险也值！"

大家在门楼大厅的空中拉上一张帆布，给"151"挡住灰尘，坚持一天 24 小时轮班调机，哪怕余震来袭的日子也从未中断，终于赶在"718"任务时间节点完成考机。

中国第一台每秒 100 万次计算机，终于在地震中诞生了。

第二章　春天放歌

傲慢的“屋中屋”

“151”每秒100万次计算机在“远望号”远洋测量船上安装完成，在它驶向蔚蓝的大海海试之际，慈云桂掸去“151”攻关留下的征尘，重新整装出发，进行中国下一代计算机——中国第一台每秒亿次巨型机的调研。

回顾一下世界计算机的发展历程，便不难发现，计算机技术的更新换代，犹如一场竞争激烈的接力赛，前棒还在玩命冲刺，后棒已开始起跑，在奔跑中交接，然后奋力冲刺。美国的计算机技术就是这样发展起来的。

1946年，莫奇利、埃克特研制出世界上第一台实现科学计算的电子管计算机，引发了世界电子管计算机研制的热潮。仅仅一年后的1947年，晶体管诞生，美国IBM公司立刻启动了速度比Meg快10倍的Stretch计算机工程。

在Stretch计算机研制期间，IBM公司又着手研制世界上第一台集成电路计算机，并于1961年研制成功，标志着世界计算机进入集成电路计算机时代。

20世纪50年代末，晶体管计算机备受青睐，克雷就把探索的目光瞄准了运算速度惊人的集成电路巨型机。为此，克雷于1960年进入3年前成立的控制数据公司任电脑总设计师，开始从事受美国原子能委员会委托而立项的巨型机研制。克雷带领34人研制小组，在一座距离公司总部80公里的实验室里，度过数年“丛林科研”生活后，为社会奉献出一台“简单的小东西”——“CDC6600”巨型机，运算速度每秒300万次，是其他电脑的10倍。他接着又于20世纪70年代初，开始运用新兴的向量超级计算技术设计巨型机，并于1975年推出了他的呕心沥血之作——人类第一台真正意义上的巨型机——“克雷-1”。虽然它号称巨型机，但身躯并不大，就像一套开口的沙发圈椅，背靠背立着12个一人高的“大衣柜”，占地不到7平方米，共安装了35万块集成电路，重量没超过5吨。但它的运算速度在当时却相当炫目——可持续保持每秒1亿次。

中国也有一位总是“这山望着那山高”的计算机人——慈云桂。

的确，慈云桂探索的目光，总是要比别人超前很多。

20世纪60年代初，全国正热火朝天地研制电子管计算机，他却停止自己的在研项目，而为晶体管计算机项目四处奔走。

20世纪60年代末，国产晶体管计算机技术刚刚成熟，他又提出要搞集成电路计算机，决心实现国产计算机从每秒万次到每秒百万次的大跨越。

20世纪70年代初，克雷心无旁骛地研制巨型机时，中国正值动荡岁月。可慈云桂对世界计算机的发展趋势依然洞若观火，几乎与克雷同时提出“要搞巨型机”，并为此而奔走呼号。

当时，哈军工南迁不久，“151”每秒百万次中心处理机还在“鸭棚”里紧锣密鼓地设计图纸。于是大家担心：“已经盛到碗里的‘151’还不知能不能吃下呢，还是等吃完了这碗饭，再考虑巨型机的事吧。吃着碗里的，还看着锅里的，能顾得过来吗？”

慈云桂意味深长地对大家说：“我们不仅要吃着碗里的、看着锅里的，我们还要再想着米缸里的。要是光顾着吃碗里的，等你悠悠然然吃完了这碗，下碗就没你的份儿了；要是你不想着米缸里的，吃过了今天，明天你就只能喝西北风了。那些远远走在我们头里的国家，现在都你追我赶，相互撵着跑。如果我们的目光只盯着脚趾前边那么一小块地方，那么在世界计算机领地上，将永远没有我们中国人的一席之地！”

他的战友们都说：“我们的步伐，永远跟不上慈教授的思想。”

但有人听了慈云桂这话，却不屑一顾地笑笑：“国家不是刚放了颗人造地球卫星吗？慈老头也把计算机当卫星呢。”

一位领导甚至在会上说：“如果他慈云桂能做出亿次巨型机，我把人民大会堂腾出一半来，让他安装机器！”

慈云桂（右二）与科研骨干研讨巨型机关键技术

这话传到慈云桂耳朵里，他好心痛。但他深知，一个国家科技落后，却要比这心痛十倍、百倍、千倍、万倍……

那种心痛的滋味，慈云桂青年时期体验过，这次带队外出调研再次“品尝”了。

那天，他们一行来到石油部门某地质勘探所。在大门口，吴所长握住慈云桂的手，头一句话就说：“慈教授呀，您快点把巨型机搞出来吧。”

慈云桂哈哈笑道：“有人说我性子急，吴所长，你怎么比我还急呀？”

吴所长说：“慈教授有所不知呀。由于自己没有巨型机，我国每年都要把勘探出来的石油矿藏数据资料，用飞机送到美国去做三维处理，把国家机密拱手送给别人，还耗资巨大，多少年来，我们一直是这样‘赔了夫人又折兵’，能不急吗？”

慈云桂说：“为什么要送到美国处理？买台机器回来不是简单多了吗？”

吴所长连忙摆着手说：“别说引进机器，那更气人！”

慈云桂说：“此话怎讲？”

吴所长把慈云桂一行带进一间大厅，指着立在大厅中央的一间装潢考究的房子说：“这是我们从美国引进的机器的机房。”

慈云桂环顾着四周说：“直接把机器安装在大厅不就挺好吗，建这么个机房岂不是画蛇添足？”

吴所长很无奈地说：“画蛇添足也得添呀，这是外国人的要求！”

慈云桂不解：“这是什么意思？”

吴所长从头道来：“四年前，我们就和美国公司谈判引进机器问题。谈了三个多月，终于谈定交易机型和价格。可签合同时，美国人又突然提了个附加条件？”

慈云桂问：“什么条件？”

吴所长掰着手指说：“一、为机器修建一间专门的机房；二、机器的使用、维修人员，均由美国公司派遣；三、中方人员到机房计算各种数据时，在机房门外把数据交给美方人员，一律不许进入机房。”

慈云桂气愤地说：“这是什么意思呀？”

吴所长说：“还有什么意思？怕我们偷他们的技术呗。”

慈云桂说：“这条件，你们也答应？”

吴所长说：“我也不想答应啊。可不答应，国内又没有，我上哪儿买去？”

慈云桂深知自己言重了，满含歉意地握了握吴所长的手。

是啊，虽然人家这些条件无异于对我们说“我要窃取你的机密，你还得感谢我、还得给我钱，而我的机器你看一眼都没门”。这条件够苛刻吧，人家很霸道吧。但我们却不得不答应。因为我们急着用，而自己却没有。

慈云桂又问：“这是哪个层次的机器？”

吴所长说：“每秒400万次级的。”

慈云桂又纳闷了：“‘克雷-1’亿次机早就出来了，为何不引进一台亿次机？”

吴所长又叫苦不迭：“慈教授，您快别说了。刚开始我们也想引进‘克雷-1’，可人家看都不让我们看一眼，还想引进？”

一股滚烫的血流“咕嘟嘟”一下子涌上慈云桂的头顶。

在旧中国，外国人在中国土地上设立租界，高悬“华人与狗不得入内”的警示牌。如今新中国成立20多年了，在中国的土地上，居然还有禁止中国人进入的地方。这是中国计算机人的耻辱！慈云桂仿佛被人当胸扎了一刀，痛彻肝肠啊！

这天晚上，慈云桂久久难以入眠。那间“屋中屋”，在他脑海里晃来晃去，怎么也挥之不去。耳畔也不住地回响着此次调研中听到的各种呼唤——

一位国家战略武器设计人员对他说：“我国的战略武器虽然试验成功

了，但地表试爆，给环境带来了严重污染。毛主席已做出指示，要将战略武器试验由地表转到地下。试验数据处理难度越来越大，现有的每秒十万次级、百万次级计算机难以胜任。再说，现在美国已开始着手探索运用先进的计算机创新战略武器试验模式。国家再不自力更生发展巨型机，我们与美国在这一技术领域的差距将越来越大!"

一位航天专家对他说："火箭试验太昂贵了，打一发耗资数万、数十万，甚至上百万、上千万。每种型号都要打几发甚至十几发，才能最后定型。要是也像美国那样，有巨型计算机进行火箭发射模拟试验，将可大大减少试验次数，为国家节省大量经费!"

航空工业部门领导跟他讲："现在我们每设计一种新型航空器，都要三番五次进行风洞试验，收集空气动力数据，花费国家数百万甚至上千万资金。多么希望我们国家能搞出一台巨型机，进行飞行模拟试验，减少国家巨额投资!"

地震部门更是叫苦连天："20世纪中叶后，世界地震进入频发期，而地震预报实在太困难了，常常未抓到丁点蛛丝马迹，地震就来了。老百姓埋怨我们地震部门是梁山'智多星'——吴用（无用）。要是有巨型机对地震数据进行科学处理，我们对地震的预报将改善很多。"

防汛部门的工作人员告诉他："由于国家没有巨型机，我们无法对复杂的气候进行中长期预报，对防汛工作依然停留在'水来土掩，兵来将挡'的原始水平和被动状态，根本无法预测汛期到来及洪峰的袭击，这给国家财产和人民生命安全造成重大损失!"

…………

凌晨时分，慈云桂终于平静下来。他知道，人家条件严苛、做事霸道，却不能完全怪人家。谁让人家抢占了制高点呢？人家站在高处，自然要俯视世界。谁让我们要买别人的好东西呢？有求于人，自然就矮人一截，就要被人俯视。要想赢得别人平视的目光，我们就必须站在和别人同样的高度上！

次日，吴所长来到宾馆陪吃早餐，慈云桂平静地对他说："老吴，几年后我一定给你讨回一个公道。"

慈云桂调研回来，立刻向开国上将张爱萍做了专题汇报。1977 年 9 月，张爱萍再次指示慈云桂，抽调技术骨干深入调研巨型机研制问题，在此基础上形成报告。国防科委对慈云桂的两次调研报告进行归纳总结后，于 11 月 14 日向中共中央呈报了《关于研制巨型电子计算机的报告》，26 日中共中央批准了这一报告。

1978 年，全国科学大会在北京胜利召开。会上，邓小平发出了振聋发聩的声音：中国的四个现代化，不能没有巨型机！

纷纷扬扬、旷日持久的"中国是否研制巨型机"的讨论，总算有了结果。

但争论还在继续：谁来承担中国第一台巨型机的研制重任？

按理，这个工程非慈云桂领衔的团队不可。可大家都知道，每秒亿次巨型机研制，既是国家重点工程，更是难得的"香饽饽"啊。哪个单位把它拿到手，就意味着为单位的建设发展开辟了一片广阔空间。因此相关单位都使出浑身解数，来争抢这个"香饽饽"。在此背景下，出现了一些对慈云桂很不利的舆论：很多人认为，慈云桂领衔的计算机研究所，"兵"不足百，设备又落后，根本搞不出每秒亿次巨型机。

有人甚至把状告到党中央。

但张爱萍力挺慈云桂，不仅指示国防科委机关向党中央、国务院呈送了申请承担巨型机研制的任务报告，而且在党中央于 1978 年 3 月召开的巨型机研制部署会上，力陈让慈云桂领衔这一任务的充分理由：据了解，慈云桂是国内最早提出研制巨型机的专家。1972 年以来，他一直在调研、思考这个问题，并多次向国防科委汇报，可以说到目前为止，没有一个专家比慈教授对这一问题的思考更成熟。至于说，慈云桂人不多、条件差，可他就是凭着这些人、这些设备，搞出了中国第一台每秒百万次计算机。我坚信，他们同样能搞出中国第一台巨型机！

这时，邓小平亲自点将：这一亿次计算机就由长沙工学院搞吧。长沙工学院（哈军工 1970 年拆分南迁后改名为“长沙工学院”，长沙工学院后来改建为“国防科技大学”）计算机研究所在“文革”和学院南迁的情况下，搞出了百万次计算机不容易，是支有战斗力的队伍。

邓小平看着张爱萍说：一亿次机断给你们国防科委了，你要立军令状。

开国上将张爱萍站起身，“啪”的一声立正，以铿锵的声音向邓小平发誓：每秒一亿次，一次不少！六年时间，一天不拖！

会后，张爱萍把慈云桂叫到办公室说：我是向小平同志立了军令状的，你也要向党中央立军令状。

慈云桂听了激动不已，他瘦弱的身躯爆发出洪亮的声音：“我保证：每秒一亿次，一次不少！六年时间，一天不拖！预算经费，一分不超！”

快刀子将军

科学的春天终于来了。可春天也有倒春寒啊。

慈云桂带着巨型机研制重任兴高采烈地回到学校，竟有人指责他“爱出风头”“不自量力”，埋怨他领回了一个“白发工程”——大家都干到白发苍苍了，也未必能干成。

这些话虽然刺耳，却也不无道理。

人家“世界巨型机之父”西蒙·克雷研制“克雷-1”时，是什么条件？有世界上最深厚的技术积累，最雄厚的经济支撑，最完备的工业基础，最佳性能的元器件，最先进的制造工艺！

他慈云桂又是什么条件？正如有些人说的，他的研究所兵不够百，在全国同行里只能算个“小兄弟”。本来就条件艰苦，又经过南迁“雪上加霜”。国家百废待兴之际，经济落后，工业基础薄弱，电子元器件性能低劣，工艺水平极端落后。外国早已进入电子时代，实现了自动化流水线生产。中国依然是“手工作坊”，有些工序甚至还是“象牙雕刻”……

人家西蒙·克雷不喜欢喧嚣的城市生活，而偏好丛林里的安静日子。公司就在距离总部 80 公里的森林里为他建设了一座现代化实验室，让他带领团队在那里心情舒畅、安心适意地搞研究。

而慈云桂却要面对长期“阶级斗争”“突出政治”形成的官僚主义习气、“左”倾思想的余孽沉疴。它们对科研工作的影响，他过去已经领教够了。

就凭这些，他慈云桂如何成为“中国克雷”？

好在慈云桂面临的这些困难，国防科委也想到了。他前脚刚回学校，国防科委副主任张震寰后脚就跟到了学校。

张震寰一下火车，就握着前来接站的慈云桂的手说：“我是来给你当马前卒的。我们俩，还是在北京说的那句话：技术问题你慈云桂包了！其他问题我张震寰包了！”

毕业于北京大学的张震寰，参加过“一二·九”运动，1938 年入党，曾任新四军四师九旅政治部主任，1961 年被授予少将军衔。既受过高等教育又长期征战沙场的张震寰，养成了当机立断、勇于担当的军人作风，兼有实事求是、尊重科学的知识分子情怀。

张震寰的性格，从他批阅文件的方式便可见一斑。凡下级上呈的请示报告，他阅后都会分轻重缓急，分别打上“+”“++”“+++”，批注了三个“+”的，那是十万火急，必须马上办，万万不可延误。

天河二号
TH-2 High Performance Computer System
天河

2013 年在国际 TOP500 排名中，中国超算“天河二号”站上世界超算之巅

前不久，计算机技术专家胡守仁前往德国考察，到了北京后突然想起应该随身带些外汇，以便在国外发现先进元器件时及时购买一些。

情急之下，胡守仁抱着试试看的心情，直接找到张震寰汇报自己的想法。

张震寰爽快地说："我们出国一次不容易，是应该趁这个机会多做些调研。这个外汇，急事特办，我批！"

胡守仁说："张副主任，那我让研究所赶紧把报告送来吧？"

张震寰笑着问道："你们是哪天的飞机？"

胡守仁说："明天下午。"

张震寰笑着问："打报告还来得及吗？"

说完，张震寰拿起笔，写了一份特批笺，并在右上角批了三个"+"，交给秘书去财务拿钱。

秘书正好在打电话下通知，便把特批笺先放一旁。不久，张震寰从办公室出来，看见那份文件依然放在桌子上，立刻暴跳如雷："你看见那三个'+'了吗？还在这儿打电话！就不能办完了再回来打电话吗？"

半个小时后，张震寰把外汇交给胡守仁说："这是一万美金，发现有价值的东西，不用请示，买回来就是。"

这就是张震寰的办事风格。在国防科技领域，大家都称张震寰为"快刀子将军"。

张震寰在校领导陪同下登上接站的轿车。校领导吩咐司机："师傅，到学校招待所。"

张震寰说："咱们还是先去看看计算机实验室吧。"

在计算机实验室，张震寰边参观边听慈云桂汇报。参观结束后，校领导说："咱们上招待所吧？"

张震寰又说："不急，你陪我到周围转转吧。"

校领导说："张副主任下来蹲点，总要住一段时间，以后转的时间多的是，都十二点半了，先去吃了饭再转不迟。”

张震寰说：“转了再吃，正好多吃两碗。”

校领导只好又陪着他在校园里转悠。转到学校南大门，张震寰突然停下脚步，指着大门旁一间小耳房问：“这房子是干什么用的?”

陪同的后勤部门负责人回答：“暂时存放着一些教学器材。”

张震寰说：“能腾出来吗?”

后勤部门负责人说：“首长，没问题。”

张震寰说：“那就安排我住这儿吧。”

校领导连忙摆手：“张副主任，这可使不得。我们已经在招待所为首长安排好了套间。”

张震寰执意道：“套间，我这次就不住了，还是住这里好。”

校领导说：“这里条件实在太差了。长沙的冬天寒如冰窟，晚上穿着棉衣裤睡觉依然冷飕飕的；夏天则热似蒸笼，光了膀子还汗流浃背。怎敢让国防科委来的领导住这种地方。”

张震寰却说：“这里已经很好了，当年打仗能找到这么一间房子，感觉就像住宫殿了。”

校领导说：“可现在毕竟是和平时期嘛。”

“现在既是和平时期，也是战争时期。”张震寰指着一旁的慈云桂说，“我看慈教授带领大伙干的巨型机，就是一场没有硝烟的战争，这场战争也同样激烈啊。住这里虽然没有宾馆的套间舒适，但这里一抬脚就进了学校，便于上实验室了解情况，大家有事找我也方便。”

校领导拗不过，只好让张震寰这位副大军区级首长下榻在学校大门的耳房里。

当晚，慈云桂再次前来探望张震寰。张震寰赶忙起身，拉住慈云桂一块坐到一张简易沙发上。

慈云桂看着这间简陋的大门耳房，满含歉意地说：“让张副主任住这儿，我们心里真有些过意不去呀。”

张震寰说：“我不是说了嘛，你现在也是在领着大伙打仗呢，我现在是一名工兵，来给你开路的。”

慈云桂说：“这可不敢当，张副主任是来给我们指路的。”

“慈教授，咱们都不用客气了。”张震寰快言快语道，“慈教授，巨型机的事怎么样？有什么困难尽管说。”

慈云桂摇头、苦笑。

张震寰拍着慈云桂的肩膀说：“有些问题你无可奈何，主要是你权力太小。没关系，我权力比你大，张主任（张爱萍）、李政委（李耀文）权力更大。你解决不了的，我来解决；我批不了的，我直接找他们俩批去。何况这次任务，是邓小平亲自决断的大工程，你慈云桂担纲这一重任，也是邓小平亲自点的将。有了这两条，我就不信还有哪个吃了熊心豹子胆敢不听招呼！”

慈云桂坦陈：“我们研究所，虽然干过我国第一台晶体管通用计算机‘441B’、第一台每秒百万次计算机‘151’，但相对巨型机来说，那都是小工程、小项目。单靠我们研究所这些人，恐怕干不下来。”

对此，张震寰深有同感：“巨型机确实是个国家级大工程，必须举全国之力，才干得成。国防科委已经做好为你们组建大队伍的准备。慈教授，你去调查，你发现谁、需要谁，我给调谁！”

关于队伍问题，慈云桂早已深入国防科委各单位、全国各大学调研过，队伍人选，慈云桂已胸有成竹。

慈云桂说：“七机部在湖南有个研究所，有批计算机人才正闲着呢，能否借用他们几年？”

张震寰说：“为什么要借用？那样别人来了能安心工作吗？干脆把他们调进你们研究所。”

“那敢情好！”慈云桂眉开眼笑，但随即欲言又止，“可是……”

张震寰知道，慈云桂“可是”后边的话是“我能调得了吗”。

这事，对慈云桂确实“难于上青天”。但对曾出任过战略武器试验委员会副主任、做试部长的张震寰来说，虽非易事，却也比慈云桂容易。

“这事你办不了，我来办!”张震寰痛快地表态，并拍着胸脯说，“慈教授以后要我调人，就走‘直通道’。什么报告、画圈，统统免了！你只需给我开个名单，我直接找张主任、李政委批去，看哪个单位敢不放人。要干成事，非这样干不可！今后，你要我办什么事，一不用报告，二不用写信，只要来张便条，不要头尾，写清一二三就行。要我什么时间办好，我就什么时间给你办好。不要经过秘书，直接给我打电话。半夜办的事，直接打我家，我起来接!”

慈云桂很快就列出一张急需商调的名单。张震寰当天就带着这份名单返回北京，在第一时间要到张爱萍主任、李耀文政委的批示，然后在批示旁加了三个“+”，再交给自己的秘书去落实。秘书看见那三个“+”，立马拿着首长的批示去找干部部门。

过了一个月，张震寰打电话问慈云桂：“人到了没有?”

慈云桂回答：“暂时还没有，不过听说快了。”

张震寰一放下电话，就跑到干部部门发脾气：“办事要简化手续，不能拖拖沓沓，别跟下边的人打官腔。怎么对完成任务有利就怎么办，不这样干，什么时候才能把亿次机弄出来呀?”

一个月后，七机部驻湖南邵阳的21名计算机技术人员，连同家属小孩一股脑儿来到了国防科学技术大学。

办事如此神速，慈云桂已经大喜过望了。可张震寰还不满意：“调几十个人用了两个月，这样的办事效率，中国啥时才能现代化?!”

张震寰快刀斩乱麻。国防科委基地、航天部、石油部、核工业部以及复旦大学、武汉大学、湖南大学、湘潭大学等单位的计算机人才，纷纷向国防科学技术大学计算机研究所集结。

在中国巨型机起步之初，慈云桂办事可谓阻力重重，甚至在自己的“管辖范围”，有些时候、有些事情，都有人敢顶着不干。每逢这种情况，张震寰这把“快刀子”，就“一竿子插到底”。

计划投产的日子眼看就要到了，可计算机工厂建设还有40多个问题没解决，而且都是些超出“政策”、慈云桂拍不了板的事。

张震寰又火速飞到长沙，提着行李直接钻进工厂车间，站在机器旁，蹲在图纸前，向工人师傅请教，向技术人员征求意见，最后再来到厂长办公室，直截了当地问：“有什么事要马上解决？你说，我拍板。”

厂长说：“厂里缺个总工艺师，我们好不容易物色了一个，技术很好，就是级别太低了，才是个助理工程师。”

张震寰瞪着眼珠子说：“你管他什么级别，只要技术上拿得下就行。”

厂长说：“可用他就要突破政策规定。”

张震寰说：“我们共产党员办事要实事求是，一个人该不该用，主要看在工作上是否能胜任，不要太注重那些表面的东西。要是我是厂长，我就用他。巨型机任务十万火急，有些东西不能被所谓的政策捆住手脚。”

绕接组组长说：“张副主任，您都看见了，这一万多根线，从几号接几号，厚厚一大本，要是有个录音机‘念’，我们边听边接，不仅速度快还不容易出错。”

张震寰点点头：“嗯，有道理。你们快买呀！”

“可财务科说了，录音机不是生产工具，不能买。”

“乱弹琴！”张震寰又把眼睛一瞪，“去把会计给我叫来！”

会计来了。张震寰问他：“什么是生产工具？”

会计支吾着回答：“生产劳动中使用的工具，比如万能表、扳手、钳子……”

张震寰又问：“能帮助提高生产效率的其他物品，算不算生产工具？”

会计点头：“当然算。”

慈云桂（左二）与张震寰（右一）等国防科委领导

张震寰说："那你去车间转一转，看大家需要哪些东西来提高工厂建设速度。"

3 天后，录音机送到了绕接组组长手上。

就这样，张震寰一边听取意见，一边找人商量，一边当场拍板，一天下来，40 多个问题落实了 98%。

最后一个问题就是电。学校电压不稳，直接影响插件板质量。

张震寰毫不犹豫地决定马上修变电所，并亲自主持工程协调会。

会上，变电所建设的有关事项，绝大部分迅速落实，没想到最后竟围绕14根电杆问题扯皮不休。

张震寰问："学校有关部门打算怎么解决?"

一个年轻人站起来回答："首长有什么指示，我回去向部领导汇报。"

张震寰眯起眼睛问："你是什么职务?"

年轻人说："我是一名办事员，领导让我来听首长指示。"

张震寰说："你能拍板吗? 你能替你们领导做主吗?"

年轻人说："我不能。"

张震寰压住心头的怒火，对年轻人说："我们这里需要能解决问题的，不需要听会的。你回去吧，让你们领导马上来!"

学校有关部门领导来了，方案也很快敲定。散会前，张震寰指着那名领导说："你立刻回去落实，明天上午10点，我来检查!"然后将目光移向在座的各位，"你们也一样。你们要我办的事，我一定办好。办不好，你们可以骂我的娘。但有一条，我要你们办的事，你们办不好，我也绝不轻饶你们!"

张震寰用铁腕重拳一举扭转工厂建设的被动局面，确保工厂在预定日期如期开工生产。

临走前，张震寰与老厂长握别，语重心长地说："老江呀，往后的事情就交给你了。若能提早一天完成生产任务，我张震寰给你磕头!"

那个夏天，素有"火炉"之称的长沙，气温突破历史最高纪录。一天晚上12点多了，张震寰依然不敌闷热，难以入睡，便身穿背心、背着双手在校园里溜达，不知不觉走到了计算机实验室。他发现里边灯火通明，便信步走了进去，只见慈云桂和专家们还在工作，一个个热得光着膀子还汗流浃背。

张震寰走到慈云桂身旁问："慈教授，你们热成这样，为啥不用电扇?"

慈云桂说："电扇一开，吹得图纸四处飞扬，那更没法干了。"

张震寰说："那就用空调呀，天气这么热，还加班加点干，中暑了怎么办？岂不更影响工作？"

慈云桂有些担心："全校都没装空调呢，我们把空调一装，有人会说三道四的。"

张震寰说："全校也只有你们在搞巨型机，任务需要嘛。买空调又不是为了享受，而是为了赶任务。别人要说，就让别人说去。等巨型机搞出来了，他们也就没什么说的了。"

10 台空调装上，工作环境改善了，大家加班的时间更长了，单身的索性吃住在实验室，工作效率成倍提高。

张震寰经常对身边的人说："要尊重科技人员，要和他们交朋友，要关心他们的生活，多为他们办实事、解难题，主动为他们承担风险，让他们放手去干。"

在每秒亿次巨型机攻关关键时刻，慈云桂手臂上长出许多小肉瘤。医生怀疑是恶性，要他住院手术。慈云桂怕耽误时间，影响每秒亿次机的研制，坚决不同意。一名同事给他找来一个偏方，说是鸡蛋清掺蛇蜕粉敷在患处疗效很好。夫人琚书琴找来一试，果然奏效。可恰在这时，北京一个重要会议需要张震寰和慈云桂一同参加。

琚书琴为难了，老头子去了北京，谁给他整药治病，要是病情恶化了怎么办呀？

张震寰得知这一情况，特意找琚书琴要到偏方，宽慰她说："嫂夫人请放心，我保证慈教授治病、开会两不误。"

到北京后，张震寰特意安排慈云桂和自己住一个房间，让家人按偏方上药房买药，弄好每天送到宾馆来，自己亲自给慈云桂敷药。结果，会开完了，慈云桂的病也基本痊愈了。

慈云桂动情地说："让首长给我敷药，实在不敢当啊。"

张震寰哈哈笑着说："在巨型机研制这场没有硝烟的战场上，你是机枪手，我充其量是名压弹员。给你敷药，是我这名压弹员应尽的职责。”

封闭式攻关

世界第一台巨型机诞生后的第三年——1978 年，中国乘着改革开放的东风，终于打响了巨型机研制攻坚战！

战前动员会上，巨型机总设计师慈云桂拿起面前的稿子说：“这是系机关给我准备的动员讲话稿，政策水平很高，但在这儿我就不念了。今天，我想给大家讲几句心里话。”

他把讲稿放到一边，从座位上站起来，像战场指挥员那样，一手叉腰，一手挥舞着，发表了一番肺腑之言：“同志们！我今年刚好 60 岁，与大家一块干科研也干了 20 年了。这 20 年来，我们想甩开膀子干，可不是这运动，就是那运动，今天有人给我们戴这‘帽子’，明天有人给我们戴那‘帽子’，给我们束手缚脚，让我们无法甩开膀子干。现在好了，国家以经济建设为中心。正如郭沫若同志所说的，科学的春天已经来临，以后再没人在我们面前碍手碍脚了，我们甩开膀子干科研的好日子，终于到来了！

“同志们！党中央吹响了向四个现代化进军的号角，国家战略武器工程正等着用每秒亿次巨型机，国家经济建设正急着用每秒亿次巨型机，哪怕我豁出这老命，也要为国家把巨型机搞出来！

“同志们！研制亿次巨型机，是邓小平同志决定的事情。由我们干这个任务，是邓小平同志亲自点的将。我们国防科委的张爱萍主任，是向邓小平同志立了军令状的，我慈云桂也是向张主任立了军令状的。什么是军令状？它对军人来说，就是哪怕搭上性命也必须践行的诺言！如果不能践诺，那是要上军事法庭、是要判刑的！

“同志们！我们现在是站在同一条壕沟里的战友，说土点是一根绳上的蚂蚱。把巨型机搞出来了，我们大家脸上都有光，如果搞不出来，大家也一块陪着我去坐牢！

“同志们！我国的巨型机项目，虽然比美国、日本这些发达国家启动晚，但我们不能自甘落后，我们甩开大步朝前走，在世界巨型机领域，为中华民族争得一席之地！”

美国“克雷-1”工程启动于1970年。也就是说中国比别人晚了七八年。在此情况下，要赶超世界一流，首先必须瞄准世界前沿技术。

早在1973年，慈云桂便带领大家瞄准美国当时的巨型机技术，开始探索我国巨型机的总体方案。经过数年跟踪论证，在1978年5月国防科委召开的专题方案论证会上，确定了我国第一台巨型机为分两期完成的双处理机。

就在慈云桂准备领着大伙投入紧张的设计时，刘德贵拿着一份国外的学术刊物找到慈云桂说：“慈教授，这本杂志上有篇介绍‘克雷-1’的文章。”

“刘德贵，你为国家立大功了。”慈云桂接过那本杂志，如同接过一件宝贝，小心翼翼地捧在手上说，“这些年，我们到处找‘克雷-1’的资料，可别人捂得很紧哪，一个数据也不露，现在总算露出一些头发丝了。”

慈云桂立刻组织大家对资料进行深入细致的分析研究。“克雷-1”的设计思想、实现手段果然非常独特，无疑代表着当时的国际领先水平。

难题也随之而来：采用“克雷-1”技术路线，虽然一步达到世界一流，每秒亿次有保证，但需要用好几个月时间重新设计总体方案。

两难之下，慈云桂果断决策——哪怕以后上军事法庭，也绝不能让中国首台巨型机一开始就“先天不足”!

国防科委接到慈云桂的报告，非常支持慈云桂的创举。

就这样，慈云桂果断舍弃大伙耗费数年之功完成的“双处理机”方案，将目光锁定“克雷-1”先进的设计思想，结合中国国情再创新，设计出“双向量阵列结构”的总体方案。它成功地把巨型机信息传输由“单道高速公路”变成了“双道高速公路”，并为之修建了“双轨”，还在沿途设置了众多“仓库群”，布满了“道路维修员”“车辆检修工”。此方案，哪怕主机主频不变，运算速度也能成倍增加。它在继承“克雷-1”优势的基础上，实现了一系列重大突破。

这意味着，中国一开始就站到了世界前沿上。

然而，这对中国当时的条件来说，无疑是“蛇吞象”啊。而慈云桂是向邓小平立过“军令状”的——“六年时间，一天不拖!”

六年，这是世界发达国家更新一代计算机的时间。但无论经费支撑、技术储备，还是工业基础、研制条件，我们都与发达国家相去甚远。这就像一场马拉松赛，别人在平坦的柏油路上奔跑，他们却在泥泞地里跋涉，要想和别人同时到达终点有多难，可想而知。如此不平等的竞赛，注定别人跑累了坐在路旁喘气时，他们还得继续往前冲；别人跑着、跑着走进小亭喝口咖啡时，他们不仅不能停下来，而且还要加快速度向前奔……只要心脏还在跳动，他们就不能停下冲刺的脚步!

用他们自己的话说：“天黑了盼望天快些亮，天亮了盼望天慢些黑，最好天不要黑。”

尽管每天工作十几个小时，再把所有节假日、周末都搭上，他们的设计速度还是没能赶上计划进度。

任务节点是铁板一块，绝不能更改！留给大家的权利，就是想方设法加快工作节奏。

大家坐在一块商量如何“挖潜力”。

一名技术员抱怨："我老婆真烦人，昨天孩子生病了，上医院打针非把我拉上，耽误了我两个小时!"

另一名技术员也说："前天，我妈妈生日，哥哥、姐姐为老人家祝寿，让我一定到场，也耗掉近两个小时!"

是啊，大家正值壮年，上有老下有小，难免被家事拖累，影响工作。

这时，有人建议："慈教授，你能不能找个让我们两耳不闻家事、一心只干科研的地方，研制进度准保大大提高。"

"银河-Ⅰ"巨型机方案论证会

慈云桂沉默了。此法虽然妙，可也有些不近人情啊。但这时他耳边又一次次响起那个钢铁般的声音：“六年时间，一天不拖!”

最后，慈云桂不得不硬着心肠走进湖南省委事务管理局局长的办公室：“伍局长，我要借你一块风水宝地。”

伍局长和慈云桂为了营房问题打过几次交道，算是熟人，便笑着问：“慈教授，你看上我们省委什么地方了?”

慈云桂说：“韶山滴水洞。”

伍局长有些惊讶：“你可真会挑地方呀!”然后一个劲摇头，“别的地方，包括我这间办公室，你看上了都好说，就是这滴水洞绝对不能借给你。”

慈云桂说：“为什么?”

伍局长神秘地说：“难道你不知道这滴水洞的来头?”

慈云桂说：“不知道。我只听说那里几乎与世隔绝，风景很好，很安静，是个可以静下心来做事的好地方。”

伍局长说：“那是湖南省委专为毛主席修建的住宅，他老人家也只去住过三次。这样的地方，我能借给你吗?”

慈云桂央求说：“伍局长，不到万不得已，我也不会开这个口啊。你看能不能特事特办。我们承担的巨型机任务，是邓小平亲自点将让干的……”

伍局长听了，沉吟半晌，说：“这件事已经远远超出我的权力范围了。我向领导给你们反映一下情况，再回复您吧。”

三天后，伍局长回话了：湖南省委领导认为巨型机工程是党中央、国务院亲自决策的国家重大工程，地方政府必须大力支持，同意把滴水洞借给国防科大计算机研究所使用三个月。

这天晚上，大伙集体回家打背包。

家属问他们：“你们这是干吗去?”

他们都回答：“去执行秘密任务！”

家属问：“上哪儿执行任务？”

他们一个口径：“上头保密，我们不知道。”

家属说：“那家里有事，怎么找你们？”

他们说：“不能找我们，自己想办法解决吧。”

凌晨2点，慈云桂领着大伙悄悄来到滴水洞驻扎下来。美美睡了一觉，次日清晨出门一看，这里果然是块风水宝地，三面环山，水碧波清、绿荫蔽日、鸟语花香……

可他们来不及细细领略这里的秀丽风光，便扭头回到房间，开始了紧张的攻关。

此后三个月，每人的房间里都架着一张小床，每餐饭有人送到房子里；他们足不出洞，甚至足不出屋。生活中只有两种状态：只要眼睛还能睁着，就编程序、搞设计；眼睛实在睁不开了，就倒在旁边的小床上睡一觉，睡醒了接着干……

三个月后，他们把工作一汇总，发现三个月的工作量竟比过去半年还多！

攻坚“敢死队”

高科技这个特殊战场，虽然没有苦涩的硝烟，但同样充满重重障碍、明碉暗堡，需要科技将士前仆后继、奋勇冲击，方能拿下一个个制高点。

随着中国首台巨型机攻坚战不断向纵深发展，横亘在前方的沟壑悬崖越来越陡峭艰险。

慈云桂向大家发出最后的动员令：“同志们，最关键、最考验我们的时候到了！哪怕前方山再高、路再险，我们也要咬紧牙关豁出去、闯过去！”

研究室副主任蹇贤福肩负着软件系统某关键技术的攻关任务，他带领小组成员咬紧青山不松口，想方设法破难题，没日没夜赶任务。由于过度劳累，他那椭圆形的脸庞一点一点拉成了长条形，脸色也一天天失去红润，变成了猪肝色。

战友们提醒他：“蹇副主任，你脸色不对劲呀，得去医院看看。”

蹇贤福笑笑说：“没事，我自己的身体我知道，没问题。”

其实，早在一个月前，他就感到肝部隐隐作痛，那时就想去医院看看，但一直没去。他担心一上医院，各种检查没完没了，得耗上好几天，目前的紧迫形势他一天也耗不起。而要是真查出个什么病来，就更耽误事了，没完没了地住院治疗，那时自己把肩上的担子交给谁？他觉得自己这点小病，目前还能扛得住，干脆把任务干完了再上医院。

但肝痛一天比一天加重，让他渐渐有些顶不住了。那天吃完早饭后，他特意带了个枕头上办公室。

妻子问：“贤福，你上班拿个枕头干什么？”

蹇贤福说：“每天中午要在办公室躺一会儿，垫个枕头舒服些。”

妻子说：“看你这段时间忙的，都快把身体累垮了，是要注意多休息。”

到了办公室，蹇贤福把枕头塞进衣服里，再用带子扎紧，压住肝部，果然疼痛舒缓了许多。

傍晚回到家里，妻子端上白米饭、递上筷子。忙活了一天的蹇贤福接过就往嘴里扒。他闻到碗里有一股扑鼻的香味儿，一翻碗底，一个香喷喷的荷包蛋浮现出来。

蹇贤福把鸡蛋夹到儿子碗里：“让孩子吃吧，他正长身体，需要补充营养。”

妻子又把鸡蛋放回他碗里：“这每天一个鸡蛋，是组织上配发给你的。从今以后，我和孩子都不能吃。”

蹇贤福想想说：“我们这段时间任务重，先补充我。过了这阵再补充你们娘儿俩。”

吃完饭，蹇贤福照常去加班，照常深夜才回家。

坚持了一个月，终于攻克关键技术，完成了子系统程序编写，而且与大系统链接后，首次调试成功！

蹇贤福脑袋里绷紧的神经，一下子松弛下来。这时，肝部的疼痛，仿佛一股积压已久的洪水突然打开了闸门，呼啦啦地涌向身体的各个部位，他唰地冒出一身冷汗，身子一颤险些跌倒在地。

战友们赶紧上前扶住：“蹇副主任，你这是怎么啦？”

蹇贤福用手使劲按着肝部，强装微笑说：“不要紧，不碍事，我颈椎有毛病，可能是刚才一高兴，脑部供血不足，导致头晕呢。”

战友们要陪他上医院，他坚持自己去，不让大家陪。他知道，这回身体绝不是颈椎出毛病，而是出大问题了。

果然，医生让他躺在床上，用手按了按他的腹部，开出了CT检查单。医生一拿到CT片子，便严肃地对他说：“下午来住院，让你妻子一块来。”

蹇贤福问：“医生，是什么问题？”

医生说：“没大问题，肝炎。”

蹇贤福说：“医生，可以对我说实话，我有思想准备。”

医生说：“是肝炎。”

蹇贤福说：“你脸上的表情已经告诉我，我的病情比肝炎严重得多。”

医生叹口气，终于说出已在蹇贤福脑海纠缠很久的那两个字：“是……肝癌。”

蹇贤福平静地说：“医生，我求你个事。”

医生说："什么事，你说吧。"

蹇贤福说："对我妻子保密，就说我是肝炎。"

医生有些不解地望着他："这倒让人弄不懂了，别人都是家属要求对病人保密，你却是病人要求对家属保密。"

蹇贤福说："我妻子性格脆弱，怕她知道了急出毛病来。以后孩子和家里的事就指望她了。"

回到计算机研究所，蹇贤福直接找慈云桂汇报自己的病情，也央求不要将他的病情告诉夫人和战友们，他不希望夫人和战友们为他着急，也不希望大家都涌到医院来看望，既耗时间又影响他静心养病。

慈云桂沉吟很久，才沉重地点了点头，说："工作上的事你就不要多想了，安心住院治疗，彻底治好再回来。"

蹇贤福回家收拾了洗漱用具，再到办公室把这些年的科研资料装进一只大纸箱，一块儿扛到医院。

医生见状，吃惊地问："蹇教授，你是来医院治病，还是来搞研究？"

蹇贤福边把各种资料往床头柜里放边回答："您上午不是跟我说，治这种病最重要的是要有一个好心情吗？我一干这事，心情就好。"

医生说："可你违反了住院纪律。"

蹇贤福说："不让干这事，我心情就不好，病就会越憋越重，这岂不比违反纪律更严重？"

医生无奈，只好由他去。

晚上，慈云桂来看望，一进门就看见他的病床上堆满资料，他坐在床上一边输液，一边不停地记笔记。"蹇贤福，你这是胡闹！"

蹇贤福赶紧合上日记，嘿嘿笑道："慈教授，您带着我们搞科研这么多年，积累了不少资料，一直抽不出时间整理，正好利用住院的机会整理一下。"

慈云桂坐到他身边，握着他的手说："现在你最重要的任务，是休息啊。”

蹇贤福说：“光躺着打针吃药，心里憋得慌。手头有些事，反而觉得充实。”

慈云桂不再说什么。他理解自己的战友。

蹇贤福把病房当办公室，一心沉浸在计算机数据的海洋里。可是随着一本本写满各种数据的笔记本在床头柜上越摞越高，他的病情也不断恶化，最后疼得连腰都直不起来，动一动就浑身虚汗，资料整理被迫中断。

妻子严肃地问他：“贤福，你到底是什么病？”

他说：“我不是说了吗，肝炎。”

妻子说：“哪有肝炎这么难受的？”

他说：“不信，你去问医生。”

她已经问过无数次了，每次医生都说肝炎。

她回家做饭去了。蹇贤福对医生说：“给我上镇痛药吧。”

他知道上天留给自己的时间不会太多了，而有些资料还没有整理，他要争取时间。一针镇痛剂打下去，他觉得身体舒服了许多。他立刻搬出资料，继续已中断几天的整理工作。

这天，他把妻子、儿子叫到病床前，先把近 20 本笔记交给儿子说：“孩子，把这些资料交给慈爷爷。以后的科研兴许用得着。”

然后，他拿着儿子的手，放进已经知道他病情、哭成个泪人的妻子手心里：“孩子就交给你了。以后不管发生什么事，你们都不要太伤心。这辈子我能有你们、能为国家大工程做些事情，活得值了。”

不久，蹇贤福含笑永别了妻儿、战友和他奋斗终生的计算机事业。

一年后，计算机研究所根据蹇贤福整理的资料出版了五本教材。他儿子把它们视为传家之宝，倍加珍惜，带着它们走进大学、走向军营，于今已成长为中国人民解放军海军上校军官。

面对艰难险阻，奋斗在国防科技前沿的将士，一如战场上的黄继光、董存瑞，奋不顾身地扑上去。

电路检测，是巨型机研制的又一项艰巨任务。

先来看三组数据。全机底板 2.5 万条绕接线，12 万个绕接点，他们要检查 8 遍；全机 800 多块多层电路板，平均每块板上有 5000 个金属孔，每个孔都要进行孔壁检查、孔导测试和绝缘测试；全机 600 多块插件板，每块有 4000 个焊点，共计 240 多万个焊点，他们得确保无一虚焊。一看这些近乎天文数据的工作量，就知道电路检测这副担子有多重。

再看巨型机腹部那些细如发丝、杂如乱麻的绕接线。它们多达数万根，若让它们整齐有序地排列，相互之间将产生微电磁场，影响性能。设计人员灵机一动，让它们相互交错、无序排列，收到了“乱中取胜”的奇效，微电磁场随之销声匿迹。可这样一来，那数万根绕接线，就像一个疯婆子的头发，一团杂乱蓬松。要把这一根根“乱发”一一理出头绪，并逐一进行检测，谈何容易啊。

当初任务分工时，电路室领导就对谁来从事这项工作犹豫不决。

这时，王育民站出来说“我来承担这项任务”，义无反顾地担任电路测试组组长。

一天，王育民正蹲在机器旁检测电路，突然感到身上一股气流直冲脑门，仿佛一圈金箍突然扣到脑门上，眼冒金星，天旋地转。

到医院一查，血压 120/170 毫米汞柱——重症高血压！

“你的工作压力太大了。”医生说，“我给你开些降压药，每天按时吃。但高血压是富贵病，一定休息好。”

他也想每天美美地睡个够啊，可那近乎海量的电路板、绕接线、插件板、金属孔、焊点……他得带着大伙一块一块测、一根一根查、一个焊点一个焊点烧，而且必须在规定期限内完成。他不仅不能好好休息，而且有时忙得连揣在口袋里的降压药都忘了掏出来吃。

那天，医生到实验室巡诊，一量王育民的血压，不仅没降，还升高了。

医生说：“从今天开始，降压药每天一片改为每天两片。”

可过一段时间，前来巡诊的医生发现，他的血压依然没有降下来。

“我再给你加一种药。”

药品一加再加，但王育民的血压始终居高不下。他在工作中也一如既往地热情高涨。那天，他正聚精会神地检测一块电路板时，脑袋“轰”的一声，身体一歪倒在地上，永远离开了他正为之奋斗的事业，两只手上还一手握着一支万能表测试笔。

不久，青年讲师张树生，也以同样的姿势倒在冲刺的征途上。

那天下午，在张树生的追悼会上，慈云桂望着悬在墙上的那张年轻的面庞泣不成声——

“将来我去见了马克思，在九泉之下，把这些同志集合起来，都可以组建一个地下计算机研制团队啊！”

慈云桂之痛

晚上回到家里，慈云桂的眼角依然挂着泪花。夫人琚书琴递给他一条毛巾，安慰道：“俗话说，人死不能复生，你要保重啊，战友们还指望你领着大伙干呢。”

慈云桂接过毛巾，又一次泣不成声：“书琴啊，这些年，我带着大伙为国家研制出一台又一台机器，可好几个战友也一个接一个离我而去。我希望国家强盛，盼着科技事业发达，可同样看重我的这些战友、兄弟，要是机器能一台接一台地出，战友们又一个个活得好好的，那该多好，可是现在……”

是啊，慈云桂领着大伙在科学的道路上攻克了一个又一个难关，可他始终没有找到攻坚克难与战友健康的两全之策。这是他的心头之难，是他的生命之痛。

慈云桂曾向老领导张震寰倒过心里的苦水。张震寰沉默很久，然后叹息一声说：“也许这就是战争吧。”

慈云桂擦着泪水走到阳台上，仰望着群星灿烂的夜空。几颗流星拖着璀璨流光划过天空，消失在远方的茫茫夜色中。

一阵悲伤又涌上慈云桂心头。这些年，他身边一个个年轻的生命，就像这一颗颗流星，耗尽自己最后一点能量，给夜空留下了一条条耀眼的光弧。

那年在北京监制调试每秒百万次机时，运控组组长钟士熙感冒了。慈云桂让他到医院抓些药，他拍拍胸脯说：“小感冒，小意思！”

钟士熙身体的确很棒，大伙都称他“钟坦克”。他在工作台上放一条毛巾，绘一会儿图纸，拧一把鼻子，拧得鼻子似红辣椒。战友去城里办事，给他带回一盒牛黄解毒丸。他说过去感冒从不吃药，过几天就好了。把药搁一边，一粒也没吃。

但这回过了两个月也不见好，而且还越来越严重，人一天比一天清瘦，眼前常冒金星，耳朵里也呜呜叫。他这才觉得不对劲，赶紧往医院跑。

小病这时已酿成大病——重症胰腺炎，血压高达120/200毫米汞柱。医生说，这病到了这程度，光吃西药不行了，住院中西医结合好好调养还有希望。

慈云桂找到他：“钟士熙，你回长沙住院去吧。”

钟士熙说：“这里的工作一个萝卜一个坑，我走了，谁来接我的工作？”

慈云桂说："这个我来想办法。"

钟士熙说："就算你能从长沙调人来，我这块干了快十年的事，他一时半会儿能接上？能把以后的事搞顺畅？'远望号'正等着装咱们的机器呢，就不怕耽误进度？"

这正是慈云桂最担心的。

钟士熙说："回家住院，也是吃药。在这里，我也可以吃药，治病工作两不误。放心吧，慈教授，我会调养好的。"

这回他确实不敢大意了，不仅西药按时吃，还特意从市里买回一只药罐，一周去市里抓一次药，时不时去附近那片桦树林里拾一些干柴，在棚屋门口摆上三块砖头，架上药罐熬中药。喝茶是他的嗜好，现在茶也不喝了，天天喝中药。但工作没变，还跟过去一样玩命，每天天亮一起床就干，晚上不过 12 点不上床，和大伙一样没有星期天、没有节假日。

这样熬了一年，机器差不多熬出来了，他的病也熬得更严重了，整天眼花耳鸣，腹部阵阵剧痛，经常疼得直不起腰身。

慈云桂再次动员他住院。他动情地说："我几年都挺过来了，还挺不过最后这几天？就让我挺到最后鉴定，再高高兴兴去住院吧。"

最后考机那些日子，他和大伙一样昼夜守候在机器旁。

第一考题输进了机器。大伙的目光，一下子投向机器输出系统，一下子又转身看向墙上的挂钟。终于，输出系统响起了悦耳的"沙沙"声。

"成功了！"大伙一声欢呼，一齐扑向主机。钟士熙也忘情地从椅子上蹦起来，张开双臂跑了过去。突然，一个趔趄，他重重地倒了下去。

钟士熙被战友抬进了医院。从此，他再也没有离开病房。

他在医院里听说，他的战友们到"远望号"上安装机器了，到山东日照进行海试了，然后又前往太平洋执行国家首颗洲际导弹发射测试了……每听到一个这样的消息，他就像孩子一般喜笑颜开。

这天，他听说学校俱乐部要放映我国发射首颗洲际导弹的纪录片，便央求妻子说：“你推我去看看吧。”

妻子说：“你都病成这样了，哪能去看电影？”

他说：“我们研制的这台机器，就是用于洲际导弹发射试验的，我得去看看。”

妻子理解他，搀扶着他走进俱乐部。银幕上，火箭腾空而起，直刺青天。“远望号”远洋测量船在茫茫大海上劈波斩浪，他和战友们研制的机器荧光闪烁。运载火箭准确落入靶区，砸开一朵高高的浪花……

钟士熙附在妻子耳旁，轻轻地说：“我们的机器派上了大用场，我这辈子总算活得不冤枉。”

一个月后的一天早上，他吃力地对妻子说：“你找一套我过去的军装给我换上吧。”然后把亲人们召到床前，轻轻地向大家挥挥手、点点头，慢慢地也永远地闭上了眼睛……

俞午龙却走得匆忙，匆忙得来不及向他心爱的妻子告个别。

那年秋天，肩负某项目研制任务的俞午龙，前往安徽黟县4435厂执行关键技术攻关任务，一走就好几个月没回家，把年幼的孩子抛给妻子一个人。

那天，俞午龙总算回家“探亲”了。可前脚刚踏进家门，后脚就上实验室去了，而且每天干到深夜才回家。妻子后来才知道，他此次“探亲”是回来解决技术难题的。

这天早上，天亮好一阵了，俞午龙还安静地躺在床上，而往日这时他早就上班去了。

“午龙，你怎么啦？”妻子觉得蹊跷，伸手摸了摸他额头，“你发高烧呢！”

俞午龙感到脑袋沉得像坨铁，身子软得似团棉。“可能感冒了。”说着，强撑着要起床。

妻子劝说道："想睡就多睡一会儿吧。"

他边穿衣服边说："不行啊，这是国防重大工程急需的机器，再不抓紧搞出来，就要拖后腿了。"

他和往常一样去了实验室，和往常一样干到午夜过后才回家。

妻子关切地问："感冒好些没？"

他说："不要紧。"

她说："肚子饿了吧？我给你做碗面条去。"

他说："我不想吃，只想睡觉。"

他一头倒在床上，连衣服都来不及脱，便呼呼入睡了。妻子心疼地摇了摇头，给他轻轻盖上被子。

第二天、第三天，他依然发着高烧，却照旧早上去上班，午夜才回家。

第四天下班前，领导找到他说："现在，安徽有急事，最好你明天就回去。"

"好，我赶明早的火车走。"俞午龙答应后，又有些犹豫，"手头的这个程序，还有一部分没写完。"

领导说："以后再写吧。"

他说："这个也是马上就要用的。"

领导为难了："这怎么办呢？"

俞午龙说："这样吧，我回家把它写完再走。"

带着一堆资料回家后，他告诉妻子："我明天一早去出差。"

妻子说："那你快睡吧。"

他又是往床上一倒便呼呼大睡。给他盖上被子后，妻子也睡了。可不久，她被一阵窸窸窣窣的声音吵醒了，睁眼一看，见他正趴在写字台上加班呢。

她气不打一处来："你病成这样子，明天又要出差，现在还不睡，你还要命不?”

他说:“你睡吧,还有几行就编完了。”

她从床上跳起来,抄起一把剪子冲到他面前:“你再不睡,我就把你这些资料给剪了!”

他赶紧用身体护着那些资料:“好,好,好,我睡,我睡。”

他老老实实睡下了。次日,她从梦中醒来时,他已经出门走了,给她留下了一张字条:“亲爱的,这个程序已写完,请你把它交给我们系领导。”

哪知,这竟是他留给她的遗言。一个星期后,他由感冒转为急性脑膜炎,被紧急护送返校治疗。

妻子紧抱着已深度昏迷的丈夫,痛悔交加,号啕大哭:“午龙,只怪我那天没把你拦住啊!”

系领导流着泪央求医生:“你们一定要想尽一切办法把他救过来呀!”

医生无奈地叹了口气:“耽误得太久了。”

俞午龙连句遗言也没留下,就匆匆地走了。

那一年,俞午龙36岁。

每一个倒在向计算机高峰冲刺的征途上的生命,都年轻得让人心疼啊。

乔国良,56岁;

钟士熙,49岁;

王育民,41岁;

张树生,40岁;

…………

“软老总”“硬心肠”

1936年春，一个阳光灿烂的正午，闽南山区安溪长坑小镇上的一家铁匠铺里，衣衫褴褛的陈铁匠，正领着体格健硕的徒弟，抡着铁锤锻打一把锄头。正旺的炉火把他们淌满汗珠的脸颊映得绯红，叮叮当当的金属撞击声在村巷里回荡。

陈铁匠身边挂着布帘的内间，不时传来女人撕心裂肺的喊叫。那是他正在分娩的妻子。布帘里突然响起一声婴儿嘹亮的啼哭。

不久，接生婆抱出一个白白胖胖的孩子：“陈师傅，恭喜了，你老婆给你生了个小铁匠！你给小子取个名吧。”

脸上笑开了花的陈铁匠，回头望一眼火苗直蹿的炉子说：“我看——就叫火旺吧。”陈铁匠希望子承父业，让铁匠铺的炉火越烧越旺。

让陈铁匠想不到的是，他的儿子陈火旺长大后，并没有接过他手中的铁榔头，而成为以铁匠传家的陈氏家族的第一个中学生、第一个大学生、第一个出国留学生和中国第一个Fortran编译系统设计者，并于42年后成为共和国的第一代“软老总”——中国第一台巨型机大系统软件总设计师。他妻子吴明霞则是其中一个子系统的攻关负责人。

自从巨型机的战役打响后，陈火旺和妻子吴明霞不等窗外的大喇叭响起嘹亮的起床号，便骨碌从床上爬起来。她一边捅煤炉生火下面条，一边在脑子里酝酿子系统程序的编写思路。他也拿着小篮子出了门，到食堂门口一边排队给孩子拿牛奶，一边思考整个大系统软件的设置。

6点半，吴明霞对着孩子房间吼叫：“两个小子还不快起床！吃早饭

中国工程院院士陈火旺

了!”

不到 7 点，全家人吃完早餐，大人上班，孩子上学，直至傍晚，父母下班、孩子放学，一家人才回家吃晚饭。然后，孩子在家自学，父母去实验室加班……几乎天天如此。

这天晚上，陈火旺、吴明霞夫妻俩草草收拾了碗筷，提上工作包又要上实验室。大儿子突然上前一把拉住陈火旺的胳膊说：“爸爸，还有两个月我就要高考了，我数学成绩不理想，老师说你是数学家，你就辅导辅导我吧。”

陈火旺轻轻叹了口气，把脸扭向一边。他不敢面对孩子那乞求的目光。

大儿子见父亲不答应，又回头拉住母亲的手：“妈妈，你辅导辅导我吧，只要辅导我几天，我的数学成绩肯定会提高，就有把握考上大学。”

吴明霞听着儿子的央求，泪水一下子滑落下来。

前几天，大儿子班主任找上门来，对他们说："你们哪怕抽出一丁点时间辅导一下孩子，他就有希望考上大学。"

陈火旺没吭声，但吴明霞动心了，找来一块小黑板给孩子辅导数学。三天后孩子数学测试就考了100分！

但这时陈火旺却提醒她："巨型机攻关正处于关键时刻，我们软件系统研制有可能要拖后腿。你这样天天晚上辅导孩子，你的程序能编完吗？"

吴明霞分辩道："我没有影响工作。"

陈火旺火气挺旺地说："你每天凌晨3点才睡，才坚持了几天，看你的脸色都累得像张白纸了。这样下去，你会累趴下的，迟早会拖任务的后腿！"

吴明霞不得不狠心地收起那块小黑板。

但今天，吴明霞听到儿子的央求，又有些心软了。

陈火旺拉了拉她的衣袖："明霞，走。"

吴明霞在原地踌躇。

陈火旺拔高了声调："明霞，走！"

吴明霞的泪水夺眶而出。但她不得不狠心拂掉孩子的手，扭头跟着丈夫走出了家门。

走向实验室时，吴明霞满脑子都是儿子央求的眼睛，一路掉泪，一路叹息。

陈火旺掏出手绢递给妻子，开导道："明霞，你也知道，我们任务急呀，这可是邓小平亲点的事，慈教授还立了军令状，不能按时完成是要上军事法庭的。现在我们软件系统研制进展很不理想，我心里急呀。至于儿子能不能考上大学，关键在他自己。我们那时候，父母大字不识一个，我们不也考上大学了？"

吴明霞抹去眼泪，轻轻点了点头。

“软老总”陈火旺虽没有继续父亲的铁匠事业，却有着父亲手中那把铁榔头一样坚定的理想和意志。

1953 年，陈火旺以优异的成绩考入复旦大学数学系后，得到了微分几何学派创立者苏步青教授、著名数学家陈建功教授、著名教育家杨武之教授等名家的真传。大学毕业后又被选拔到北京大学进修数理逻辑，又幸得国内数理逻辑创始人、中国科学院院士胡世华和王宪钧教授的教诲，成为我国第一代接触二进制算法的数学人才。

1965 年，陈火旺受教育部派遣前往在计算机软件领域走在世界前列的英国伦敦国家物理所进修。一走进这个曾诞生好几位诺贝尔奖获得者的西欧老牌科研机构，陈火旺暗地里对自己说：“我一定要在这里多学些计算机软件知识，将来回去报效国家，让中华民族的软件水平早日赶上世界先进水平！”

他一头扎进计算机知识的海洋，在指导老师 M.伍哲教授的指导下，拿出百米冲刺的劲头，在计算机实验室里广泛阅读、消化纷繁复杂、生疏新颖的计算机理论，深入观察、解剖眼花缭乱、神奇深奥的计算机实体。求知欲望使他忘却了周围发生的一切，甚至连泰晤士河两岸是何等模样都不曾留意过。

半年后，陈火旺开始接触新兴的计算机软件技术——宏指令发生器，并大胆地模仿着做了一个，装到该所的计算机上一试，居然成功了！

伍哲教授亲自检验后，惊讶地望着眼前的中国小伙子说：“你悟性真高哇，将来在世界软件的领域，一定会有一席之地！”

通过对世界计算机软件技术前沿的紧密跟踪，陈火旺还发现国际上开始出现计算机操作系统、Fortran 编译系统等新兴技术。可正当陈火旺准备在计算机软件的海洋里奋力冲浪时，国内进入动荡岁月，未满留学期限的陈火旺被一纸通知召回国内听命。这时的复旦大学，教授靠边，教室关门，科研停滞。陈火旺根红苗正，幸免于难，虽有心报国，但无事可为。

陈火旺立志振兴中国软件的理想从未改变。他通过细致的观察，发现华东计算机研究所依然在坚持国防科研。惊喜之余，陈火旺使尽浑身解数调到了这里。这时他才发现，中国的计算机软件居然停留在原始阶段——布满“010101”的专用纸带就是计算机程序软件——这种纸带断裂后，工作人员就用剪刀、糨糊将其修补粘接好，还用香烟去烧孔。

同国外计算机软件的巨大落差，鞭策着陈火旺奋起直追。他艰苦奋战两年，主持设计了我国计算机软件领域第一个符号宏汇编器，成功地应用于“655”计算机上，相关技术被国内多家计算机研制单位采用。

哪知，干完“655”计算机后，陈火旺再度陷入有心报国、无事可为的困境。这时，一位身着中山装的中年人找到了陈火旺，一见面便自报家门说：“我是慈云桂。”

陈火旺没想到眼前这个中等个子、笑容和蔼的人，便是早已如雷贯耳的慈云桂。他惊怔了一下，然后一把抓住慈云桂的手说：“慈教授，久仰！久仰！真是羡慕你们哪，能干百万次机器。”

慈云桂说：“你怎么知道我们正在干百万次机器？”

陈火旺说：“你在北京‘151’项目论证会上抢任务的事，早在计算机界传得沸沸扬扬了！还有你带着大家研制的‘441B’，计算机界谁人不知？”

慈云桂直抒来意：“你愿意过去跟我一块儿干吗？”

陈火旺自然是求之不得：“慈教授，我跟你上哈尔滨。就怕调动手续不好办。”

“调动手续我包了！”慈云桂拍着胸脯说，“听说你爱人在北京工作？”

“是啊，她在中科院电子学研究所。”陈火旺面带难色地说，“我们已经两地分居 10 年了。”

慈云桂说：“我把她一块调哈军工！”

就这样，陈火旺夫妻俩结束了分居生活，也迎来了事业上的黄金时期。

陈火旺举家北上哈军工不久，学院便遭遇南迁之劫，计算机研究所从宽敞的哈军工大院挤进了几间“鸭棚”。但他已经按捺不住创新的冲动。

陈火旺一边研制“151”软件系统，一边将操作系统这一新兴技术引入刚刚启动的“441B-Ⅲ”计算机研制工作，研制成功可运行四道程序的计算机管理程序，结束了我国计算机只有单道程序、只能人工操作的历史。

紧接着，陈火旺运用自己从国外带回的资料，举办了国内第一个Fortran语言读书班，培养了我国第一批Fortran语言技术人才，并带领大伙于1974年研制成功我国第一个Fortran语言编译器，使“441B-Ⅲ”继成为中国第一台配有操作系统的计算机之后，又成为中国计算机历史上第一台配有高级语言Fortran的机器。

陈火旺语重心长地开导妻子说：“明霞啊，我们为啥要跟着慈教授走？不就是为提高国家计算机软件水平多做贡献吗？我们盼着干巨型机这样的国家大项目又盼了多少年了？盼了几十年才盼到呀。这样的好时机，一定要倍加珍惜啊。”

陈火旺、吴明霞夫妻俩依然早出晚归，对两个孩子依然不管不顾，放任自流。

这年夏天，全国高考落下帷幕。他们的孩子落榜了——离录取线仅一分之差。

大儿子拿着高考成绩单对父母咆哮：“你们是天底下最自私的父母！你们哪怕多辅导我几次，我就可以上大学！”

夫妻俩无言以对。母亲暗暗流泪，父亲默默叹气。

几年后，中国第一台巨型机横空出世。媒体纷纷报道陈火旺、吴明霞夫妻双双屡克计算机软件技术高峰的事迹。

那天，已参加工作的大儿子，拿着报纸来到他们面前，深深地低下头说：“我向你们道歉。现在我才知道，爸爸是我的骄傲，妈妈是我的荣耀！”

雨骤情浓

那天，李思昆一上班就接到通知：立刻去研究所领导办公室，有重要任务。

李思昆来到领导办公室门口，轻轻推开虚掩的房门，发现里边坐着常驻学校督战巨型机工程的国防科委李庄部长，赶紧两脚跟一靠，敬礼道："首长好！"

"李工请坐。"李庄指了指旁边的一张沙发，"要交给你一项紧急任务。"

李思昆说："请首长指示。"

李庄说："现在日本研制了一种现代化的CAD（计算机辅助设计）自动化平台，你注意到了吗？"

李思昆说："报告首长，我看了一些这方面的资料。"

李庄说："有了CAD自动化平台，巨型机设计速度和质量都将大大提高，我国准备向日本引进这个技术。组织上决定把这个任务交给你。"

"我保证完成任务！"李思昆激动地站起来，"给我多长时间？"

李庄示意他坐下："一年后，我们的巨型机研制，必须用上CAD。现在你先去日本把技术学到手。"

李思昆说："去几个月？"

李庄反问道："你估计多长时间能掌握？"

李思昆想了想，说："起码四个月吧。"

李庄说："不行，只给你两个月。"

李思昆说："我什么时间出发?"

李庄说："明天就动身去北京，国防科委机关已开始给你办出国手续，你到北京拿到护照直接飞日本。"

李思昆听了，嗫嚅道："首长，能不能下个月……再走?"

"下个月再走?"李庄把脸一拉，"现在都80年代了，可我们还在用一把尺子、一支铅笔设计巨型机，难道你没看见吗?就凭这样的研制条件，我们的巨型机水平什么时候才能赶上别人!我们的现代化什么时候才能实现!"

李庄朝他把眼一瞪，一巴掌拍在桌子上："一年后巨型机研制不能用上CAD，我毙了你李思昆!"

李思昆被吓得身体一颤，慌忙给首长敬了个礼，一溜烟离开领导办公室。

次日上午，李思昆提上旅行袋跨出家门时，禁不住回头望了一眼躺在床上的妻子丁军那憔悴的面容。她是一个体弱多病的女子。1980年从天津调到他身边工作后，由于气候不适应，生活不习惯，病就更多了。先是腰椎间盘突出，住了一个多月医院，现在又发现多个体积不小的子宫肌瘤，医生已多次建议她手术切除。但他这一出差，她不仅不能去住院，还要照顾13岁的女儿和80多岁的老父亲。

丁军乞求地望着他："思昆，就真的不能缓些日子再走吗?"

老人、孩子也用同样的目光望着他。

李思昆叹了口气，很不情愿却又坚定地摇了摇头。他走到妻子床前，轻轻抓过她的手："丁军，我一定尽快赶回来。"

他惦记着病中的妻子，原计划两个月完成的任务，他提前半个月干完了。可他前脚刚跨进家门，李庄的秘书后脚就跟了过来："李工，李部长有请。"

李庄一见面就表扬李思昆："不错、不错，两个月的任务一个半月就干完了，干现代化就需要这股子干劲，下一步开发 CAD 也要保持这种劲头。”然后接过秘书沏好的茶递给李思昆说，“还有十个月完成任务，没问题吧？”

李思昆实话实说：“首长，从学习中掌握的情况，十个月能用上没……把握。”

首长这回倒没生气，而是拍拍他的肩膀，嘿嘿笑道：“反正有言在先了。”

李思昆当然不会忘记首长的在先之言——“一年后巨型机研制不能用上 CAD，我毙了你李思昆！”

李思昆从首长办公室径直钻进机房，一直干到深夜才回家。此后的日子，也是清晨进机房，半夜回家，有时甚至不回家，在沙发上眯一会儿接着干。没出差和出差一个样，还是没时间陪丁军去医院做手术。

一直拖了半年。

这天，丁军觉得实在坚持不下去了，自己强撑着爬上公共汽车，到医院一查，发现血色素仅 4.5 克，比正常指标少了一半，病情已危及心脏。医生不让她再离开医院，一次就给她输了 600 毫升的血。

李思昆接到电话后，心里很着急，也很内疚，却不能去医院陪她。CAD 的开发已经制定了周密细致的计划，一年 365 天，天天都有任务安排。国防科工委[1]的首长天天打电话来问情况、催进度。

她住院 14 天，他一直没时间去医院打个照面。第 15 天傍晚，医院把电话打到他的机房，说她第二天要动手术，让他去签字。他这才赶紧离开机房，蹬着自行车往医院奔。

在手术单上签完字，他坐到妻子的病床边，用柔柔的目光爱抚着她憔悴的病容，轻握着她单薄的手说：“丁军，我真对不起你，这么久……”

---

① 国防科工委建立于 1982 年 5 月，由国防科委、国防工办和军委科装委合并而成，属军队序列。1998 年机构改革时，原国防科工委改组为总装备部，另成立一个属政府部门的国防科工委。

“思昆，我知道你很忙。”

“丁军，明天我……”他突然失去了把话说完的勇气。一日夫妻百日恩，她病成这副模样，明天就要上手术台，作为十几年的夫妻，这话他怎能说得出口啊！

“思昆，明天你忙去吧。”她知道他没说出的那句话，但两行泪水还是溢出了眼眶，滑落在她苍白的面颊上。

他掏出手绢给她擦去泪水，转身骑自行车回到学校，一头扎进机房，熬了一个通宵，提前干完了第二天的工作。然后，他到菜市场给家里的一老一小买回一天的菜，再骑车往医院赶，把妻子送进手术室。待她顺利做完手术，他又寸步不离地守护在她的病床前，给她喂药、掖紧被角，倒痰盂尿罐。直至次日凌晨5点多，他才离开医院，在一家路边店里吃了两大碗面条，又径直走进了机房……

此后，他又是连续一个多月抽不开身去看她。

手术后的妻子是多么需要他在身边呀。她这次动的是大手术，刀口缝了12针，在床上一动不动地躺了十几天。医生说，再这样躺下去就有大肠粘连的危险，到时又得开刀做手术。虽然病友们同情她，一边骂她丈夫没良心，一边帮她翻身，扶她到外边走动，但体力的扶持无法替代亲情的抚慰啊。她知道他任务紧，却还是天天盼着他来、等着他来，哪怕他只在病床前站一会儿，看她一眼，叫一声“丁军”，她也心满意足啊。

她期待的目光天天守候在病房门口。一天天，病友们的亲人一次次走进来，带来一兜兜水果、一声声暖人的问候，却一天又一天看不见她丈夫的身影。

这晚，天气陡变。天空似笼罩了一口黑锅，一会儿便雷声滚滚，张牙舞爪的闪电把夜空撕成一块块碎片，狂风卷着倾盆大雨铺天盖地而来，砸得玻璃窗噼啪作响。这晚，她的目光没有守候在病房门口。这样的天气，他不会来，她也不希望他来。但听着窗外的风雨声，往日的委屈一下涌上心头。

她哭了，蒙着被子低低地哭……有人轻轻掀开了她的被头，轻轻替她擦着脸上的泪花。她睁眼一看，怔住了。

是他！天晴的日子，天天盼他，他不来。这雷雨交加的夜晚，她不盼他，他却来了！

李思昆在倾盆大雨中蹬了一个多小时自行车，全身被雨水浇透，就像一只落汤鸡，嘴唇发乌，脸色苍白，牙齿咯咯响，身体瑟瑟发抖。

他不来的日子，她怨他。现在他来了，她还是怨，一手推开他："谁让你来的?"

他怔怔地站在窗前："丁军，我知道你怨我、恨我。我对不起你，只能请你原谅……"

她再也忍不住了，一头扑进他湿淋淋的怀里，泪水再次夺眶而出："思昆，你明天再来也不迟呀，为什么非要今天来，看把你淋成这个样，冻坏身体怎么办?"

他紧搂着她颤抖的肩头说："今晚学校的变压器被雷电击坏了，停电，加不成班，我就踩着自行车来了。不然等明天修好了变压器，又没时间了。丁军，我也很想来守着你呀。"

她一听，更紧地抱着他，哭得更伤心了。

其实他也是个病人呀，胃溃疡已好长时间了，经常便血。医生叫他做胃镜，可他一直没时间做。现在他工作压力又那么大，她住院后，他还要照顾家中的一老一小。她真担心哪一天他会累垮呀。她在医院住不安了，未等痊愈便提前出了院。

她的担心不久便成了现实。那几天，他觉得手软腿软，浑身无力。过去吃啥都香，可突然间啥都不想吃了，闻着油气就想呕，一坐下就想睡。一检查，结果把他吓了一跳——急性黄疸型肝炎。

他急了，央求医生："你给我多开些药吧，我带回去吃。"

医生说："不用带回去了，住院。"

他更着急了："我不能住院啊，我那个课题一天也耽搁不起呀。"

医生的脸色严肃起来："你患的是有生命危险的传染病。你不仅要对自己负责，更要对你周围的人负责。"

他只好在医院住下。

但科研不能停止。他把实验室里的书和资料搬进病房。晚上看资料，想方案；白天和同事研究问题，辅导学生。因此，自他住院后，往日门可罗雀的传染科病房忽然热闹起来。护士办公室那部电话也整日响个不休，绝大部分是找他的。没几天，同病房的病号都不愿跟他住一块儿了，先后搬到别的病房。原因明摆着：跟他住一块儿，休息不好。最后六张床位的大病房只剩他一个病号，他索性把空病床往墙角一推，再让学生把办公桌、微机搬到医院，病房变成了名副其实的办公室、实验室。他毫无顾忌地开干了，经常深夜不眠。

大病初愈的妻子也跟着他一块儿忙。除了上班，招呼家中一老一小，还要想方设法照顾他。他爱吃面食，她天天给他做饺子、包子、馄饨，一餐一个花样。肝炎病人尤其需要注意休息，起初她藏他的书和资料，可藏了这本，他又拿起那本。后来，她又藏他的棉衣棉裤。她想，肝炎病人都怕冷，他找不到棉衣棉裤，就会乖乖地躺在床上休息。哪知他不穿棉衣，冻得浑身哆嗦照样干，让她好一阵心疼，赶紧又把棉衣披到他身上。无奈，她只好去向医院的电工师傅求情，请他到晚上 10 点就悄悄把那间病房的电断开。

一个月后，他的病痊愈了。她却又累病了，再次住进了医院。

即使生活如此艰难，一年完成 CAD 技术开发任务，李思昆一天没拖！

李庄拍着李思昆的肩膀，竖起了大拇指："哈军工过来的人，就是好样的！"

李思昆开玩笑说："李部长还枪毙我吗？"

李庄哈哈大笑说："不枪毙啦，我要为你请功！"

"银河"PK"克雷"

1976年，一名美国计算机专家听说中国也准备上巨型机项目，惊讶得把眼睛鼓得像两只铜铃："中国人也能搞巨型机？"然后，他把嘴角往一边翘了翘说，"他们真会开玩笑。就算我们美国人把'克雷'巨型机所有零配件交给中国，他们能把它组装起来，也是个世界大新闻。"

这名专家没想到，中国人还真搞巨型机了，而且还于1982年春传来喜讯，主机硬件调试完毕，进入最后攻坚阶段。

一年后，张爱萍收到国防科学技术大学的捷报，他看了一遍又一遍，喃喃自语：巨型机呀巨型机，从1973年我就开始想你、盼你，整整十年啊，今天终于把你盼到了，真不容易呢。

享有"上将诗人"美誉的张爱萍，心潮澎湃，诗兴勃发，当即赋诗一首：

亿万星辰汇银河，
世人难知有几多。
神机妙算巧安排，
笑向繁星任高歌。

张爱萍欣然为中国第一台巨型机题名"银河-Ⅰ"。

"银河-Ⅰ"在一秒钟内所做的计算，相当于一个人使用商店里出售的

“银河-Ⅰ”巨型机

袖珍计算器，每秒做一次运算，一天 24 小时、一年 365 天连续不断工作 31709 年所完成的工作量！

“银河-Ⅰ”巨型机上所有的零部件，均具有自主知识产权（美国人怎么会给我们啊，给了才真是世界笑话），而且经过测试发现，其性能指标完全可以与美国的“克雷-1”PK（对决）！

请看“银河-Ⅰ”与“克雷-1”的主要性能比较——

工作频率：“银河-Ⅰ”20 兆赫，“克雷-1”80 兆赫。

运算速度：“银河-Ⅰ”运算向量速度每秒 1 亿次以上，“克雷-1”运算向量速度每秒 1 亿次以上。

存储最大容量：“银河-Ⅰ”400万字节，“克雷-1”400万字节。

存储实际容量：“银河-Ⅰ”200万字节，“克雷-1”52万字节。

I/O通道数：“银河-Ⅰ”12对，“克雷-1”12对。

功耗：“银河-Ⅰ”25千瓦，“克雷-1”115千瓦。

软件：“银河-Ⅰ”有操作系统、汇编器、Fortran编译系统、向量识别器，前端工程站数字子系统80类299模块及诊断程序等；“克雷-1”比“银河-Ⅰ”少向量识别器，数字子系统只有41类82模块。

平均无故障时间：“银河-Ⅰ”441小时，“克雷-1”152小时。

研制时间：“银河-Ⅰ”5年，“克雷-1”5年。

中国首台巨型机“银河-Ⅰ”竟有如此优良的性能，真连中国人自己都不相信，各领域专家纷纷前来试算。

石油部物探局研究员赵振文，将地震数据处理程序输入“银河-Ⅰ”。不久，随着一阵悦耳的“吱吱”声，打印机吐出一张张清晰的地质剖面图。赵振文拿着那些剖面图，激动地说：“这是中国历史上第一张用自己的机器处理和打印的地质剖面图啊！”

我国著名空气动力学家、教育家罗时钧正在研究的高跨音速气流问题，机理十分复杂，是尚未解决的世界难题。他让学生运用“银河-Ⅰ”进行计算机模拟，其结果与美国公布的模拟数据一模一样。

二机部研究员王振宇，在“银河-Ⅰ”上试算了几个月、多道题目。经过仔细跟踪与分析，终于得出结论：“多道程序的操作系统过关了！在中国，自行研制的操作系统，真正过关的，唯有国防科大！”

…………

那阵子，从全国各高等院校、研究院（所）赶来参观、试用“银河-Ⅰ”的用户，挤满了国防科学技术大学的招待所。

广大用户闻知“银河-Ⅰ”开始内部试算，纷纷从全国各地赶到国防科学技术大学，一睹中国首台巨型机的风采，并试试它的能耐。一时间，计算机研究所门前车水马龙、川流不息。所有用户均疑惑而来，满意而归。

1983 年 11 月，中国科学院院长方毅率领国家鉴定委员会，开始对“银河-Ⅰ”进行正式考机。

“银河-Ⅰ”面临的这场考试是严酷的：主机 24 小时内只允许出现一次故障；“银河-Ⅰ”要先后完成 26 道题，每道分别演算三次，要求每次结果基本一致。

在专家们专注的目光下，一道道考题输入了机器。“银河-Ⅰ”发出悦耳的轰鸣。

24 小时过去了，“银河-Ⅰ”没有出现故障；6 天过去了，“银河-Ⅰ”依然没故障；12 天过去了，“银河-Ⅰ”照常运行！

“银河-Ⅰ”国家鉴定委员会成员

26道考题，“银河-Ⅰ”每道分别演算三遍，结果精度完全一致！

有一道科学计算题，用每秒30万次的计算机运算一个参数需要70个小时。但输入“银河-Ⅰ”后，主机运行不到10分钟便得出第一个参数。

考机专家既惊讶又疑惑：“是没算完，还是算错了？”

打印数据出来了：完全正确！

考机专家佩服地竖起了大拇指：“‘银河-Ⅰ’真是神算呀。”

国家鉴定委员会主任方毅向世界宣布：“银河计算机，是中国自行研制的第一台每秒亿次电子计算机系统，系统稳定可靠，软件较齐全，其主要技术指标均达到和超过鉴定大纲要求，具有国内先进水平，某些方面达到了国际水平，它的研制成功，填补了国内空白！”

84岁高龄的中顾委常委何长工，目睹“银河-Ⅰ”的精彩表现后，高兴得手舞足蹈，即兴唱起了《红军不怕远征难》：

红军不怕远征难，
万水千山只等闲。
五岭逶迤腾细浪，
乌蒙磅礴走泥丸。
金沙水拍云崖暖，
大渡桥横铁索寒。
更喜岷山千里雪，
三军过后尽开颜。

何老激动地说：“30年代，我在红八军当军长，带领红军打长沙，成功突破浏阳河，打得何键龟儿子夹着尾巴四处逃窜，建立了长沙苏维埃政权，创造了人间奇迹。50年后，国防科学技术大学又在浏阳河边创造了一个奇迹，研制成功我们自己的巨型机。当年，我们跟着毛主席走二万五千里长征，突破敌人数十万大军围追堵截，胜利到达陕北，创造了世界军事史上的奇迹。希望同志们在国家建设这个新长征中，不怕困难，奋勇战斗，创造中国巨型机更多、更大的辉煌!”

中央军委副主席聂荣臻收到慈云桂的报喜信，欣然回信：我国第一台亿次级巨型计算机研制成功了，这确是一件振奋人心的事！我由衷地感到高兴，特向同志们表示热烈祝贺！……亿次计算机的问世，为我国第二代战略武器研制提供了有力手段，并对其他军事部门和国民经济各部门及科学技术事业的发展，都具有重大意义。

“银河-Ⅰ”被紧急运到石油工业部某物探研究所。那天，研究所像迎接从战场凯旋的大英雄般迎接“银河-Ⅰ”，全所干部、职工和家属全部出动，夹道欢迎，锣鼓喧天，鞭炮齐鸣。

“银河-Ⅰ”进驻研究所第二天，该所举行进口计算机机房关闭仪式。此前，他们已经把美国派遣的机器操作人员礼送出门。当研究所领导摘下机房门口那块标明中方人员严禁入内的牌子时，参加仪式的科学家们报以热烈的掌声，激动得一个个热泪盈眶：“我们终于可以在自己的国土上用自己的巨型机处理自己的地质数据了，再也不用像过去那样，给别人送钱、送机密，还要低声下气、仰人鼻息。”

一名青年科技工作者向那台进口机器潇洒地挥了挥手：“别了，受气机；别了，堵心机!”

这名年轻人还赋诗一首，把“银河-Ⅰ”喻为《报春花》，并以笔名“春晓”发表在报刊上：

你是在冻土里萌芽的一株报春花
用倔强破开冰封的桎梏
在时光河畔顽强成长
向大地传送温暖

你是登峰路上铿锵的足音　坚定的足迹
踏破冬天无边的寂寥
描绘春天耕种的繁忙
传达秋天收获的美景

你是重新醒来的东方雄狮
那双睿智的眼睛　高远的目光
超越层层樊篱　重重高山
把 21 世纪的中国眺望

你是炎黄子孙的一声呐喊
带着不屈　满怀渴望　振聋发聩
唤醒沉睡的意志　无知的蔑视
让龙的传人挺直龙的脊梁

你是南方吹来的一缕轻风
带着大海的湿润
轻抚渴望转青的幼苗
演绎辽阔无际的绿海　生机勃发的春天

中国成功跻身世界少数掌握巨型计算机技术的国家行列！

中央军委主席邓小平签发命令，给国防科学技术大学计算机研究所记集体一等功，称赞他们是“国防科技战线上一个勇于进取、能打硬仗的先进集体”。

1984 年国庆节，我国举行盛大的阅兵仪式。“银河－Ⅰ”作为国家重大科技成果，在鲜花簇拥下徐徐通过天安门广场，接受党和国家领导人的检阅。

新华社、《人民日报》、《解放军报》、《光明日报》等近20家媒体同时向世界宣告“中国跻身世界少数几个能研制巨型机国家行列”后，美国的计算机专家们再次把眼睛瞪得圆圆的：“哎呀，这太不可思议了!”然后还是摇头——他们依然将信将疑。

不久，美国NCAR（美国国家大气研究中心）代表来到中国，与我国气象局开展技术交流。交流活动结束后，国家气象局安排美国代表乘坐飞机前往桂林参观。可美国代表却要求坐火车，请求途经长沙时，下车休息一天参观“银河-Ⅰ”。来到“银河”机房后，美国代表又提出上机试算的愿望。

美国专家这才发现，慈云桂领衔研制的“银河-Ⅰ”采用了改进型“双向量阵列结构”总体方案，它比国际主流技术更高一筹!

此后，美国公司在“克雷-1”的基础上开发的新系统“克雷X-MP”采用了“银河-Ⅰ”结构模式。

日本三大公司在20世纪80年代推出的3种巨型机也同样采用“银河-Ⅰ”的结构!

握着“派克”走远的身影

“银河-Ⅰ”鉴定完成当天晚上，计算机研究所举行了简朴的庆祝酒会。

大家知道慈云桂滴酒不沾，便按惯例给他倒了一杯鲜奶。慈云桂看了一眼，拿过杯子递给身边的学生：“今天我不喝牛奶，给我换杯红酒来。”

学生有些诧异：“慈教授，您不是从来都是喝奶的吗？”

慈云桂说：“今天我要破个例，喝酒！”

慈云桂接过学生手中的酒杯，高高举过头顶说：“今天，我们中国终于有了自己的巨型机了！我这个总设计师，要感谢党中央、国务院把这个光荣的任务交给了我们！在此，我要大声宣布——我们成功实现了向党中央立下的军令状——

“每秒一亿次，一次不少！预算经费，一分不超！六年时间，提前一年！

“在此，我要感谢大家齐心协力、拼搏奉献，更要感谢那些为‘银河’事业献出了宝贵生命的同志。我提议把这第一杯酒献给那些九泉之下的战友们！午龙、士熙、育民、树生、贤福……大伙向你们敬酒来了，今天你们要放开肚量喝啊……”

慈云桂念着一个个远去的战友的名字，领着大伙把杯中的酒徐徐洒在地上。

“大家的愿望今天终于实现了，你们安息吧！”

慈云桂声音有些哽咽。几个眼窝子浅的女同志，掏出手绢擦着眼角的泪水。

慈云桂清了一下嗓子，定了定神，端起第二杯酒：“这第二杯酒，我要感谢前来见证‘银河-Ⅰ’问世的领导同志。没有党中央、国务院的关怀和国防科工委领导的大力支持，绝对没有‘银河-Ⅰ’、没有我们研究所的今天！”

敬完领导的酒，慈云桂已满脸通红。但他还端着杯子在人群里走来走去、举目四顾。

大伙便问：“慈教授，你找谁呀？”

慈云桂说：“张主任（张爱萍）呢，张副主任（张震寰）呢，李庄部长呢？我要给他们敬酒，我要感谢他们！”

大家哈哈笑了：“慈教授，不是你告诉我们，张主任、张副主任、李部长有急事，机器一鉴定完就往机场赶，现在已经飞回北京了吗，怎么你自己倒忘了？”

慈云桂的泪水又滑出了眼眶：“像张主任、张副主任、李部长这些领导，虽然没有画图焊线，但他们将心血凝成沙石，为我们铺垫了前进的道路啊！”

回到桌上，慈云桂把杯子递给学生：“再给我倒一杯！”

学生说：“教授，您今天是第一次喝酒，已经好几杯了，再喝就……”

慈云桂说：“不怕，今天我就想醉，也应该醉！”

慈云桂醉眼蒙眬地回到家中，夫人琚书琴见他眼窝溢着泪水，便笑道：“老头子，机器好不容易搞完了，大家都欢天喜地的，你倒流起了眼泪。”

慈云桂深情地说：“这眼泪呀，分悲泪、喜泪，我这流的是喜极之泪呀。”

夫人说：“看你高兴得都醉成这样了，快12点了，早些睡吧。”

慈云桂说：“现在还不想睡。”

夫人说：“还想去加班呀？”

慈云桂抹去眼角的泪水说：“我要写诗！”说着走进书房，铺开宣纸，招呼夫人，“书琴，你来给我研墨！”

琚书琴说：“醉得说话都结巴了，你还能写诗？”

慈云桂说：“你没听说过‘斗酒诗百篇’这句诗吗？”

琚书琴笑了说：“看你，第一次喝酒就以为自己是李白了。”

慈云桂说：“你别说，今天我还真就是李白了。”

他提笔蘸墨，首先写下前言：“银河巨型计算机全面考核胜利结束，算是完成了党中央交给的艰巨任务。回顾5年与同志们风雨同舟、忧乐与共、知难而进的战斗历程，颇饶兴趣，特书此以遣怀。”

“银河”颂（一）

银河疑是九天来，
妙算神机费剪裁。
跃马横刀多壮士，
披星戴月育雄才。
精雕岂为人称誉，
细刻缘求玉琢材。
极目远穷千里外，
琼楼更上不徘徊。

“银河”颂（二）

[浪淘沙]

喜讯几回传，
笑语欢颜！
披荆斩棘勇当先。
骇流惊涛风雨急！
事事年年。
捷报又翩翩，
银河显现，
人间碧落九联天。
妙算神机今已在，
亿境千旋。

“银河-Ⅰ”战役告捷，慈云桂当选中国科学院学部委员（后改称中科院院士），并调任国防科工委科学技术委员会顾问。

退居二线后，他偕同在北京大学任教的弟弟回到家乡——安徽桐城外坂村。这是一片鱼米之乡，南望微波荡漾的菜子湖，北依波涛起伏般的山冈。东边的大河，四季奔流、浩浩荡荡；村前的鱼塘，水美鱼丰，鹅鸭翔游。耸立在慈家左右的两棵参天梧桐，粗壮的根系盘龙交错，繁茂的枝叶形同两把撑开的巨伞，常年为慈家院子遮挡风雨、蔽阳送荫。两棵树上都住着一窝喜鹊，早出晚归的鹊儿，喳喳欢唱。

踏上这片阔别已久、生长于斯的故土，这对少小离家的老兄弟禁不住激情涌怀，仿佛又回到孩童时代，兴高采烈地指点故乡的美景。

弟弟感叹：“我们家乡实在太美了，你看这山这水，显得多有灵气。”

慈云桂说：“是啊，人老了再回头看，就更觉得美了。”

弟弟说：“主要是我们少小离家，然后又回来太少，好不容易回来一次，还没好好看看家乡，又急着回去忙工作。”

慈云桂充满感慨地说：“小时候哪有心情欣赏家乡的美景啊，我懂事起就听说，今天这里打仗了，明天那里又谁跟谁打起来了。上高中不久，日本人打过来了，大家开始四处流浪。”

慈云桂的耳畔仿佛又传来飞机俯冲、炸弹爆炸、流弹划过头顶的声音，仿佛又看到一个个中学同学在他的身边倒下……

慈云桂说：“每当忆起那时候的生活情景，我就想哪怕少活几年，玩了老命也要为国家进步、民族强大多做些事情，一定要让中国的计算机技术在世界上占有一席之地！”

弟弟建议：“咱们哥俩好不容易一块儿回来一次，就先别想工作上的事情啦，先好好享受一下家乡的美景。”

慈云桂拍拍弟弟的肩膀：“咱们这次是要好好转转。”

弟弟说："你还没去过黄山吧？"

慈云桂说："想去，但一直没时间。"

弟弟说："黄山离这儿也就几十里，不去太遗憾了。"

慈云桂说："是的，争取找个机会去看看。"

弟弟叹着气说："哥呀，你的生活就像个清教徒，除了爱玩计算机，别的啥也不爱，不抽烟，不喝酒，也不旅游。现在我们年纪都大了，要锻炼身体了。这样吧，我送你一副网球拍，我每周过去两次，陪你打打网球。"

慈云桂高兴地答应道："好，咱们老兄弟一块儿活动活动。"

一周后，兄弟俩回到北京。弟弟得闲便邀请他打网球，但每次他都说"改天吧"。

弟弟埋怨道："哥这辈子只喜欢计算机。"

慈云桂两手一摊说："人老了，性格越来越固执了。过去不喜欢的，现在怎么也喜欢不来；过去喜欢的，现在怎么也改不掉。"

结果是，网球他一次也没打过。黄山，他一生也没去爬过。原因——还是没时间。

慈云桂虽然退居二线了，但他探索的目光依然留在科学前沿上。

1981 年 10 月，在日本东京召开的第五代计算机国际会议上，日本向世界宣布：准备执行一项第五代计算机系统研发计划，将于 1992 年前推出一种智能计算机系统，这种系统具有类似于人的推理、学习、联想和解释功能，甚至在思考某些问题时比人类更聪明。

慈云桂看到这则信息时，立刻意识到这种具有人工智能特色的计算机技术代表着计算机技术的发展趋势，以后将影响人类生活的方方面面，甚至决定着未来社会进步的方向。

果然，该计划公开不久，世界计算机强国纷纷推出跟进措施。美国、英国和欧洲经济共同体先后宣布智能计算机发展计划，并竞相列出强大的研制阵营。

面对新一代计算机技术的挑战，慈云桂四处奔走呼吁，向有关领导和有关部门建议。与此同时，早已习惯于“吃着碗里、看着锅里、想着缸里”的慈云桂，立刻行动起来，一边紧锣密鼓地组织“银河-Ⅰ”的攻关，一边申请智能计算机学科点，招收智能计算机专业研究生，组织智能技术研究队伍，在国内率先开展智能计算机技术研究。他们在逻辑程序并行执行模型等前沿研究中取得一批具有国际先进水平的成果，使中国成为智能计算机技术世界俱乐部的第一批成员国。

1990 年春，国际智能计算机学术年会向慈云桂发来与会邀请，并希望他组织一批高质量的学术论文向年会投稿。

慈云桂立刻动员自己的学生和兄弟研究院（所）的同行撰写智能技术论文，很快收集到一批具有较高学术价值的文章。

那天，慈云桂参加计算机学术研讨会很晚才回家。晚饭后，夫人琚书琴说：“我陪你到外边走走吧。”

“好，去吸几口新鲜空气。”

两人漫步在月光斑驳的桦树林下，慈云桂说：“老伴，有件事我想了好久了，想和你商量一下。”

琚书琴说：“我们相处都半个世纪了，凡你拿定主意的，哪件事我没支持你。”

“这倒是。”慈云桂说，“诺贝尔用身后财产设立了诺贝尔奖，激励了一批又一批科学家不断成长。为了国家的巨型机事业，我也想在国防科大计算机学院设立一个慈云桂奖学金，奖励那些在科技创新方面取得突出成就的年轻人。我知道，我们家现在没什么存款，但我们从现在开始朝这个目标努力。”

“我支持，优秀的年轻人确实需要鼓励。”琚书琴痛快地说，“以后我们的工资省着点用，能不买的尽量不买。”

散步回来，两人看完《新闻联播》后，慈云桂说："不久要到美国参加国际智能计算机学术年会，提交论文的最后日期很快就要到了，我国准备投稿的文章，有几篇还需要完善，有几篇要和我的学生交换修改意见，其他的我要再改一遍，争取明天发出去。"

说完，慈云桂走进书房，拿起书桌上的电话："总机吗，我要国防科大计算机系王志英家里。"

王志英是他培养的第一个智能计算机专业博士。

接通电话，他和学生交流讨论了一个多小时后，又拿起桌上的"派克"，拧开笔帽，开始修改学生的论文。

一个多小时后，琚书琴提着开水瓶走到书房门口问："云桂，茶杯要对水吗?"

慈云桂伏在书桌上，没有答应。

琚书琴心头一紧："云桂，茶杯要对水吗?"

他还是没说话。

她走近一看，只见他脸庞朝下安详地趴在书桌上，左手拿着学生的论文稿，右手捏着那支"派克"笔——"中国巨型机之父"慈云桂就这样定格在生命之路的终点。

慈老仙逝不久，国际智能计算机学术年会在美国如期召开。

开幕式上，大会主席站起来说："中国著名的计算机技术专家慈云桂先生，是世界智能计算机技术俱乐部开创者之一，他为这次大会组织了一批很有分量的文章。他本来是要到美国参加这次会议的，可不幸的是，慈云桂先生于不久前突然去世了，这是中国计算机事业的损失，也是世界计算机事业的损失。为纪念慈云桂先生，我建议今天开会的第一项，请大家起立，为慈云桂先生默哀……"

全体与会专家默默肃立三分钟，表达对"中国巨型机之父"的哀悼之情。

中国科学院学部委员慈云桂

慈云桂仙去后，琚书琴把抚恤金原封不动存进银行，又省吃俭用了几年，终于凑够了 5 万元钱。1994 年秋，琚书琴把 5 万元钱交到国防科学技术大学领导手上，郑重地说：“这是我老伴生前的心愿，设立一个‘慈云桂奖励基金’，激励那些有志于国家计算机事业并对此做出重要贡献的年轻人。这些钱，就作为基金的第一笔资金吧。”

5 万元，每年的利息也就几千元，可这是慈老夫妇数十年节衣缩食省下的，是一个老人给后人留下的无言教诲，是一个前辈对后辈的殷殷期盼，是一个老科学家对强军兴国的执着梦想。

中国科学院院士周兴铭：

中国工程院院士陈火旺；

中国工程院院士卢锡城；

中国科学院院士杨学军；

中国工程院院士宋君强；

中国工程院院士廖湘科；

…………

可以说，“银河”“天河”系里每一个响亮的名字，都从中感受到了鞭策与激励，获得了向前奋进的动力！

世界上许多国家在那些为国家振兴、民族崛起和社会发展做出突出贡献的名人、伟人逝世后，人们为表达对他们的尊重敬仰，都要为他们竖一块墓碑，刻上他们的功绩，让人们经过他们身边时，看看那些感人肺腑的文字，永远记住他们。

倘若为慈云桂教授立一块墓碑，该写上什么样的铭文呢？

其实什么也不用写，他本身就是一块永远耸立在人民心中、永远令人仰望的丰碑。因为他的墓碑是由以下“基石”砌就的：

中国第一台电子管专用数字计算机；

中国第一台晶体管计算机；

中国第一台每秒100万次集成电路计算机；

中国第一台每秒亿次巨型机；

…………

无论哪一台机器，都是屹立于中国计算机发展史上的丰碑！

请命中南海

1935 年 4 月 18 日清晨，福建安溪一户陈姓人家传来一声婴儿的啼哭，接着是接生婆兴高采烈的声音：“是儿子！好健壮的小子哟!”

一家老少都聚过来看，果见这孩子脸庞出奇地圆，眼睛又大又亮。大家齐声说：“小子一脸福相，将来准能成大器!”

孩子的爷爷摸着白花花的胡须，笑眯眯地说：“我看就叫福接吧。”

陈福接果然是国家之福，年纪轻轻便成了大器，为国家挑起了大梁。

1964 年，美国悍然出兵越南。为保家卫国，中国防空兵、工程兵、铁道兵跨出国界抗美援越。由于我军高炮瞄准镜技术落后，我防空部队在取得显著战果的同时蒙受了重大损失。

消息传到中南海，毛泽东急了，紧急指示总参谋部、国防科委及炮兵司令部：尽快研制自己的高水平高炮指挥仪“441C”!

哈军工接受了这一紧急任务，成立了“441C”研制小组。

年仅 29 岁的陈福接被任命为研制小组副组长。

研制小组排除一切困难，顽强攻关，仅用一年时间，便研制完成高炮指挥仪样机。大家兴高采烈地把这个心肝宝贝搬到国家靶场进行第一次试验。

那天，辽阔的科尔沁草原天气晴朗，蓝天白云，风吹草动，金波荡漾。远方机场，参试的靶机已开上跑道。草原上，一门门高炮昂首挺立。从总部特意赶来的领导，充满期待地注视着“441C”。

随着试验指挥员一声“试验开始”，研制人员按下“441C”与雷达、高炮联通的开关。哪知“441C”竟像没见过世面的孩子，一下子露怯了：随机软件射击解算误差大、硬件系统稳定可靠性差、随动系统失灵、炮身颤抖……

大家眼睁睁看着参试飞机拖着靶标大摇大摆地飞过头顶，消失在远方。

热闹的试验场，一下子安静下来，静得能听到彼此“怦怦”的心跳。

“呜——”陈福接突然蹲在草地上痛哭起来，那撕心裂肺的声音随着微风飘得很远、很远……

“441C”研制成功后，有人问陈福接：“那天你为何哭得那么伤心？”

“那不是伤心的泪水，我是被急哭的。”陈福接回答说，“前线的战友天天有人伤亡，天天在盼着早些用上数字指挥仪，而我们的试验却失败了，又一时想不出解决办法，你说我能不急吗？”

研制“151”每秒百万次计算机时，陈福接再次担当重任——研制存储系统。

他带领大伙艰苦奋战几年，终于研制出存储系统样机。不久，他从一本学术刊物上看到一篇介绍插件式存储器的文章，通过仔细研究发现它代表着存储技术的发展方向。

陈福接立刻向慈云桂建议：“美国有的，我们也要有。”

但有人认为他这是崇洋媚外：“别看我们的机器笨，可是自力更生造出来的。我们干吗要跟在别人屁股后面跑？”

陈福接据理力争：“坚持自力更生，并不排除引进吸收外国先进技术。再说堆叠式存储器弊病太多，出一点小毛病，就得停机十几个小时‘开膛破肚’，剪断近3000根导线，重新焊接上万个焊点，已经严重落后了。”

有人又提出：“我们的技术力量弱，现在运载火箭又临近发射，要是插件存储器搞不出来，这责任谁负？”

“我负！”陈福接拍着胸脯说，“就是有天大的困难，我也要把新的存储系统搞出来!”

陈福接大胆吸收国外先进技术，拿出了国产大型插件式存储器，确保“151”圆满完成国家首枚洲际导弹试验测试任务，获得湖南科学大会奖，并为后续的“银河-Ⅰ”工程胜利完成立下汗马功劳。

拥有前瞻的学术目光、强烈的家国情怀，又勇于创新、敢于担当的陈福接，深得慈云桂欣赏与信任。慈云桂从计算机研究所卸任、前往国防科工委任职时，把“银河事业”继往开来的接力棒，交到了陈福接手里。

陈福接觉得肩上的担子很重、很重。作为一名高科技领域的沙场老将，他预感到随着“银河-I”的春风吹过，暴风雨即将来临。因为Co-ordinating Committee for Export Control（“输出管制统筹委员会”，因总部设在巴黎，故简称“巴统”）绝不会对“银河-I”的出现袖手旁观。

陈福接教授（中）与科研人员一起攻关

“巴统”1948 年由美国发起，联合英国、法国、联邦德国（西德）、意大利、丹麦、挪威、荷兰、比利时、卢森堡、葡萄牙、西班牙、加拿大、希腊、土耳其、日本、澳大利亚等国，于 1949 年成立，总部设在巴黎，其宗旨是执行对社会主义国家的禁运政策。其禁运物资包括军事武器装备、尖端技术产品和战略产品。它成立第二年，便把中国列入了禁运范围，而且其禁运品比头号社会主义国家苏联和东欧国家还多了 500 多种。其中事关国家安全、社会发展大计的巨型机，是“巴统”禁运的首选产品。“巴统”内的国家，若违反了禁运政策，其他各国将共同采取措施，对其进行严厉的惩罚。

冷战时期，苏联因与美国争夺海上霸权，不断发展壮大海上力量。但遗憾的是，苏联的潜艇尤其是核潜艇，每每出海行动，很快便被美国海军发现，且难以摆脱其跟踪，这令苏联当局伤透了脑筋。

可到了 20 世纪 80 年代初，苏联潜艇部队突然从美军的鼻子底下消失了，美军再也难以从茫茫大海中寻觅到它们的踪迹。

这是为什么？美国情报局通过分析认定，这是苏联从日本引进了超精密加工技术，提升了核潜艇发动机和螺旋桨的加工精度，大大降低了潜艇噪声所致。

美国当局立刻要求“巴统”国家，共同严厉制裁向苏联出口该设备的日本东芝公司，最终公司董事长被迫下台，公司元气大伤。这就是 20 世纪 80 年代初轰动世界的“东芝事件”。

美国对盟友日本尚且出手如此之狠，对社会主义中国又岂会心慈手软？

果然，“银河-Ⅰ”问世不久，美国、日本突然宣布过去对中国捂得死紧、漫天要价的每秒亿次级巨型机向中国出口，而且价格十分低廉，降价幅度 50%以上，远远低于“银河-Ⅰ”的造价。

美、日两国这招好毒啊，它是要抢占中国巨型机市场，把刚刚问世、嗷嗷待哺的“银河-Ⅰ”扼杀在摇篮中!

而且此招还切中要害：当时的中国，正值改革开放之初、百废待兴之时和经济困难之际，国内用户急需巨型机，又都经济薄弱，于是纷纷购买“经济实惠”的进口机器，致使“银河-Ⅰ”只生产出售了三台，就再无人问津。

而恰在此时，国家改革科研体制，重大科研项目经费由实报实销转为科研经费承包，由用户承担并分期支付。换言之，中国巨型机下一代机型“银河-Ⅱ”，国家不再投资，必须首先落实投资的用户。

中国巨型机事业一开始就陷入“内紧外挤”的困境。

“银河事业”如何突出重围？陈福接与研究所总工周兴铭、副总工陈立杰商量对策。三个为中国计算机事业共同奋斗数十年的老战友，一坐下来便热烈地讨论起来。

周兴铭说：“这也不是什么新花样，这是西方国家阻止发展中国家高科技发展的一贯伎俩——‘一卡二冲’——你没有时，我卡你脖子，不卖给你；等你有了，我就低价倾销，把你挤出市场，使你失去成长的土壤。”

陈立杰愤愤不平：“我听说，美国和日本已经抛弃向量计算技术，干出并行计算巨型机。这美国佬、小日本也太坏了，尽使阴招，自己呼呼朝前蹿，还要向后踹我们一脚。但令人遗憾的是，人家如此蛮横，我们有些国人还依然‘迷信外国’。只相信别人，不相信自己，外国人造的都是‘金枝玉叶’，国产的就是‘豆腐渣’。”

周兴铭平心静气地说：“这不能怪用户势利，在经济尚不宽裕的情况下，谁都想少花钱多办事，谁都知道挑性价比高的机器买。也不能怪洋人阴险恶毒，人家比你跑得快，人家就有资本回头嘲笑你；人家比你站得高，就可俯视你；人家的东西比你好，就有资本漫天要价，而完全不用顾及你急用不急用。”

陈福接说：“西方强国，尤其美国当权者知道，要阻止发展中国家的发展，维持其世界霸主地位，就必须首先在高科技领域和国防军事力量上保持绝对优势，持续形成居高临下的态势，方能像‘国际警察’那样，对世界各国发号施令。我们中华民族巨型机技术再不奋起直追，与西方国家的差距将越拉越大，别人的要价将越来越高，提出的条件将越来越苛刻，窃取我国情报将越来越明目张胆，卡在我们中国人脖子上的大手将越勒越紧……最后结果就是，国防建设、社会经济比别人越来越落后，永远只有跟跑的份儿，而对此，我们除了接受，别无选择！”

周兴铭也深有同感地说：“要让别人对我们不‘卡’不‘冲’，办法只有一个，那就是我们必须奋起直追，迎头赶上！”

陈立杰说：“我们要想办法尽快启动‘银河-Ⅱ’工程，哪怕研制出来后一台也卖不出去，只能给我们中国用户换来一张进口票，但只要能掰开别人卡在我们脖子上的毒手，就值得！”

陈福接激动地站了起来，说：“我们给党中央、国务院写信，请求启动‘银河-Ⅱ’工程，并把研制任务交给我们！哪怕我们当掉身上的衣服，光着膀子也要为国家干出‘银河-Ⅱ’！”

周兴铭、陈立杰立刻响应：“对，马上向党中央请战！”

10天后，国防科学技术大学计算机研究所所长陈福接、总工程师周兴铭、副总工程师陈立杰的联名上书，摆到了国务院总理的办公桌上。

联名信上这样写道：“面对一个高科技爆发的时代，少数发达国家在高性能巨型机研究方面突飞猛进，我们如不抓住机会进军更高的目标，将陷入新一轮的被动。”

党中央、国务院明确批示：巨型机必须立足自力更生！国家计委、国务院电子振兴领导小组办公室给予大力支持。

俗话说：“解铃还须系铃人。”正值“银河-Ⅱ”用户之“铃”难以解开时，“系铃人”出来“帮忙”了。

我国是洪涝灾害严重的国家，由于没有及时准确的天气预报，每年国家和人民的生命财产都要遭受重大损失。因此，20世纪80年代初，国家气象局决心将天气预报由1~2天延长到5~7天。

由于我国没有与此匹配的高性能巨型机，国家气象部门便向美国提出进口一台每秒10亿次巨型机。同样因为中国没有，进口谈判出现了令人尴尬的局面。对方不仅提出比出口欧洲高出近10倍的价格，而且又提出“黑屋子”、禁止中国人进入等霸王条款。

中方谈判代表气愤地质问：“我们带着诚意而来，你们不仅毫无诚意，而且还百般刁难，这是为什么？”

美方谈判代表摊了摊手，一脸无辜状：“我们也没办法。”

结果，国家气象局向美国进口巨型机的谈判旷日持久，历经数年未果。

中央领导听了气象局的汇报，果断决策：丢掉幻想，走自己的路，自己研制用于中期数值天气预报的每秒10亿次巨型机“银河-Ⅱ”！

吹响突围集结号

为迅速推进“银河-Ⅱ”研制工程，确保机器技术过硬，国防科工委在总结“银河-Ⅰ”研制经验的基础上，对“银河-Ⅱ”工程创造性提出了“行政指挥线”“技术指挥线”两条线管理办法，并任命陈福接为总指挥、周兴铭为总设计师。

周兴铭，是在长期科研实践中成长起来的科技帅才。还在哈军工读大四时，他便参加了我国第一台晶体管计算机的攻关。他勤奋学习，大胆创新，在电路设计、逻辑设计和整机调试等环节上，提出许多创造性见解，为高质量完成科研任务做出了贡献。1965 年，组织上又让他参加我国最早的集成电路计算机“030”的研制工作，承担总体方案设计和集成电路设计两项关键技术攻关。

哪知，正当周兴铭在科学的沃野上放马疾驰时，一顶从天而降的“特嫌”帽子，扣到了他的头上。周兴铭先被关进审查室，后又住进五七干校劳动改造。

那天，他被安排用电锯锯木板，从清晨一直干到深夜，还不让下班，他困得眼睛都快睁不开了。突然感到手指一阵钻心般的疼痛，睁开眼睛一看，左手一片血糊糊的，被电锯锯掉的半根手指，不知飞向何方。

周兴铭紧紧捏着伤口，痛心疾首：“老天爷不长眼啊，别的地方不锯掉，为什么偏偏锯掉半根指头，让我以后怎么敲计算机键盘?”

几个月后，“劳动改造”解除了。走出五七干校大门时，他回头看了一眼那几间用圆木搭建的简易工棚，然后抬头望着头顶上的蓝天白云，长嘘了一口气：“8 个月没让我干科研，真把我憋坏了!”

他抬起双手看了看，摇摇头，笑着说：“虽然只剩下 9 根半指头了，但我照样敲计算机键盘!”

回到哈军工不久，有人告诉他：慈云桂教授正在长沙领着大伙干‘151’每秒 100 万次计算机呢。

周兴铭欣喜不已，立刻给研制总指挥、总设计师慈云桂写信请战。

慈云桂不仅答应了他的请求，而且委以重任，让他担任运行控制系统负责人，并在“151”研制关键时刻，把提高主频这一关键任务交给他。

周兴铭不负重望，另辟蹊径，提出了一个崭新的方案，大幅度提高主频，确保“151”达到了每秒 100 万次的运算指标。而且他设计的计算机电路，后来被国家定为标准电路。

“银河-Ⅰ”攻关开始后，慈云桂又让周兴铭担任主频设计指标 20 兆赫的巨型机主机关键技术研制负责人。他带领大伙完成“银河-Ⅰ”主机

中国科学院院士周兴铭

系统，在 1983 年国家组织的技术鉴定中，连续运行 289 小时无故障，达到国际先进水平。

国防科学技术大学举行“银河-Ⅱ”工程隆重誓师大会。国防科工委副主任沈荣骏激情满怀地对大家说：“振兴中华民族巨型机事业的重担已经历史地落在了你们肩上，‘银河事业’发扬光大、继往开来的历史使命将由你们去完成，中国的巨型机技术能不能尽快赶上世界强国，就看你们啦……”

中国巨型机攻关将士，终于吹响了突围的集结号。

那天晚上，周兴铭整夜未眠，思维顽强地穿过漆黑的夜空回到童年时期的黄浦江边。

那是1946年春，随着抗战的胜利，很多外国人以救世主的身份涌进上海外滩。每当夕阳西下，便有很多外国男女在黄浦江边昂首挺胸地漫步，一些中国人穿梭其中兜售各种特产。

一个卖酥糖的小女孩，走到一对倚着石栏交谈的外国情侣身边说："先生，买一块酥糖吧。"

男子鄙视地瞥了小女孩一眼，拉着身边的情人走开了。

女孩又追过去推销："先生，我们中国酥糖很好吃的，买一块吧。"

男子一把挡开小女孩的小手："No!Go away!"（不买！走开!）

外国男子的声音很凶，把小女孩吓了一跳，就连站在一旁的周兴铭也不禁一阵哆嗦。

虽然那年周兴铭只有7岁，可这一幕却深深铭刻在他的脑海，而且每当想起它，他就情不自禁地问自己："外国人对我们中国小孩为什么这么凶?"

有人告诉他："中国的抗日战争虽然胜利了，但在西方人眼里，中国人依然是'东亚病夫'。"

随着新中国的成立、祖国的不断强大，中华民族国际地位逐渐提升，他想外国人再也不会如此粗暴地对待我们中国人了吧。哪知不久，他再次目睹了别人蛮横的目光，而且不是对着一个小女孩，而是他这个堂堂的中国教授!

为了解世界计算机技术发展动态，总设计师周兴铭带队前往外国一家计算机公司考察。公司管理人员出于外交礼仪，非常客气地接待了他们，一会儿领着他们参观漂亮的厂房，一会儿又把他们领进先进的生产车间，甚至不厌其烦地向他们介绍计算机原理。可当周兴铭提出参观某些关键部位、提出某些关键技术问题时，他们不是借故岔开，就是保持沉默。

考察生产线时，周兴铭对一枚小小的针阀产生了浓厚的兴趣，便向对方操作人员说：“能给个样品做纪念吗?”

对方竟一口回绝：“No!”

眼前这个操作人员的这声“No”，与周兴铭7岁那年听到的“No”如出一辙，同样武断决然、毫无情面。

其实这种针阀并不属保密范畴。美国当局对他们这次考察的内容，早就经过严格筛选。那些值得保密的东西，人家别说让你中国人参观，连想都不会让你想到它们在什么地方。

这天晚上，周兴铭又失眠了。他躺在床上翻来覆去，一次次地问自己：“美国的一个小蓝领，竟敢对中国教授如此无礼，这是为什么?”

天亮时，周兴铭终于想通了。人家之所以连个纪念品都不愿给你，那是因为人家强大你弱小，人家富裕你贫穷，人家先进你落后。因此，人家一个小蓝领就可以鄙视你一个大教授，就可以不给你一丝一毫的情面。周兴铭自己失点面子是小事，但民族在世人面前不能没面子，国家承受不起别人轻视的目光。

周兴铭起身穿上衣服，拉开窗帘，推开窗户，对着从东方地平线上升起的朝阳，暗下决心：到21世纪初，一定要让中国巨型机技术与发达国家站在同一起跑线上，让他们对我们中国刮目相看!

他回到学校时，大家正在按照原定的单处理机方案，紧锣密鼓地进行设计。周兴铭立刻叫停：“我们要采用双处理机系统方案，这已经是国际主流技术。”

有人说：“那这大半年的工作岂不是白干了?”

陈福接支持周兴铭的决策：“前面工作白干了也要停。落后的技术方案不停下来，那才是白干!”

哪知，双处理机系统方案刚刚敲定，周兴铭又发现一家公司已经在尝试四处理机系统技术了。

周兴铭、陈福接当机立断：再次放弃双处理机系统方案，研制四处理机系统。

研究所一下子炸开了锅。“这么变来变去，要变到何时呀?”“目光瞄准前沿是好事，可总不能只顾着瞅来瞅去，不坐下来做事呀。”

但周兴铭、陈福接意志如铁：“要干，就干一流的，这是我们‘银河人’的传统。慈云桂教授干441B时，毫不犹豫地停掉即将研制成功的电子管通用计算机项目，干‘银河-Ⅰ’时，又临阵改变技术路线。我们一定要运用最新的技术，以最快的速度给国家拿出一台质量最高的‘银河-Ⅱ’!”

“银河人”这一推动中国巨型机技术跨越式发展的创举，得到了国防科工委的大力支持。1988年6月国防科工委批复了“银河-Ⅱ”新的总体方案：“银河-Ⅱ”是面向大型科学、工程计算和大规模数据处理的通用巨型机。64位浮点运算，4CPU系统（也可只配1CPU、2CPU、3CPU），速度达到每秒4亿个浮点运算结果（400MFLOPS），即每秒10亿次。

美国实现由向量计算向多处理机并行计算机，整整用了10年。这意味着“银河人”要用4年时间走完别人10年走过的路。

一次名副其实的急行军!

向前扑倒的姿势

乔国良副教授，被委任为“银河-Ⅱ”应用软件系统副主任设计师。正当他俯下身子奋力冲刺之际，一封加急电报送到他面前——“母病危速归”。

母亲住在哈尔滨。那年哈军工南迁，母亲担心不适应南方生活，死活不愿到长沙。无奈，他只好让妻子、女儿留下照顾老人，只身一人南下长沙，全身心投入“718”每秒百万次计算机攻关。

“国良，回去看看吧。”研究所所长陈福接知道这一情况后，主动找到他说，“自从‘银河-Ⅱ’工程启动后，你就没有探过亲，快两年了，也该回去看看老婆孩子了。”

乔国良却显得有些为难：“手头活儿正紧呢，现在哪敢休假呀?”

陈福接开导说：“这不矛盾，老人病重不回去看看，整日牵肠挂肚，也影响工作。还不如回去几天，既看望亲人、了却心愿，又能休息几天、

科研人员在攻关“银河-Ⅱ”

养足精神，回来再干，工作效率更高。”

乔国良与几个分管子系统研制人员坐在一块，一一交代了任务指标和注意事项，然后带上自己负责开发的子系统的所有资料赶到火车站。一踏上卧铺车厢，他第一件事就是打开资料，把一行行程序写在笔记本上。两天三夜，到了哈尔滨，他从车站直接去了医院。

老人一见儿子回来，病立刻好了一大半，第二天便催着儿子办出院手续。

回到家里，女儿乔琦便向他建议：“爸爸，明天我们带上奶奶去游太阳岛吧？”

妻子也附和道：“是啊，你好不容易回家一趟，咱们姑娘也赶巧在家休暑假。”

乔国良说：“改天吧。”

“改天，改天，爸爸都不知改了多少天了。”女儿噘起了小嘴，“咱们家还从没一块游过太阳岛呢。”

乔国良没再吱声。他已经走进书房，忙着消化资料、编写程序去了。

“你这是回家休假，还是回家办公？琦琦念叨这事都不知念叨多少回了，就这么点小小要求你也不能满足。”

妻子抱怨着给他沏来一杯浓茶。他左手夹着烟，右手握着笔，不停地在笔记本上编写一行行程序。整个书房被他熏得烟雾腾腾。

妻子扇着眼前的烟雾说：“你不是说把烟戒了吗，怎么又抽上了？”

“银河-Ⅱ”工程启动初期，乔国良下定决心戒烟，为此还破釜沉舟地把老同学赠送的一条“中华”送了人。但口袋里没烟了，手却照样时不时地去掏衣兜，而且还头昏眼花流鼻涕，整得他一天都无精打采，做不成事儿。于是，第二天他赶紧跑去服务社买烟。眼下任务正火烧眉毛呢，他一天也耽误不起呀。

乔国良突然咳了起来，好一阵才缓过劲来。他说：“这阵子还戒不成。

等干完‘银河-Ⅱ’，我一定戒。”

妻子心疼地说：“都咳成这样子，还抽，真是。”

凌晨1点多了，乔国良还在伏案工作。女儿乔琦揉着眼睛走了进来。

“我不是说了吗，过几天一家去游太阳岛。”乔国良看了她一眼，“这么晚了还不睡?”

“早睡了。”女儿说，“是你咳嗽把人家吵醒了。”

“哦，对不起。”乔国良赶紧收拾资料，“我这就去睡。”

乔国良回家半个月，除了那天和家人去游太阳岛算是劳逸结合，其他日子都待在书房里，而且每天都干到深夜。

收假返校时，妻子说：“看你工作这么累，身边又没人照顾。琦琦还有一阵子才上学，让她留在家里陪妈妈。我休假跟你回长沙，让你吃几顿像样的饭。”

有人给他当后勤，乔国良加起班来更加无忧无虑，每天都是两头黑。但他的咳嗽也一天比一天厉害。

那天吃早饭时，妻子说：“这样下去不是个事，今天你得去医院看看。”

“明天吧，今天大家要汇总。”他放下碗筷要走，被她一把拉住了，“不行，病是拖不得的，拖重了就难整了。”

到了医院，先是X光透视，再是CT造影。等待CT出片时，乔国良说：“室里还等着开会呢。”

医生说：“你先去开会吧，你爱人在这儿就行了。”

乔国良刚走，医生就对她说：“你要有思想准备，情况可能不太好。”

她有些猝不及防：“什么病?”

医生说：“肺癌的可能性比较大。”

她脑袋“轰”的一声，像猛然间撞到了墙上，然后，山崩地裂般“哇”的一声，号啕痛哭起来。

当她稍稍平静一些时，只见陈福接所长、于同兴政委来到了她身旁。

陈福接握着她的手说：“你要坚强些。”

于同兴也安慰道：“这种病也不是大家想的那么可怕，会慢慢好起来的。”

医生建议道：“这种病，药治不如心治。要让他保持好心情，这比什么都重要。因此，最好对病人保密。”

中午，乔国良一回家就问：“医生说我得了什么病？”

妻子说：“肺结核，要住院。”

他看了她一眼：“你眼睛怎么红红的？”

“哦……”她顿了一下，“这些日子，我眼睛老痒。让医生看了，说是结膜炎。”

他也怔了一会儿，然后又把手伸进衣兜……

“你还抽啊，忘了自己得的什么病了？”

“好，这次我无论如何要戒。”他把烟卷丢在地上，踏上一只脚踝碎它。

这时，陈福接所长敲门进来，看了看桌上的饭菜，“哟，生活不错嘛，有夫人在身边就是不一样。”他接过乔国良拉过来的凳子，“听说你身体不太舒服，下午要去住院？”

乔国良说：“陈教授是顺风耳，这么快就知道了。”

“今天早班不见你的人影，这段时间又老见你咳嗽，心想准是去医院了，就给医院打了电话，他们说你患肺结核了，要住院。这可不是一两天的事，就想跟你商量一下，是不是把手头的工作先交给其他同志。”

乔国良低头想了想，抬头望着所领导：“陈教授，由我领导开发的那几个子系统交给别的领导管理吧，但我负责开发的那个系统，还是我自己来干。”

陈福接说：“这个系统也交给别人吧。既然住院，就安心治病。”

乔国良问：“我患的不是肺结核，是……”

陈福接以肯定的语气说：“是肺结核，千真万确！”

“肺结核，一时半会儿没事。”乔国良说，“这个系统已经开发一半多了，临时交给别人，光弄懂那些用户对象资料，就得花上一年时间，会耽误事的。”

陈福接只得点头：“好吧，那你先干着。”

于是，他把那些资料连同日常用品一起搬进了医院，边干科研边治病。

但乔国良在学校医院治了一阵，并不见好。医生建议把他转到北京301总医院治疗。

陈福接又来商量工作交接的事，乔国良依然把所有资料都捂得紧紧的，死活不肯交出去。

妻子禁不住火了：“你以为天底下少了你，地球就不转了吗？都病成这样了，还整天想着‘银河-Ⅱ’‘银河-Ⅱ’！”

乔国良听了倒是心平气和，笑着问妻子：“咱琦琦小时候，可爱不可爱？”

“这还用你问。”她说，“当然可爱啦，粉嘟嘟的脸蛋儿。”

乔国良说：“那时你舍得送人吗？”

妻子说：“现在她上大学了，我还舍不得嫁出去呢，别说小时候送人了。”

“这个系统就是我另一个漂亮的女儿呀。”乔国良充满深情地说，“她现在还没长大成人啊，我怎么忍心、怎么舍得送人呢。”

结果，那些资料又随他转到了北京，转进了总医院的病房。

这里的医生来查房，见他边输液边在笔记本上编程序，很是诧异：“你这样治病，我可头一回见呢，工作就那么重要？”

乔国良用笔敲敲笔记本说：“这是我还没养大的孩子，父母再难也得把它养大。”

医生说：“你这样治病可是增加了我们医生的工作难度。”

乔国良说：“有什么好药，你尽管给我上，能让我舒服一些就行。我是高职，够条件用好药。”

医生把什么好药都用上了，可他的病不仅不见好，还一天比一天重。

在北京治了三个月，那天他突然嘱咐妻子：“你去给陈所长打电话，就说我要交工作了。”

妻子说：“怎么一下子舍得把‘孩子’交出去了？”

“这个孩子虽然还未完全成熟，但骨骼已基本成型，交给别人再调教调教，就能够担得起事了。”乔国良脸上突然滑过一丝伤感，“再说，我再不交出去，恐怕就来不及交了。”

妻子的泪水夺眶而出：“你瞎说什么呀。”

他轻轻拉过她的手：“到医院看病那天中午，你眼眶里的泪水就已经告诉我不是肺结核，而是……”

陈福接带着接班的人来了。女儿乔琦也从学校赶了过来。

乔国良捧着整理得整整齐齐的资料和笔记本，交给接班的小伙子说：“还很不完善，就拜托你了。”

小伙子接过前辈用生命创造的科研成果，感动得嘴唇不住地哆嗦，却一句话也说不出来，只是缓缓举起右手，向眼前已经枯瘦如柴的老师久久地敬礼……

乔国良把女儿叫到床前，轻轻握住她的手，把它放进妻子手心：“那个‘女儿’，我把她交给陈教授他们了；琦琦这个女儿，就交给你了。她长大了，你要为她挑个好小伙、找个好人家，不能让她受了委屈。”然后，他转头望着陈福接，“陈教授，我有个请求。”

陈福接上前一步，俯下身子说：“国良，你说。”

乔国良望了一眼女儿：“琦琦大学快毕业了，到时你能不能想办法把她要回我们学校，还让她干我的老本行——软件工程。”

陈福接点点头，拍拍他的手臂：“放心吧，老战友。”

乔国良突然抱着陈福接，泪流满面、撕心裂肺地号啕起来——

“老天爷对我不公啊！为什么不让我看到‘银河-Ⅱ’成功鉴定那天！”

第二天，乔国良进入深度昏迷状态。7天后，他奇迹般地苏醒过来，指了指妻子，又扯了扯自己的耳朵。妻子会意地附到他耳畔。

他吃力地说：“把那张图拿出来给我。”

妻子打开柜子，拿出“银河-Ⅱ”整体效果图放到他手上。这张图，他每天要端详好几次。

乔国良又让妻子、女儿把他扶起来，然后在背后垫上两床被褥，让他靠着被褥坐在床上，又对着“银河-Ⅱ”整体效果图端详起来。

突然，他脑袋向前一低，倒在眼前的图纸上。

攻关“蜜月”

就在小徐和大学同学小乔的婚期即将到来之际，他负责的“银河-Ⅱ”分系统测试突然跳出“拦路虎”。

小徐说：“没办法，我们的婚礼推迟吧。”

小乔说：“已经延期三次了，再推迟，别人就会以为我嫁不出去了。”

小徐说：“可我的系统的问题不及时解决，整个系统都没法往下干。大伙都用眼睛看着我呢。”

小乔说：“我们攻关、结婚两不误。”

小徐说：“婚礼可是一件麻烦事，你一个人……”

小乔微笑着说："你尽管忙你的科研去，筹办婚礼我包干。"

"那我们的旅行计划……"

"暂时免了，以后再说。"

"按习俗，结婚后可是要回你家看望亲戚的。"

"我来解释。"

"还有广州的舅舅，他早盼着我们……"

"这些都由我负责。你只需做两件事，一是参加婚礼，二是我父母要从山东赶过来，结婚第二天，你要陪爸爸妈妈吃顿饭，算是回门酒。这两点你能做到吧？"

就这样，小乔把装修新房、分发请柬、张罗宴席等一揽子事情，全揽了下来。

他"躲进小楼成一统"，每天都忙到半夜才下班。看着准新娘忙婚礼，把一张圆润的鹅蛋脸忙成了一张瓜子脸，他心疼得不行："亲爱的，真是对不起。"

"我不怪你，谁让我要急着嫁给你呢。"她款款一笑说，"你们忙的是国家大事，这家庭小事，该我来做。"

"我担心你一个人忙不过来。"

"放心，到时你只管来参加婚礼就行。"

"那我岂不成了参加婚礼的客人了？"

"你这个客人不用送红包，多好。"

举行婚礼那天，婚礼一结束，那些大学同学便趁着酒兴，呼啦啦跑去闹洞房，却见新娘独自守着洞房。

大伙问："新娘子，你的新郎官呢。"

小乔调皮地说："他早知道你们要折腾，躲开了。"

"躲哪儿去了？把他揪出来。"

"他躲街上了，你们去给我揪回来吧。"

其实，小徐是躲进实验室了。结果，新婚之夜，小徐照样凌晨1点才回家。

小乔还没睡，坐在窗台边，双手托着粉红的脸庞，静静地望着窗外。见他推门进来，回头莞尔一笑："回来了。"

他说："不好意思，委屈你了。"

她笑着指指窗外："快来看，下雪了。"

他走到窗边一看，果然窗外飘起了雪花，大朵大朵的，在橘黄的路灯下飘飘洒洒，让宁静的夜色充满了诗情画意。

"你看这雪花舞得多美呀，这是在祝福我们。"小乔幸福地微笑着，轻轻搂住他的脖子，"幸亏你回来得晚，不然天公送来的这份厚礼，我们就收不到了。"

他感动得紧紧把她搂进怀里。

次日中午，从山东远道而来的小乔父母，特意在附近酒店备了回门酒，犒劳女儿女婿。

小乔父母同时举起盛满茅台的酒杯："来，爸爸妈妈祝福你们幸福永远、白头偕老！"

"谢谢爸爸妈妈！"小夫妻双双一饮而尽，"祝你们身体健康！"

小乔父母再举杯。但碰过杯后，小徐并没往嘴边送，而是把酒杯慢慢放下，轻轻拿起了筷子。

小乔父母相互望了一眼："小徐这是……"

小乔"扑哧"一声笑了："他的心思又跑到实验室去了。"

小徐一下子醒过神来，赶紧赔礼："爸爸妈妈，真是对不起。"

小乔父母爽朗地笑着说："年轻人专注于事业是好事，我们大人应该支持、鼓励。"

一家人吃完饭，小乔父母就催促小徐说："你忙去吧，这儿有闺女陪我们。"

第二天小徐上班前，与岳父岳母打招呼：“爸爸妈妈，我上班去了。”并特意吩咐妻子，“小乔，你陪爸爸妈妈去公园里逛逛。”

小乔父母说：“你甭担心我们，安心去上班。”可晚上回来时，却见岳父母已经回山东了。小乔告诉他：“爸爸妈妈说，现在女婿太忙，他们住在这里，会让女婿分神。等你忙过这阵再来住。”

小徐轻叹一声，拉过妻子的手说：“小乔，真对不起你。别人的蜜月，都到外地去旅游，手拉着手游山玩水。而我却天天上班、加班，很晚才回家，把你一人丢在家里空守寂寞。”

小乔依在他怀里说：“老公放心吧，我不会寂寞的，我已经想好如何度蜜月了。”

“你有什么打算？”

“现在我不告诉你。”

蜜月第三天，小徐正在实验室聚精会神地检测系统，后背突然被人敲了一下。他回头一看，是小乔！“嘿，你怎么上这儿来了？”

她笑嘻嘻地说：“蜜月里，我能不让老公陪在身边吗？”

他紧张地望了望周围正埋头工作的战友：“小乔，别闹了，大家正忙着呢，我怎能离开。”

她说：“我又没让你离开。”

他说：“那我怎么陪你？”

她说：“我到这儿与你一块做事呀，你不就陪在我身边了！”

“小乔，别开玩笑了。在这儿你能干什么？”

“老公，小看人了吧？”说着，她从墙上取下一件白大褂就往身上套，“别忘了，我们是大学同学，学的同一个专业，给你当个助手还是够格的。”

嘿，她还真行，几天工夫便进入了状态，成为丈夫的得力助手，不仅他交代的事务性工作做得得心应手，有时还能帮他分析问题，提出解决问题的新思路，“夫妻档”成了科研攻关的“黄金搭档”。

半个月后，小徐终于找到系统故障的症结，成功扫除了攻关路上的“拦路虎”。大伙儿都轻松地嘘了一口气。研究室主任特意来到小徐和小乔身边说：“这段时间害得你们两口子蜜月都没度好。现在好了，我给你们批 10 天假，一块到外边转转吧。”

那天晚上下班时，两人和往常一样，手拉手边走边甜蜜地呢喃。

“小乔，看我们这蜜月度的……”

“挺好啊，挺充实、挺快乐。”

“主任让去旅游，我们去吗？”

“旅游都做些什么？”

“游山玩水呗，看美丽风景呗。”

“你说我们家乡泰山的风景美吗？”

“那当然，连孟子都说‘登泰山而小天下’。”

“可我都看腻了，不想再看了。倒是觉得你们实验室风景挺美的，让人怎么看都看不够。”

“我们实验室有啥风景？”

“且不说大家为国家科技进步玩命工作，这种精神让人感动，就是研究室小团体氛围，也挺让人留恋的。一个系统出问题，大家伙都来想办法，同志之间不分你我、不藏不掖、坦诚相待、聚力攻关。大家早出晚归、累死累活，但脸上却充满阳光，整天乐乐呵呵。这种地方，待着让人舒坦。这样的风景，在社会上可是‘踏破铁鞋无觅处’哟。”

第二天一大早，这对小夫妻又手拉手来到实验室。晚上熄灯号吹响后，他们才手拉手下班回家。

此后每天都这样，直到她的婚假结束，返回原单位上班。

“单身”总师

皎洁的月光，铺洒在草丛间、花簇里、路面上，大地一片银光。微风如夜舞的精灵，轻旋着曼妙的身影，掠过树枝，穿过浓密的树叶，钻进窗口，轻轻撩起周兴铭的发丝。

他抬起手臂看了看腕上的“瑞士”表，已经晚上8点了。肠胃在不住地翻腾，咕噜咕噜地抗议，确实有些饿了。他弯腰拉开办公桌右侧的抽屉，拿出一包方便面，然后提起墙角的热水瓶，摇摇，空的。

周兴铭提着热水瓶，到办公楼走廊开水房灌了开水，回来泡上方便面，“呼呼”填饱肚子，继续伏案工作。

弯弯的月亮，渐渐从东边楼顶升到了头顶的树梢上，夜色笼罩下的校园一片静谧。夜深了。周兴铭感到眼帘有些撑不住了，直往下耷拉。打了哈欠，抬手看表。哟，已经凌晨1点了。

他收起纸笔，起身铺平沙发靠背，摊成一张小床，再从大铁皮柜里抽出两条被子铺上……

周兴铭现在过的是“一人吃饱全家不饿”的单身生活。这个小单间，既是周兴铭的办公室，也是他的家。

那天，周兴铭刚走进实验室戴上白帽、穿上白大褂，系政委于同兴就跟了进来，把他叫到门外，递给他一份电报，沉重地拍拍他的肩头：“周教授，你不要太悲伤。”

周兴铭接过电报低头一看：“妹病危，速回！”

他心头一紧，涌起一阵愧疚。小妹患癌症已经住院半年了，而他忙于

“银河-Ⅱ”，竟没有回家去看望过小妹。

当天，他买了一张机票飞回上海，一下飞机便直奔医院。可还是晚了，小妹已于1小时前从抢救室推进太平间。母亲坐在太平间门口，一声声唤着小妹的名字，泪流满面。

见此情景，周兴铭两串长长的泪水涌了出来。他搀扶起母亲，掏出手绢给母亲擦泪。可他始终没能擦尽老人的泪水，母亲依然不停地唤着小妹。小妹是母亲的心头肉、命根子啊。他们弟兄几个长大后，都在外地工作。20多年来，一直是小妹在上海老家陪伴照顾着母亲。母亲经受不住白发送青丝的悲痛啊。

为给老人换个生活环境，让她早日淡忘失去亲人的痛苦，他跟母亲商量，把她接到长沙。母亲同意了。长沙有她的儿子、儿媳，有两个活泼可爱的孙女。

可到长沙后，老人连个说话的人都没有。她自幼生活在上海，喝了几十年黄浦江的水，说了几十年上海话，听不懂普通话，更听不懂长沙话。儿子、儿媳上班早出晚归，两个孙女要上学。每天，她只能坐在门口的方凳上，痴痴地望着天空，等着儿孙回家。老人在生活上也不适应，她总觉得这里的米饭就是没有上海的香，湘江的水没有黄浦江的甜，长沙的空气也没有上海的清新……在上海，什么都如意；在长沙，什么都不习惯。

老人执意回上海去了。70多岁的老人自己买菜做饭、洗衣缝被，冷一餐热一顿，感冒发烧了也没人知道、没人照料，还不幸患上了癌症。虽经多方治疗，保住了老人的性命，但耳背了，眼瞎了，嗓子哑了。即便这样，老人也不肯再来长沙。

周兴铭从繁忙的科研工作中抽出几天时间，和妻女回上海看望病中的母亲。刚在母亲病床前坐下，老人就一手拉着儿子的手，一手拉着儿媳的手，泪水哗哗地往下掉，但又什么都说不出，把他和妻子的泪水也牵出了眼眶。他们知道，老人是要对他们说：“回来吧，孩子。孩子，回来吧。”

在老人病床前，周兴铭时而看着眼含泪水的老母，时而看着身边泪水盈眶的妻子，甩下一声声叹息。他是“银河-Ⅱ”总设计师，就像战场上指挥千军万马的总指挥，现在“银河-Ⅱ”的研制刚刚开始，他这总指挥能后撤吗？

可是，母亲已经70多岁了，又病成这样。身为人子，把她扔在上海不管，天理难容啊！

母亲，事业，两个砝码同样沉重，但忠孝却不能兼顾。周兴铭陷入了一个进退两难的境地。

周兴铭一夜没睡，妻子也一夜没合眼。天亮时，妻子擦去眼角的泪痕走到他身边，用一双红肿的眼睛看着他那双同样红肿的眼睛，叹口气说：“兴铭，我脱军装转业回上海吧。”

周兴铭沉重地点点头：“也只能这样了……”

她回长沙办完转业手续，就要回上海了。在车站，再过5分钟就要发车了，但她还没上车，拉着两个幼女的小手，在站台上来回地踱着。前往车站送行的系政委于同兴很理解她的心情，轻声对她说：“如果你不想走，现在还来得及。可以让你再次参军，再穿上军装。”

她抬头感激地看着于同兴政委，似有很多的话想说。

她想说，她舍不得脱下这身穿了十几年的军装，舍不得放弃为之奋斗了十几年的电子计算机事业。

她想说，研制“151”电子计算机的10年里，他们夫妻聚少离多，现在好不容易团聚了，她不愿让这个家再分开。

她更想说，他是总设计师，肩上的担子重，她不愿让他为家事分心，要让他用全部的精力去挑好肩上的担子。

最后，她啥也没说，在发车铃响起，列车徐徐启动的那一刻，拉着一双幼女的小手，毅然登上了列车。

周兴铭从车站回到家里，收拾起日常用品，抱着两床被子，住进了办

“银河-Ⅱ”巨型机

公室，开始了他繁忙的“单身生活”。

这样的日子，周兴铭整整熬了4年！

他终于带领大伙走完了别人“10年走过的路”，成功研制出中国第一台每秒10亿次巨型机“银河-Ⅱ”，实现了中国巨型机技术的又一大跨越，使我国成为继美国、日本之后第三个掌握每秒10亿次巨型机研制技术的国家！

1992年11月18日，国防科工委组织有关专家对“银河-Ⅱ”进行技术鉴定。

考机时，“银河人”把自己研制的中期数值天气预报系统放在“银河-Ⅱ”平台上，仅需413秒，便完成一天天气预报。

结果出来后，现场一片惊呼：“合同规定是1100秒，比规定指标快了近3倍!”

欧洲中期天气预报中心研究部的专家竖起了大拇指：“‘银河-Ⅱ’比我们的机器算得还快，真是了不起啊！了不起!”

鉴定委员会一致认为：“‘银河-Ⅱ’是我国自行研制的第一台面向大型科学/工程计算和大规模数据处理的通用每秒10亿次并行计算机，系统稳定可靠，各项技术指标均达到或超过任务书要求，其综合处理能力10倍于‘银河-Ⅰ’，总体达到80年代中后期国际先进水平，是我国科技战线的又一重大成果!”

在这个幸福的时刻，大家没有忘记为“银河-Ⅱ”默默奉献的总师妻子，特邀她回校参加鉴定仪式。在当晚学校举行的“银河之歌”专题晚会上，她坐在周兴铭身旁，幸福地挽着他的胳膊，圆圆的脸庞轻轻依偎在他的肩头。

周兴铭附在她耳畔说：“等会儿有我的节目。”

她摇摇头：“我不信，跟了你几十年，还从没发现你有这个细胞。”

他一本正经地说：“这可不一定哟，人一高兴，说不定奇迹就会出现。”

她睨了他一眼：“你就吹吧。”

这时，大幕徐徐拉开了，报幕员款款走上台：“第一个节目，诗朗诵《致橡树》，作者舒婷，朗诵周兴铭!”

“你看，奇迹出现了吧。”周兴铭回头看了妻子一眼，在她惊讶的目光里健步走上舞台。他虽然是第一次上台表演节目，更不懂朗诵艺术，但每一行诗句都饱含着真挚的情感——

我如果爱你——
绝不像攀援的凌霄花，
借你的高枝炫耀自己；
我如果爱你——

绝不学痴情的鸟儿，
为绿荫重复单调的歌曲；
也不止像泉源，
常年送来清凉的慰藉；
也不止像险峰，
增加你的高度，衬托你的威仪。
甚至日光，
甚至春雨。

不，这些都还不够！
我必须是你近旁的一株木棉，
作为树的形象和你站在一起。
根，紧握在地下，
叶，相触在云里。
每一阵风过，
我们都互相致意。
但没有人
听懂我们的言语。
你有你的铜枝铁干
像刀，像剑，
也像戟；
我有我红硕的花朵，
像沉重的叹息，
又像英勇的火炬。

我们分担寒潮、风雷、霹雳；

我们共享雾霭、流岚、虹霓。

仿佛永远分离，

却又终生相依。

这才是伟大的爱情，

坚贞就在这里：

爱——

不仅爱你伟岸的身躯，

也爱你坚持的位置，足下的土地。

她知道，他朗诵的《致橡树》既是献给巨型机事业的歌，也是一个丈夫献给妻子的情诗，她感觉到了诗句里蕴含的深情厚谊，感觉到了一股汹涌而来的暖意，更感觉到了心底升起的澎湃豪情。

当他朗诵完毕，向台下深深地鞠躬，全场起立为他献上雷鸣般的掌声时，她的泪水再也抑制不住奔涌而出。

“银河-Ⅱ”研制成功，又一次打破了国外在巨型机技术领域对中国的严密封锁！

当初我国想进口每秒10亿次巨型机时，向国家气象局要大牌、要天价、提出苛刻条件，而且交货一拖再拖的美国计算机公司，听说“银河-Ⅱ”横空出世后，立刻派代表与国家气象局商谈。谈判桌上，美方人员什么条件都不提，价格也一降再降，只希望尽快签订购货合同，结果数年没有解决的问题，几天便解决了。

美国公司交货后，国家气象局把进口机器与“银河-Ⅱ”安装在同一机房大厅里，两台机器只隔着一道透明的玻璃墙，构成一种相互“PK”的架势。

“PK”的结果是，“银河-Ⅱ”运行稳定，进口机器故障连连。为此，国家气象局领导不得不约谈美方人员，严正指出：“你们的巨型机和我国的‘银河-Ⅱ’，质量是鲜明的对照。‘银河-Ⅱ’每周只进行例检，故障很少，发现故障也可以很快排除；而你们的机器故障频繁，排除故障要拖好几天。希望你们尽快增加机器功能，提高机器稳定性、可靠性。”

听到这个消息，周兴铭深感欣慰：“回顾走过的路，虽然个人牺牲了不少，但总算为国家做了点事，这辈子没白活。”

远眺的目光

1994年3月，国家决定启动“银河-Ⅲ”每秒100亿次巨型机工程。刚刚接过“银河事业”继往开来“三棒手”重任的卢锡城，听到这一消息，轻轻嘘了一口气。

他把座椅移到窗前。今年的春天，似乎比往年来得要早一些。春节刚过，水分充盈的东南风就一阵接一阵吹了过来，吹得枝头的嫩叶哗哗向外冒、地上金黄的草芽呼呼往上蹿，不过一个月工夫，大地一片蓬勃生机。

远方隐隐传来一阵歌声，是《让世界充满爱》的第三部：

你走来，他走来
我们走到一起来
在这缤纷的世界里
心潮澎湃
你走来，他走来
大家走到一起来
在这缤纷的世界里

有无限的爱

哦！让这世界有真心的爱

哦！让这世界充满情和爱

…………

当今的国际形势，似乎真有“真心的爱”。最早拥有战略武器、拥有最多战略武器并曾经四处挥舞战略武器铁拳的美国，突然“放下屠刀、立地成佛”了，向世界各国提出全面禁止战略武器的倡议，不仅带头在禁止战略武器地面试验协议上签字，而且到处游说别的国家支持“裁武”，甚至不惜用制裁手段逼迫发展中国家签订协议。中国，作为一个负责任的大国，毫无疑问也要在协议上画押。

协议规定，签约国将做出有步骤的、渐进的努力，在全球范围内裁减战略武器，逐步实现消除战略武器的最终目标。所有缔约国承诺不进行任何战略武器实爆试验，并承诺不导致、不鼓励或以任何方式参与任何战略武器实爆试验。

为庆祝这一“和平事件”，在美国的主导下，国际组织在位于纽约的联合国大厦北侧庭院里，建了一座造型新颖、意蕴深刻的雕塑：一名战士跨着战马，手握长矛，刺向一条分别用美国和苏联制造的两枚战略导弹作为躯体的恶龙。国际组织还为其举行了一个隆重的雕塑揭幕仪式。

美国政府官员发表了高调声明：美国将带领世界人民走向和平。

靠战争发家的“山姆大叔”果真弃恶从善了吗？

卢锡城沉思的目光，眺向窗外绿树荡波的校园、幽深纯蓝的苍穹，眺向太平洋彼岸那个“缤纷的世界”……

美国自1946年研制成功世界第一台真正用于科学计算的计算机ENIAC后，一直是计算机技术发展的“国际龙头”。尤其在20世纪末、21世纪初，为了永远占据世界战略武器技术制高点，美国政府提出了“加速战略计算创新”计划，以求高性能计算机速度提升与美国防备计划需求发展同步，投资数十亿美元研制面向战略武器试验的高性能计算机系统，计划在1999年推出每秒10万亿次巨型机系统，2002年推出每秒30万亿次，2004年达到每秒100万亿次，2007年跨越每秒1000万亿次……美国不断将高性能计算水平推向新高，一路成为世界计算机技术的领跑者。国际TOP500开创以来，其榜首位置基本上被美国机器占据，而且排名前10的机器大都是美国制造。

美国在半个多世纪研制的一代代巨型机，首先都被装配到阿拉莫斯国家实验室、利弗莫尔国家实验室和桑迪亚国家实验室。另一项统计则表明，美国历年在国际TOP500排名前10的高端计算机，前5名全部配置在DOE（美国能源部）。

阿拉莫斯实验室是干什么的？

它是美国研制战略武器“三巨头”中的“龙头老大”！这里曾研制出美国第一款新型战略武器，美国“战略武器之父”奥本海默曾任该实验室主任。

利弗莫尔国家实验室是什么地方？

这是美国第二个研制战略武器的国家实验室，主要负责研究核储存技术，其拥有的大型核材料仓库，是全美国同类仓库中最重要的一个。

桑迪亚国家实验室是干什么的？

它是美国研制战略武器“三巨头”之一，在新型战略武器的关键技术领域，它拥有着最雄厚的实力。

DOE又是什么机构？

那是美国研制和管理战略武器的国家职能部门！

这些巨型机，在这些国家实验室和国家职能部门，首要的作用就是进行战略武器仿真。到了20世纪90年代初，美国研制第四代战略武器时，其计算机试验仿真已经达到全过程全实物数字仿真水平。

换句话说，美国已将战略武器研制试验场从浩瀚的戈壁、沙漠，成功地搬进了实验室！

由此看来，美国倡导签署的禁止战略武器试验协议，是美国的“武备”策略，是瞒天过海，是虚晃一枪，是欺骗与蒙蔽，是一剂“蒙汗药”，禁的是别人而不是他自己，其目的是为了赢得核武器的绝对优势！

世界大国的战略武器竞赛，已经悄然转向对巨型机技术制高点的争夺！

卢锡城坚定地对自己说：“这个回合，中国不能输！中国输不起啊。”

那么谁来担任中国新一代巨型机——“银河-Ⅲ”每秒百亿次巨型机的总设计师呢？

在“银河-Ⅱ”鉴定时，研究所就有这样的传言：“我国下一代巨型机

中国工程院院士卢锡城

‘银河-Ⅲ’的总师，非卢锡城不可！”

卢锡城知道，大家的猜想不无道理。

首先，他是计算机系主任兼研究所所长，便于对“银河-Ⅲ”工程的统筹安排、协调指挥。

其次，他已经在计算机技术攻关战场上摸爬滚打了数十年，积累了厚实的学术底蕴、丰富的科学创新和工程组织经验。在20世纪70年代，他参加了国家重点工程“‘远望’测量船中心计算机”的研制，两次赴太平洋执行任务。20世纪80年代初，他受国家派遣前往美国留学，是我国最早从事网络技术研究的专家之一。学成回国，参加了“银河-Ⅱ”巨型机的研制，并主动请战，担负当时国际上最先进的高速计算机网络技术攻关任务，研制出高速网络软件系统，使“银河”巨型机从此具备支持网络超级计算的能力。

卢锡城那沉思的目光，很快便从自己身上撇开，投向那些为人类计算机事业做出巨大贡献的科学明星……

1936年，24岁的英国人图灵创立了计算机理论；1946年，刚离开学校不久的美国人埃克特、莫奇利，组织大家研制成功世界上第一台计算机；被誉为“计算机之父”的冯·诺伊曼，提出著名的“冯·诺伊曼原理”时，也只有42岁……

计算机是年轻人的事业。可研制“银河-Ⅰ”“银河-Ⅱ”的骨干力量，基本是“文革”前的大学毕业生，他们在长期的科研攻关中，为国家巨型机事业做出了重大贡献，现在都步入或接近退休年龄。而与此同时，改革开放后成长起来的新一代计算机人才，不仅知识丰富、科技底蕴深厚，而且通过“银河-Ⅰ”“银河-Ⅱ”的实践锻炼，积累了丰富的科研经验。

他们是“银河事业”的未来，“银河事业”需要他们尽快脱颖而出。好钢是在烈火中冶炼出来的，钻石是在重压下形成的。同样，年轻的肩膀也是在重担压迫下不断坚实起来的。

这时，一个身材魁梧、脸庞方圆、目光炯炯有神的年轻人，油然地跳出卢锡城脑海。他师从“中国巨型机之父”慈云桂攻读硕士研究生，同时参与“银河-Ⅰ”后期攻关，为“银河-Ⅰ”编译器研制做出贡献。接着，他又参加“银河-Ⅱ”研制，同时师从陈福接教授攻读博士学位，深入研究并行处理技术，慈云桂教授审阅他的博士学位论文，指示研究所：“该同志要想办法留下来！”前两年，学校派遣他和其他 3 名同志前往国外考察，为“银河-Ⅲ”做预先研究 7 个月，拓展了国际视野，了解和掌握了世界计算机技术动态和发展趋势。

这名年轻人，便是杨学军。

卢锡城坚定决心：“银河-Ⅲ”工程，不仅要实现我国巨型机技术的新跨越，而且要实现银河创新队伍建设的凤凰涅槃，为国家巨型机的长远发展打造一支年轻队伍，确保“银河事业”后继有人，永葆青春！

不久，“银河-Ⅲ”攻关队伍成立了。卢锡城任工程总指挥，杨学军任工程总设计师，邹鹏任工程副总指挥，张民选任副总设计师。

这支队伍平均年龄仅 36 岁，19 名主任设计师、副主任设计师的平均年龄为 40 岁，副总设计师为 40 岁。

而总设计师杨学军，年仅 31 岁！

“银河”少帅

杨学军来到研究所所长办公室门口，两脚跟一靠：“报告！”

“请进！”

杨学军轻轻推开房门，走进所长办公室一看，不禁愣住了。他面前不仅坐着研究所所长、政委和学校领导，还坐着国防科工委首长，心里不由嘀咕：“这么大架势，找我什么事呢？”

“学军，请坐。”卢锡城指着旁边的椅子说，“今天国防科工委领导和学校领导，要亲自给你下达一个重要任务。”

国防科工委领导与学校、研究所领导交换了一下眼色，然后和蔼地望着杨学军：“国防科工委决定启动‘银河-Ⅲ’工程，经研究所建议和学校研究，国防科工委批准成立总师组，由你来担任总设计师。”

杨学军一听，从椅子上弹了起来，不住地摆着手说：“当总师？我恐怕干不了，让我当个总师助理，帮着参谋参谋、出出主意还行。”

国防科工委领导一边示意他坐下，一边哈哈笑了起来，说：“你说自己干不了，可我们都认为你不仅干得了，而且会干得很好。”

学校领导鼓励道：“校党委给国防科工委打报告，让你担任‘银河-Ⅲ’总师，是经过充分酝酿、慎重考虑的，相信你一定能为‘银河事业’撑起一片新天地！”

研究所所长、政委也微笑着说：“学军同志，你就大胆挑起这副重担吧，有什么困难，研究所党委是你的坚强后盾。”

杨学军顶着泰山般的压力回到家里，把领导与他谈话的内容告诉了妻子唐玉华。唐玉华那双眼睛也一下子鼓得圆圆的：“让你当‘银河-Ⅲ’总师？”

杨学军用征询的目光望着她：“你看我行吗？”

唐玉华轻轻捏了一下丈夫白白胖胖的脸：“是太年轻了一点哦。”

杨学军着急地说：“那你说我怎么办？”

“既然组织上信任你，你就好好干呗。”唐玉华嫣然一笑，“我相信自己的丈夫，他定能干好！”

杨学军依然底气不足。他担心自己年轻的肩头，难以负起“银河事业”继往开来的重任。“银河事业”，那可是以慈云桂、陈福接、周兴铭、陈火旺、卢锡城等为代表的老一辈“银河人”呕心沥血、艰苦奋斗数十年开创的、堪称中国计算机发展史上典型缩影的历史伟业啊，无论谁接过“银河事业”的“接力棒”，都必须将它发扬光大、再创辉煌，否则愧对国家、愧对前辈、愧对人生！

这副担子沉啊！

“玉华，你去给我买几包烟，好吗?”

“买烟? 你从来都不抽烟的呀?”

“现在我想抽。”

唐玉华犹豫了一下，还是上军人服务社买回一条“金白沙”。

杨学军在房子里不住地转圈，一支接一支地抽烟，几年前那次南下出差的情景，慢慢浮现在眼前……

特快列车在南方起伏的丘陵间奔驰。临窗而坐的他，凝望着车窗外的一簇簇竹丛、一行行绿树，灼热、潮湿，带着大海微微咸腥气味的风，从敞开的车窗汹涌而来，扑击着他的胸膛。

渐渐地，远方墨绿色的地平线上升起一片片楼群，仿佛春天的竹笋，高高低低，密密匝匝。

深圳到了，这是中国对外开放最早的特区、最前沿的城市。

第一次踏上这片热土的杨学军，一下车就感受到了对外开放城市的氛围。走在街上，满目鳞次栉比的大厦、步履匆匆的行人、五花八门的广告，“高薪诚聘××专业高级人才”“××公司以月薪×万急聘××专业人才”的启事随处可见。打开电视，大部分时间是被各种商业广告和招人启事霸据着，也是什么公司聘请什么专业的博士、硕士，月薪都是内地的数倍，甚至几十倍。仿佛这里遍地是黄金，向四方人士尤其是知识分子散发出强烈的诱惑。

随着改革开放大潮的到来，随着一个个沿海城市的对外开放，一个崭

中国科学院院士杨学军

新的经济时代来临了。亟待发展的社会经济呼唤着科学、呼唤着知识。昔日的“臭老九”忽然间成为经济建设的主力军、先锋队。他们终于有了施展才华的环境，终于得到了为社会创造财富的机遇。一些人走出书斋下海经商，一些人南下打工，一些人甚至跨出国门，出洋淘金，凭借个人的聪明才智，迅速发达。十几年前，某研究所的几个年轻工程师，向单位递交了停薪留职的报告，然后向银行贷款十几万元，办起了电脑公司。他们抓住国际上几次电脑更新换代的机遇，及时推出了具有中国特色的“长城”系列电脑，很快占领国内市场，公司迅速发展壮大，几年时间便成为一家跨国公司。

知识分子刚刚走出政治的旋涡，又被推进了金钱的激流。

政治动荡时期充斥着对知识分子身心的摧残，经济腾飞时期则遍地充满着对知识分子心灵的诱惑。抵御心灵的诱惑，在某种程度上甚至比抵御身心的摧残更艰难。在这样一个浮躁的环境里，他们感受着躁动，却要心静如水。他们俯身便能获取财富，却要甘守清贫。这需要何等的品格、何等的毅力。

杨学军来到特区的第三天，一次致富的机遇便如天上掉馅饼一般掉在他的面前。

那天他办完公务后，兴冲冲地走进一家日本独资企业，去看望一位大学同学。当他走过铺着猩红地毯的走廊，出现在同学面前时，老同学高兴得从转椅上蹦起来。“来得正好，你快给我看看这是什么问题?”老同学一把抓住他，不管三七二十一，先把他按到那张转椅上。

原来是一台控制生产线的主机电脑程序出现了故障，他们检查了两个多月都没能解决问题，已给公司的运转造成很大影响。

老同学的求助自然无法推辞。杨学军开始敲打键盘、检查程序，迅速发现了错误，并很快找到纠正错误的办法，前后只用了15分钟，两个多月没解决的问题便迎刃而解。

“你真行，真不愧是搞巨型机的。”老同学拍拍他的肩膀，兴高采烈地给部门经理报了喜，然后拉着杨学军上酒家，准备去喝两杯。

刚走到门口，公司公关部的小姐追了上来，微笑着对老同学说：“先生，请稍等，总经理想见见您这位客人，请带客人去会客厅。”

这一幕，让为这家公司服务了六七年的老同学大感意外。外国老板，尤其是日本老板，对中国职员表面谦恭，骨子里却非常傲慢。而今天，日本老板却破例要见一个中国职员的客人，看来他的好运气来了。

他们走进装潢考究、摆满鲜花的会客厅，刚在古香古色的柚木沙发上落座，一个身材高挑、表情冷峻的中年人就不紧不慢地走进来，先和杨学军握了握手，用夹生的中国话对他说了声“谢谢”，然后坐在他对面的沙发上，叽里呱啦向他说了一串日本话。

公关小姐翻译道：“先生，您是一个让我佩服的中国人。我诚恳聘请您到我的公司来工作，担任技术部经理，月薪6万元人民币。如您家在外地，大人和孩子可以到深圳落户。您可以到深圳郊区的几个别墅区任选一套房子。唯一的要求是，您要为我公司服务20年以上。”

杨学军真怀疑公关小姐是不是翻译错了，或是自己听岔了。月薪6万元，对于他几乎是个天文数字，他在单位每月的工资还不够1000元呢。而且，还有部门经理、别墅、夫人孩子入户深圳等条件。这些，无论哪一条，对正在这里“下海淘金”的人，都是梦寐以求的。

但杨学军微笑着向日本老板摇了摇头。

日本老板沉思片刻，又说了一句。

公关小姐翻译道：“先生觉得月薪太少，可以再加5000元。”

哪知杨学军还是微笑着摇头。

日本老板似乎很不解地嘀咕一阵。

公关小姐翻译道：“先生，这待遇够高了。山本董事长觉得您是个难得的人才，才出如此高价的。”

杨学军不无自豪地说：“像我这种平平之辈，我们学校多的是。”

公关小姐将他的话译给日本老板后，他又叽里呱啦了一句。

公关小姐说：“请您回去告诉您的同事，我们这里时刻欢迎像您这样的人才。”

从会客厅出来后，老同学也是一脸不解：“月薪65000元，你还不干啊？我干了六七年，还不够20000元呢。你的胃口也太大了。”

杨学军坦诚地说：“我不是嫌钱少，我是觉得来这里守着一台小电脑，心里挺没劲的。你也知道我们研究所是干啥的，是干每秒运算1亿次、10亿次的巨型计算机的！以后还要干每秒100亿次、1000亿次、10000亿次的机器，能算出火箭的轨道，能算出什么地方有石油，能知道第二年的天气情况，那挑战有多大，干起来多痛快！”

老同学摊着双手，不住地摇头：“你们军人，真让人不可理喻。”

“杨学军啊，你不是一直想着干大事业吗？现在为国家做大贡献的机会来了，为什么又踟蹰不前了呢？怎么又胆怯了呢？”

杨学军质问着自己。他续了一支烟，随着一缕缕从眼前飘过的烟雾，那次奖金分配讨论会的情景也浮上心头……

一项重大工程结束后，上级给他们颁发了数十万元奖金。这奖金如何分配？

工程总指挥率先表态：“奖金我一分不要，把我那份分给大家！”

总设计师说：“我也不要奖金，把我那份给同志们！”

各系统负责人也说：“奖金先别考虑我们，应该向基层倾斜，让一线同志多拿些，我们少拿些！”

一线同志则说：“领导承受的压力比我们大，加班比我们多，贡献比我们大，领导不要奖金，我们也不要！”

一名前来采访的记者，见此情景，不解地问：“大家连奖金都不要，你们还要什么？”

大家异口同声地说：“我们要干国家重大型号任务！”

杨学军摸出“金白沙”，抖抖，空了。“玉华，还有烟吗？”

“学军，你已经抽掉两包了。”唐玉华上前轻轻挽着他的胳膊，“我陪你去外边转转，透透气。”

他们来到了橘子洲头。在毛泽东《沁园春·长沙》的碑刻前，杨学军久久地伫立着、仰望着。

独立寒秋，

湘江北去，

橘子洲头。

看万山红遍，

层林尽染；

漫江碧透，

百舸争流。

鹰击长空，

鱼翔浅底，

万类霜天竞自由。

怅寥廓，

问苍茫大地，

谁主沉浮？

…………

奔腾不息、一往无前的滔滔江水，国家和民族危难时刻“力主沉浮”的前辈，人生字典里只有“奉献”没有“索取”的“银河人”，给了杨学军信心和力量！

杨学军打电话向母亲求援：“妈妈，学校把一个很重的担子让我挑，我和玉华下一步都很忙，女儿没人带啊。”

母亲爽快地回答：“我去长沙给你们带孩子。”

杨学军说：“可您还没退休啊。”

母亲说：“为了支持儿女工作，我申请提前退休。”

杨学军感动得一时说不出话来，半晌才小声却十分坚定地说：“妈妈，您放心，我一定为妈妈争气、给国家争光。”

杨学军带领总师组通过深入调研，提出“银河-Ⅲ”工程的两个远大目标：瞄准每秒千亿次技术，实现每秒100亿次跨越的同时，做好后续跨越的技术储备；瞄准大型科学/工程计算和大规模数据处理技术需求，为用户研制高效好用的机器。

如何实现呢？有人提出走大规模并行处理技术（MPP）路线。

MPP是刚刚冒头的前沿技术，不仅研制难，而且应用难。

这“两难”，使国际上许多大公司栽了大跟斗，有的甚至因此而倒闭。相形之下，“银河人”对“银河-Ⅰ”“银河-Ⅱ”使用的向量计算（MP）技术却驾轻就熟，采用它实现从每秒10亿次到每秒100亿次的跨越，可以说稳操胜券。但若用MP实现每秒1000亿次甚至更高水平的跨越，那就根本不可能了。

面对“两难”，以杨学军为总设计师的总师组，毅然做出三大决策：

一、瞄准每秒千亿次技术，实现每秒100亿次跨越的同时，做好后续跨越的技术储备。

二、瞄准未来主流技术MPP，以高起点确保“银河-Ⅲ”的高质量。

三、瞄准大型科学/工程计算和大规模数据处理应用技术需求，突破MPP并行巨型机系统应用的关键技术，为用户研制高效好用的机器。

杨学军说：“MPP虽然有风险，但风险是超越的机遇，只有勇于迎接挑战，才能尽快赶超世界。跟着别人亦步亦趋、四平八稳，不是‘银河人’的风格！”

国防科工委专家组审阅“银河-Ⅲ”研制方案后，认为具有“世界级研制难度”。

“世界级难度”的攻关，赢得“世界级先进”的机器——

“银河-Ⅲ”计算速度比“银河-Ⅱ”提高了10倍，体积却只有“银河-Ⅱ”的六分之一！

1997年6月，香港即将回归祖国，国防科工委科技部副部长陈丹淮带领7名专家对“银河-Ⅲ”进行“体检”。

这天晚上8点，领导、专家和研制人员团团围着“银河-Ⅲ”。只见它通电后，开机顺畅，运行平稳，发出均匀的轻鸣，大家脸上不由露出欣慰的笑意。

这时，忽闻机房外边狂风呼啸，电闪雷鸣，暴雨倾盆。机房电压抽风似的剧烈波动，一会儿拉高到 250 伏，一会儿又跌至 120 伏，还出现短暂停电现象。

“银河-Ⅲ”经得住这般折腾吗？国防科工委领导、专家们的心一下揪紧了。

陈丹淮向考机专家征求意见：“这天气，怎么办？要是把机器弄坏了，损失就大了。”

考机专家意见一致：“先停机，等雷雨过后重新开机。”

陈丹淮来到工程总指挥卢锡城、总设计师杨学军跟前说：“这电压太不稳了，大家建议先停机，你们看……”

卢锡城、杨学军也是一脸严峻。作为工程总指挥、总设计师，虽然对“银河-Ⅲ”的稳定性了如指掌、深信不疑。但如此恶劣的天气，自测试以来还是第一次遭遇，“银河-Ⅲ”能否扛得住，他们心里也有些担心。

但见“银河-Ⅲ”却似狂风巨浪下的礁石，不管电流如何剧烈波动，依然稳若泰山，神形自若。

卢锡城、杨学军果敢决断：“不停，继续考机！”

10 小时过去了……24 小时过去了……48 小时过去了……105 小时过去了……“银河-Ⅲ”依然运行平稳。

最后，考机指挥员下令：“人工停机！”

轮流守候在机器旁的考机专家们，深深地被“银河-Ⅲ”折服了：“能抗住这种恶劣天气，并连续平稳运行四五天的机器，其可靠性、稳定性，绝对世界一流！”

可体检并未结束。次日，来自全国各地的 32 位专家又分成三个小组，对“银河-Ⅲ”的 11 项专项技术分别进行测试考核。专家们瞪大了眼睛给它挑刺，可大家加班加点检测了三天，愣是没查出什么问题，最后都笑眯

“银河-Ⅲ” 巨型机

眯地给“银河-Ⅲ”亮出高分。

国防科工委主任代表鉴定委员会，在“银河-Ⅲ”鉴定书上郑重地写上：

> 该机有多项技术居国内领先，综合技术达到当前国际先进水平。经有关应用单位对机器运行试算结果表明：“银河-Ⅲ”运行稳定可靠，可扩展性好，并行加速比高，应用领域广，性能价格比高……“银河-Ⅲ”巨型机可适用于化学、石油、气象、工程物理、流体动力学、结构分析等诸多领域的大型科学计算、大规模数据处理，对我国国防建设、经济建设和科学技术的发展，将产生重大推动作用。

“银河-Ⅲ”通过国家鉴定当日，中央电视台和《人民日报》《解放军报》《光明日报》等中央和地方媒体都在显著位置予以报道。不少海外媒体也纷纷刊登消息。

媒体称赞“银河-Ⅲ”：“给香港回归祖国献上了一份厚礼!”

香港一家媒体在报道“银河-Ⅲ”的消息中这样写道：“香港就要回到祖国怀抱了，可至今还有人怀疑中国是否有能力管理这个国际大都市。对这一问题，近日面世的‘银河-Ⅲ’从另一个侧面做出回答。须知，香港昔日的管理者英国，至今还没有每秒100亿次巨型机。坚信一个科技水平先进的国家，其治国能力也绝不会输给别人。”

神机妙算

大江东去，浪淘尽，千古风流人物。故垒西边，人道是：三国周郎赤壁。乱石穿空，惊涛拍岸，卷起千堆雪。江山如画，一时多少豪杰。

遥想公瑾当年，小乔初嫁了，雄姿英发。羽扇纶巾，谈笑间樯橹灰飞烟灭。故国神游，多情应笑我，早生华发。人生如梦，一尊还酹江月。

人们吟诵苏轼这首《念奴娇·赤壁怀古》，脑海里浮现出“雄姿英发”的周公瑾的形象的同时，会油然想到轻摇羽扇、昂首观天的诸葛亮。可以说，若没有诸葛亮巧借东风，周郎很难成就“谈笑间樯橹灰飞烟灭”的赤壁之战。

天气预报，从来都是战争中出奇制胜的重要因素。冷兵器时代如此，热兵器时代更是如此。

在第二次世界大战中，德军于 1941 年 6 月 22 日突然向苏联发动进攻。

这时，德国气象专家提醒军方：“今年苏联的冬季将比往年来得更早一些，而且更加严寒。”

希特勒听到参谋部通报，不屑一顾地说：“苏联的寒冷能挡得住我的‘闪电战’吗？不等西伯利亚寒潮赶到莫斯科，我的军队就占领那里了。”

他在军队没有采取任何防寒措施的情况下，命令德军迅速向苏联展开全面进攻，并于 10 月初开始实施莫斯科战役。

11 月初，寒潮果然比往年提前到来了。一个月后，莫斯科气温降至零下 40 摄氏度，德军坦克因燃料和冷却水冰冻，无法启动。每个步兵团的非战斗减员在 400 人以上。

与德军截然相反的是，苏联红军统帅部采纳了天气预报专家同样的建议，做好了战斗装备和人员防寒准备，装备、人员毫无损失，改变了战场态势，由防御转为进攻，赢得了莫斯科保卫战的胜利，扭转了第二次世界大战的局势。

1996 年 10 月，我军总参谋部某气象中心决定启动军用数值天气预报系统项目。可谁是为我军打赢现代化高科技局部战争而“借东风”的当代“诸葛亮”呢？

项目论证会上，我国气象学专家李泽椿院士说：“你们去找国防科大的宋君强吧，他能给你们做出一个满意的系统。”

李泽椿院士对宋君强如此推崇和信任，是有充分依据的。

早在 20 世纪 80 年代末启动的“银河-Ⅱ”工程的首要应用课题，就是建立中期数值天气预报系统。该系统研制完成后，曾创造了一系列“神机妙算”——

1994年6月，长江流域发生特大洪灾，武汉三镇被洪魔团团围困。如果暴雨天气持续下去，就只有炸开武汉上游的江堤分洪，以确保工业重镇武汉的安全。这需要转移疏散数十万人，淹没大量农田房屋，造成数十亿元损失。在这紧急关头，国家气象中心根据“银河-Ⅱ”提供的中期数值预报结果，做出了武汉上游暴雨天气即将结束的准确预报。国务院据此做出不炸堤分洪的决策，避免了国家经济损失惨重、人民流离失所的严重后果。

1994年9月，南太平洋形成的第17号台风，在浙江温州一带登陆。由于“银河-Ⅱ”提前准确预报了这次台风的强度和具体登陆地点，浙江省有关部门紧急组织加固建筑、转移物资、疏散群众，把台风带来的损失降到了最低。

1996年湖南洞庭湖区抗洪抢险、1998年长江流域抗洪抢险，“银河-Ⅱ”又建殊功。

…………

“银河-Ⅱ”中期数值天气预报系统课题组组长，正是宋君强！

总参有关部门领导率领业务人员到国防科学技术大学计算机研究所考察时，具有国内领先水平的“银河-Ⅲ”即将问世，尤其以“银河-Ⅲ”为基础的并行中期天气预报系统，比国内同类系统快了三四倍，运算时间甚至比国外系统更短，达到国际领先！

总参领导在惊喜之余，毫不犹豫地把我国首个“军用天气预报系统”研制任务交给宋君强。

“军用天气预报系统”是我军天气预报技术向现代化跃进的里程碑，也是一道难以逾越的鸿沟巨壑。

国际上有一个共识：“巨型机研制难，应用更难。”

巨型机应用之所以“更难”，是因为巨型机技术与应用领域之间横亘着一条条难以逾越的学科高墙。正是这一道道高墙，阻断了巨型机与用户

中国工程院院士宋君强

的“拥抱”，最终导致世界巨型机使用效率普遍偏低。

用“银河人”形象的话来说：“超算应用就像个远方的美丽姑娘，要跋山涉水、漂洋过海，走很远的路，吃很多的苦，才能与她相会呀。”

为早日“牵手”军用天气预报这位“新娘”，尽快孕育出“军用天气预报系统”这位骄子，宋君强带领团队开始了艰难的跋山涉水。他们一头钻进总参天气预报中心如山似海的资料堆里，努力让自己成为“军用天气预报专家”，并一路攻坚克难，跨越“高效分布式并行算法设计与实现”等一道道横亘在“新郎”和“新娘”中间的“高墙”，仅用一年半时间，便完成了国外同行需要三年时间才能完成的大型分布式并行应用软件系统，建立了我军第一代军用数值天气预报系统，实现了我军中期数值天气预报零的突破。

紧接着，他们一路乘风破浪，相继拿下空军重点项目“航空中期数值天气预报业务系统一期工程”、海军重点项目“全球中期数值天气预报系统”、第二炮兵重点项目“边界层高分辨率数值天气预报系统”，实现“我军军事气象保障手段发生革命性变化”，创造了一系列“算天测地”的神话。

1999 年夏，各气象台纷纷预报一次强台风将在我国内地登陆，而总参谋部某气象中心使用的以“银河-Ⅲ”为平台的军用天气预报系统经过周密计算，做出了与众不同的预报：该台风不会在我国登陆。果然，几天后该台风在运动到我东海海域时，突然拐弯北上，没在我国内地登陆。

2000 年元旦，正当人们欢庆新世纪到来时，传闻已久的世纪病毒“千年虫”突然发作，疯狂袭击世界各地的计算机系统。我国也有数以万计的计算机系统陷入瘫痪。这天，“千年虫”如期造访国家气象中心，致使某要素库一片紊乱，殃及元旦天气预报。在这紧急关头，国家气象中心果断启动“银河-Ⅲ”应急备份系统，成功顶住“千年虫”的猛烈袭扰，确保当天天气预报准时播出。国家气象台领导特意给国防科学技术大学计算机学院打来电话，感谢学院研制出高水平、高质量巨型机。中央电视台《天气预报》栏目主持人称这是“一次特殊的天气预报”。

“银河-Ⅲ”在总参气象局安家后，先后出色完成海军南海演习、热气球飞行轨道预测、新中国成立 50 周年阅兵式等一系列重大军事活动的天气预报任务。

气象条件，是航天发射关键中的关键。如果把好天气报成坏天气，就会白白错过最佳发射时机，而如果把坏天气报成好天气，就可能引发事故灾难。

“神舟六号”发射前，气象部门预报 72 小时内有三次天气过程。第一次天气过程预报得很准。第二次天气过程比预报推迟了。卫星云图显示，一股冷空气正停留在发射场附近的马鬃山一带，与青藏高原下来的暖湿气流随时有汇合的迹象。就在气象会商紧张进行之时，一股大风先期而至。气象人员预报说，这股大风会在两天后的凌晨结束。但大风一直没有停歇的迹象，反而越刮越大，风速最大时甚至达到了 17 米/秒，大大超过了发射时对风力的要求。再过 2 小时，发射程序将进入 8 小时倒计时。这股大风能停下来吗？大家不由得担心起来。

但气象预报人员坚持 24 小时天气会商结果不变，认为发射前夕风肯定会停下来。

没想到，在进入 8 小时发射程序后，风不仅没停，而且还有加大的趋势。

发射指挥员近乎不近情理地问天气预报人员："你说，风几时停？"

天气预报人员竟然肯定地回答："我坚信，我们的天气预报系统没问题，我保证，几小时后大风肯定停！"

于是，发射指挥部果断做出按预定发射窗口发射"神舟六号"的决策。

凌晨 4 时，气象预报系统又做出新的预报：发射场北部上空形成了一个很小的降水云系，估计很快就会影响到发射场。5 时，大风没有减弱，那团很小的降水云系给发射场带来了铺天盖地的鹅毛大雪。戈壁 10 月飘大雪，这在发射场历史上是极为罕见的。后来才知道，这场由低涡系统带来的降雪，是发射中心建立 40 多年来得最早的一场大雪。

没想到，到了发射前夕，果然像气象预报系统预报的那样，大雪骤停、大风逐渐减弱。到了发射窗口时，发射场风速已经降到 3 米/秒，大大低于发射要求的 10 米/秒风速。

随着一声惊雷，运载着"神舟六号"飞船的"长征二号 F"火箭拔地而起，直刺云霄，顺利地把航天员费俊龙、聂海胜送上蓝天。

…………

"银河-Ⅲ"军用数值天气预报系统，是当之无愧的现代"诸葛亮"！

“银河”之光照耀“北斗”

群山绵延，天际苍茫。

西北某边防连巡逻队就要出发了。骑在枣红大马上的巡逻队长，亮出军刀向连长敬礼：“报告连长，巡逻队准备完毕，请指示！”

连长回礼，下达命令：“出发！”

送别巡逻队的战友，边防连长回头一把握住正在连队调研的国防科学技术大学计算机学院教授、“北斗一号”地面信息处理系统总师王志英的手，感激地说：“他们一次出巡要沿边境线走数百公里，要一周以后才能返回，沿途不仅情况非常复杂，而且通信不畅，真让人不放心哪。现在好了，巡逻队都装备了你们研制的‘北斗一号’终端机，不仅他们随时知道自己所在的位置、知道自己前行的方向，遇到什么情况，还可以在第一时间向上级报告，连队通过‘北斗一号’对他们实施24小时有效管控和指挥。我们边防官兵，感谢你们！”

王志英听了这一席话，一时激动得紧紧握着连长的手说不出话来。

夜幕降临，轻风送爽。依然心绪难平的王志英独自走出营门，站在山坡上，深情眺望着头顶星光璀璨的夜空，心底渐渐升腾起一股豪情：自从有了“北斗一号”，我国在空中飞翔的战机、导弹，在茫茫大海上航行的战舰，在旷野上奔驰的战车，就有了自己的眼睛，就永远不会迷失方向……他为自己的人生拥有“北斗”攻关的经历而自豪。

此时此刻，他仿佛听到了来自银河深处的一个声音——“如果我有什么梦想，那就是让中国在世界计算机领域占有一席之地，让中国自强自立，志英啊，我们科技工作者要朝着这个目标去努力！”

这是他的硕士和博士导师、我国“巨型机之父”慈云桂对他的谆谆教诲和深情嘱托。

他用手轻轻按着胸脯，默默地对在天国的恩师说：“慈教授，我没有辜负您的期望，我领着大伙研制成功世界先进、中国领先的‘北斗一号’的‘大脑’，为掰开霸权国家紧勒着我们国家脖子的大手出了力。”

20 世纪 90 年代中期一个微风习习、阳光灿烂的日子，研究所领导特意来到他的办公室说：“志英，这有两份资料，你先看完，咱们再聊聊。”

这是两份科技内参，头一份通报美国运用其全球独一无二的 GPS（全球定位系统），破坏中国军事演习，野蛮干涉中国内政，公然支持“台独”势力。后一份说，为摆脱受制于人的被动局面，党中央果断决策：启动中国自己的卫星导航定位系统“北斗一号”工程。

所领导分析说：“‘北斗一号’采用双星（另外还有一颗备份星）导航定位机制，其建设难度不算太高，投资费用相对较低，能够尽快解决我国导航定位系统从无到有的紧迫问题，符合我国当前的国情。”

王志英赞同地点点头：“这一体制，是前无先例的世界首创，技术挑战大，研制难度高，尤其是地面信号快捕精跟系统和地面信息处理系统，更是两座引不进、买不来，必须自主研制而又极难翻越的技术高峰。”

所领导说：“现在‘银河事业’发展很快，咱们也要像当年慈教授‘吃着碗里的，看着锅里的’，争取为国家强盛多做贡献、做大贡献！”

王志英说：“研制‘北斗一号’地面信息处理系统，咱们有优势，咱们把它争取过来。”

所领导说：“对，一定要争取过来，而且由你来当总设计师！”

国家有关部门组织竞标时，如何把“北斗一号”地面信息处理系统这颗科学创新殿堂里的“明珠”拿到手呢？

那天晚餐，王志英随便拨拉了几口饭菜，便来到空旷的银河广场背着双手打转转。

夜色朦胧，地上洒满如银的月光。他的思绪仿佛一条清澈的小溪，在乳白色的夜幕里缓缓流淌。

竞标，竞的是实力，竞的是充分准备，竞的是技术路线。“北斗一号”地面信息处理系统，既是块“硬骨头”，又是个“香饽饽”。全国各科研单位必定蜂拥投标、争相角逐，他们个个是科苑高手啊……

王志英抬头望一眼天空。那里弯月高悬，满天繁星，尤其银河更是星辰簇拥——

“银河团队”在计算机领域一路攻坚克难，引领我国计算机技术发展数十年，有着优良的传统、雄厚的积累、坚强的队伍，对拿下标的并高质量完成项目任务，有优势，更有信心。

熄灯号响了，热闹的校园渐渐平静下来。王志英转身回家，但思考还在继续。

然而，障碍与劣势也同样明显：卫星导航定位，对于“银河团队”来说，是个完全陌生的领域，团队对其研究不深，一些同志甚至连一些基本知识都不了解……

王志英又折身回到银河广场，继续背着手打转。远方的火车站隐隐传来报时的钟声：“当、当……”夜很深了。他又踏上那条回家的水泥路。但那个问号还在他脑海里盘旋——如何发挥优长、补充短板？他再次反身往回走。

突然，身后有人喊他：“喂，这么晚了，你还往哪儿走啊？”

他回头一看，是夫人。“这么晚了，你咋还没睡？”

“我来找你呀！”夫人说，“我一直在后边跟着你，家门口、银河广场，走了 4 个来回了。”

“来回有那么多吗？”王志英不信，“那你怎么不叫我？”

夫人挽住他的胳膊咴咴笑道：“我想看看你在等谁呢。”

经过一番艰苦深入的思考，王志英带领大伙制定出“运用最前沿的计算机技术、采用最尖端的器件设备，确保对项目的强大攻坚力”的竞标方案。

专家们看过他们设计的研制方案，不约而同地竖起了大拇指：“只有‘银河人’才有这样的视野、这样的高度!”

1996 年 12 月，计算机系毫无悬念地将“北斗一号”地面信息系统攻坚任务揽入怀里。学校从教学科研一线抽调 40 多名专家骨干，成立“北斗一号”地面信息系统研制团队。

“北斗一号”地面信息处理系统，实质上是一台高效超级分布计算机系统。它是“北斗一号”的核心组成部分，被大家形象地誉为“北斗大脑”。它承担着“北斗一号”全部数据处理、定时与定位数学建模与计算、系统管理与业务管理等核心业务，同时完成定位、通信、定时三大功能。实现这些功能，需要攻克强实时、高可靠、大容量、大规模分布处理等四大技术难关，而其中最大的挑战就是大容量。

众所周知，地表坐标至少需要三个量才能定位。“北斗一号”采用的是双星定位，只有两个量，第三个量只能通过海拔高程来实现。要把中国加上其周边地区所有点的海拔高程数据都存储起来，其数据量多达 80GB，而服务器主存可以用于存放这些数据的容量只有 6GB。要把约 80GB 的数据存储到仅有 6GB 的主存里，这在当时近乎“天方夜谭”。

然而“天方夜谭”挡不住创新的脚步，王志英带领团队成功地找到“芝麻开门”的奥妙，独创了高效数据压缩和提取技术，让“神话”成为现实。

拿下最大的“拦路虎”，他们乘胜追击，顽强破关，仅用一年多时间，“北斗一号”地面信息处理系统各分系统的研制任务宣告完成，将项目研制推进到联机调试阶段。

然而真正的攻关并没有结束，甚至是刚刚开始。用王志英的话说：

“随着联机调试序幕的拉开，我们全体科研人员也开始了‘魔鬼生活’。”

速度是“北斗一号”地面信息处理系统的核心要素、关键指标，甚至是终极目标。

“北斗一号”地面信息处理系统是分布并行处理系统，使用了8个超级服务器，另外还包含着一系列控制机，总共有十多台机器。它分为强实时、弱实时，两个实时内部又有不同的功能模块，并且这两个实时系统之间还要完成通信，满足不同的需要。还有可靠性……整个大系统包含各种分系统、服务器，软件功能模块数以千计！

这些分系统、服务器、功能模块，独立工作时，都非常高效。可把它们组合到一起，就相互不买账，工作不协调，效率非常低。联机调试就是要这些分系统、服务器、功能模块有机地联为整体，心往一处想，劲往一处使，齐心协力地工作。这可不是一件容易的事，通常解决一个“小矛盾”需要大家耐心“调教”几十甚至上百次。在系统联调中要解决的大小矛盾数以千万计，科研人员的工作量有多大，可想而知。

大家几乎天天加班，无论节假日还是寒暑假，每天从一大早一直干到晚上十一二点。遇到问题不解决不下班，经常通宵达旦地干，甚至几天几夜连轴转。

为了“北斗一号”，家里的事王志英一概不管，没有看过女儿的作业，没有参加过一次孩子的家长会，甚至连续几年没有回家探望年迈的父母……

这样的日子，大伙熬了4年多后，终于等来上级部门的检查验收。

“北斗一号”地面信息处理系统启动了，系统工作稳定，性能指标全部达到设计要求。验收现场响起热烈的掌声。

这时，验收负责人边鼓掌边走到王志英跟前，小声问道：“系统工作定位服务是平均每秒200次吧？”

王志英回答：“是平均每秒200次。”

验收负责人说："这么说低谷时还不够200次？"

王志英如实说："是这样，但波动不大，对整个北斗系统影响不大。"

验收负责人说："但假如低谷时也能达到200次，那岂不就万无一失了？"

验收负责人虽然口气柔和，但意思是明摆着的：继续提升系统工作定位服务的能力，必须使系统低谷时也能达到200次！

大家都为王志英捏了一把汗。"平均每秒定位200次"，他和大伙辛辛苦苦4年多，费了九牛二虎之力才达到，已经满足合同要求，还要提升，也太"苛刻"了吧，又谈何容易啊！

但王志英却显得从容淡定，竟欣然答应验收组提出的"额外要求"："好，我们一定提升到你们满意为止。"

王志英的底气，源自他对整个系统的深入了解及对系统研制过程的完全掌控。从"北斗一号"地面信息处理系统项目投标竞标，到总体设计、设备造型、关键技术突破，再到联机调试、性能评测，前后4年多，每一个阶段都是他带领大伙干出来的，每天都坚持深入科研一线，每个技术难题攻关的现场都有他的身影……可以说，他对整个系统，就像对自己的手掌一样熟悉，就像一个工程师对自己建设的高速公路一样了解。

王志英走进总师办公室，坐到靠背椅上，微仰着脸，轻轻闭上了眼睛。他思维的探头穿过墙体，伸进"北斗一号"地面信息处理系统，在它那蛛网般繁复的神经系统里游走，这里瞧瞧，那里看看，四处寻找一个个可供突破的方向……

一个多小时后，王志英满面春风地走出办公室，把团队集合起来，以铿锵的声音对大家说："我建议系统实行并行服务和新的排队算法！"

各系统研究人员按照他的建议对系统重新进行优化修改和调试。几小时后，奇迹出现了："北斗一号"地面信息处理系统工作定位服务跃升到平均每秒350次！

每秒定位服务350次，几小时将系统性能跃升到近2倍，这也太牛了吧！

战友们使劲鼓掌，验收小组成员竖起了大拇指……实验室再次沸腾起来！面对迎面而来的掌声和赞扬，王志英兴奋地朝大家挥舞着健壮的胳膊。

每当忆起那一刻，王志英便抑制不住胸生豪情："当时恨不得像那些成功夺冠的赛车手，开几瓶香槟庆祝庆祝！那是我人生中最难忘、最激动的时刻！"

畅游数据之海

计算机的海量数据，在一般人眼里无异于茫茫沙漠、无边戈壁，是这般索然乏味、寂寞无趣，让人头晕眼花、昏昏欲睡。

可在国防科学技术大学教授、数学家朱炬波眼里，它就是另外一番景象了。你看他面对航天海量数据时的那种神态：微眯着眼睛，眉宇间写满了欢喜，脸庞上荡漾着笑容——俨然是在欣赏一幅艺术价值极高的名画。

的确，海量数据在朱炬波心目中是一片森林，再茫茫无际、茂密错乱，他也能找到蜿蜒其间的通幽曲径；是一片沃土，通过耕耘，能收获春天的花朵、秋天的果实；是一片蓝天，清晨有朝霞，傍晚有晚霞，白天有阳光、有云朵，夜间有月亮、有星星，时刻都有赏不尽的景致；是一片大海，那里有浪花、有海市蜃楼、有远航的帆影……

朱炬波说，他是一叶喜欢在数据之海上冲浪的小舟，虽然付出了巨大的艰辛，但收获了更多的人生快乐。

祖籍湖南双峰、生长于湖南大通湖农场的朱炬波，上学时就觉得数学很有趣、很好玩，他总是盼星星、盼月亮般盼着上数学课。课堂上，他聚精会神地听，挖空心思地想，听不清楚、想不透彻的问题，下课后就撵着老师问。无论是小学、初中，还是高中，他的数学成绩，都是年级最棒的。

对数学的钟爱，让他在数学王国里乐此不疲、一路登攀。1985 年，他参加全国数学奥林匹克竞赛，一举夺得全国一等奖，取得保送大学深造的资格。那年，湖南赛区共有 10 名同学获得全国数学奥林匹克竞赛一等奖。其中 6 人选择了清华、北大，3 人选择了国防科大其他专业，唯有朱炬波选择了国防科大数学与系统工程系。而促使他特立独行的原因，一是这里集合着孙本旺、汪浩等一批知名数学家，二是他挡不住这所大学校名里“国防”二字的诱惑。走进这所享有“军中第一工程技术学府”美誉的大学，朱炬波继续在数学王国里快乐徜徉、勤奋耕耘，仅用 3 年便修满大学学分，于 1988 年提前一年结束本科学业，又以优异的成绩考入素有“数学王府”之称的复旦大学，继续攻读数学专业研究生。1991 年硕士毕业，由于镌刻于胸的“国防”二字难以割舍，他重返母校担任教员。2002 年，他又带着在工作中遇到的“导弹的计算弹道与实际弹道为什么存在误差”这一数学应用前沿难题，跟随知名雷达专家梁甸农攻读博士学位，并与导师一道完成一项国家“973”项目。

在数学王国的长期耳濡目染，给予朱炬波丰厚的学术底蕴，让他对数学更加好奇敏感，赋予他一双挖掘数学之美的慧眼。

他对书刊报纸上有关数学研究成果的报道不仅特别感兴趣，而且一眼便能洞悉它的应用前景及其军事应用方向，迅速找到学科增长点。他带领学生做过或正在做的多个基础研究项目，都是从媒体宣传中得到启发而申请的课题。

一次，他到某航天测试部队调研，接触到一张雷达测试数据图，立刻发现图中存在严重缺陷，并由此推导出问题出在什么装备的什么部件上。部队领导根据他的指引，对该型号雷达部件进行彻底诊查，果然发现了长期困扰该型号雷达工作效能的技术问题。该部队科技人员对此部件的改进成果，获得了军队科技进步一等奖！

又一次，他看了一些星载光学成像数据后，意识到通过改进成像数学模型能大幅提升星载设备成像清晰度。果然，他带领课题组通过一番深入研究，提出了基于压缩采样新原理的星载光学成像技术，能够研发新型成像系统。

茫茫太空，无边无际。导弹要严格按照预定轨道飞行、准确命中目标，必须在导弹内部安装遥测装置，不停地测试自身的位置和飞行速度，与此同时，还需要地面站点对其进行跟踪测试，与遥测数据进行对比，纠正导弹飞行偏差。为此，世界头号洲际导弹大国美国，在世界各地设立众多地面测试站点，建立“测距+测速”测控机制，应用于洲际导弹测试及作战。

20世纪70年代，我国自主研发出各种型号导弹后，也参照美国的布站模式和计算模型，在我国西北地区设置一系列测控站点，建立有着显著“美国痕迹”的测距测速相结合的导弹试验测控机制。可人家美国是“世界警察”，可以在全球各地布点，而我们中国却只能在自己国土上建站，站点间距显著缩小，舶来的测控机制难免“水土不服”。

1997年，我国进行某型洲际导弹试验时就出问题了：计算弹道、落点与实际弹道、落点竟相差甚远，为什么？试验部队领导与科技人员百思不得其解。

部队领导抱着雷达测试数据来到国防科大求援。当天晚上，朱炬波便和易东云、郭军海在实验室里摆开了攻关战场。

三个人围着几台电脑昼夜计算，每人每天轮流休息三四个小时，连续7天，算法换了一个又一个，几乎把所有能想到的招儿都使尽了，把那堆庞大的数据倒腾了不知多少遍，可两条计算弹道与实际弹道依然没有一点相互靠拢的迹象。

山重水复之际，他们灵机一动：为什么不丢开测距数据，单纯从测速数据中找找原因呢？

他们根据这一崭新的思路改编计算程序。一算，其结果与导弹实际落点几乎一模一样！

难道是巧合？他们又找来同类案例，应用这一计算模型进行处理，得出的结果竟如出一辙！

三个人几乎同时跳起来：真是太棒了！

这的确是个令人兴奋的发现。只运用测速数据计算航天器弹道，在国际上还是第一次！而且还是中国发明的！它为建立中国特色导弹弹道测量机制开创了一条阳光大道！

他们发明的这一计算模式，把近乎一座小房子般庞大笨重的导弹测试装备，缩小为一只小小的盒子。该产品 2010 年装备到中国导弹测控部队后，实现了由站点式固定测控转变为移动式机动测控，使中国成为世界上第一个实现车载式测控的国家！

原总装备部领导称赞他们："你们的一个数学公式改变了测控部队的执勤作战模式！"

1999 年 8 月，某导弹试验基地在某新型导弹试验时又一次告急：由于受客观因素干扰，导弹主动段弹道数据几乎全部丢失，丢失部分占整个弹道数据的 50%。如果不能把丢失的弹道数据找回来，意味着这次基地官兵忙乎了近半年、耗资上千万元的试验，无异于打了水漂。

基地领导把那些残缺的数据交给朱炬波，苦涩地摇着头说："我们放出去的一群'羊'，一不小心丢失了一半，恳求朱教授帮我们找找吧。"

朱炬波微笑着接过那些数据，自信满满地说："请放心，我一定把它们给找回来。"

基地领导说："朱教授有什么要求尽管提。"

朱炬波说："我要一把实验室钥匙，好让我进出自由。"

基地领导说："那是必须的。"

朱炬波说："实验室要准备四五台电脑。它们速度太慢，我要几台电脑同时算。"

基地领导说："没问题。但朱教授要注意休息。"

朱炬波把自己关在实验室里，不停地穿梭在几台电脑间，运用自己独创的数学模型，没日没夜地寻找丢失的"羊群"。找得腰酸腿疼了，就站起来踱几圈；眼皮子实在撑不住了，就打开实验室的沙发睡一会儿；肚子咕咕叫唤了，就泡上一包方便面；方便面吃得让人作呕了，就去附近食堂改善一下伙食，顺道出去遛个弯……一个多月后，通过对低精度雷达数据的误差分析与处理，丢失的"羊群"，终于被他一只不少地找了回来。

朱炬波把一个完整的弹道数据交给基地领导。基地领导望着他那双熬得红红的眼睛，感动地说："朱教授，你是我们基地的功臣呀。你的一个数学公式挽救了一次重大国防科技试验！"

"北斗二号"建设之初，GEO 卫星（地球同步轨道卫星）突然冒出"伪距波动"现象。这一问题不解决，将直接影响北斗系统的工作稳定及其导航定位精度，使系统性能大打折扣。

为什么出现波动？"病灶"在哪里？在"天上"，还是"地上"？大家各抒己见，但又莫衷一是，形同"瞎子摸象"，什么都像又什么都不像，致使整改工作无从下手，难以展开。

总装北斗工程办公室领导带着一头雾水，特意找到早已在数据误差领域声如雷鸣的朱炬波，请他诊断"病因"、查找"病灶"。

朱炬波面对的数据很大，是名副其实的海量。从中找到"病灶"、查出"病因"，不仅需要逐个数据排查，还需要综合分析推理，其难度何止于"大海捞针"？

朱炬波每天完成日常教学、科研工作后，就与课题组成员来到实验室，一头扎进那海量数据里。他形同一名老中医，耐心细致地对每一个数据“望、闻、问、切”，一层层拨去迷雾。半年后，导致北斗 GEO 卫星“伪距波动”的“病灶”和“病因”，终于“显山露水”。

在北斗工程总师组组织召开的有关会议上，大家鸦雀无声，都把目光聚焦在朱炬波身上。

朱炬波和盘托出诊断结果：导致“伪距波动”既有“天上”的原因，也有“地上”的原因；误差中快的数据是地面系统导致的，慢的数据是天上系统造成的……

朱炬波宣读完毕，会议主持人说：“大家有什么疑问，现在就向朱教授咨询。”

与会者都摇头、沉默。然后会场爆发出热烈的掌声。

“天上”“地上”系统，分别按照朱炬波给出的分析报告进行整改。GEO 卫星“伪距波动”现象随之销声匿迹。

鉴于朱炬波业务水平及其贡献，北斗工程总师组吸收他为专家组专家，并授予他“北斗二号一期建设突出贡献奖章”。

北斗数据中心，储存着北斗系统所有原始数据，是有关部门和科技人员研究、开发、改进、监测北斗系统的重要依据。

2013 年，朱炬波带领的课题组承担起北斗专项三个数据中心之一——国防科学技术大学北斗数据中心建设维护重任。2014 年，该中心正式挂牌成立。经过他们共同努力、精心呵护，中心没有出过任务故障，成为同类中心中管理最完善的中心。

但朱炬波并不满足于只当好一个“管家婆”。在他眼里，这是一片良田沃土，经过精耕细作，就能结出大果实，赢得大收获。于是，他从美国引进了一套 GPS，开发北斗卫星数据，获得理想的成果。

然而，在骄人的成绩面前，朱炬波心头却有着深深的忧虑：舶来的计算程序，都是铁板一块，在任何情况下都不能更新。长此以往，要是随着北斗工程建设的不断深入，出现了新情况，导致“水土不服”怎么办？要是别人在程序里动点小手脚，又怎么办？

朱炬波决心带领大家运用北斗数据，开发出一个具有北斗特色的卫星定位程序。目前，该程序的研制已取得阶段性成果。

待到“山花烂漫”时，它将完全实现自主可控：自己能计算 GPS、伽利略、格洛纳斯等导航卫星定位数据，并能对其中的任何小小变化做到了如指掌。

期待朱炬波在这片肥沃的土地上收获更多更大的成果。

第三章　崛起之战

敢问路在何方

“银河”某重大型号任务进入关键攻坚阶段，“银河”团队全力以赴投入战斗。这也意味着离最后的胜利不太遥远了。型号总设计师杨学军想，该是捋捋下一步发展思路的时候了。

作为“银河事业”的第三代接班人、“领头羊”，杨学军接过了“银河事业”创始人慈云桂的作风——“吃着碗里的，看着锅里的，还要想着缸里的”。

于是，这天他特意给自己放了一天假，从科技攻关的战场走进了著名的抗日“战场”——岳麓山。

岳麓山坐落在湘江西岸，山势陡峭，古木参天，是星城（长沙的别名）的天然屏障。70 年前的三次“长沙会战”总指挥部均设于此。在这里，中国军人奇思妙想、运筹帷幄，摆下以长沙为中心、至今令人们津津乐道的“悬壶”战阵，数十万抗日将士围剿骄横残暴、孤军突入之敌，打得倭寇丢盔卸甲、尸横遍野，残敌不得不将数万袍泽的尸首弃之山野，落荒而逃。连傲慢成性的日军指挥官也不得不承认“如此败象，实为皇军入中国作战后所未有”，连呼“耻辱”。而对中国军队而言，则是“实为七七以来最确实和得意之战”。

作为一名军人，他每次站在岳麓山下举目眺望时，眼前葱翠的山影总会慢慢演化为一座屹立于天地之间的巨型军人石雕：他头顶钢盔，怒目圆睁，高擎的巨臂紧握着钢枪，脖子上青筋暴突，极力张开的嘴唇间发出惊雷般的怒吼……

今天，杨学军也要在这里酝酿一场特殊战役——下一代超级计算机技术突围之战。

沿着脚下的崎岖小道，杨学军时而渡溪跨涧，时而绕石穿林，向着顶峰蜿蜒而上……

计算机技术的发展，就像眼前这条小路，曲曲弯弯，坎坎坷坷，一次次面临“山穷水尽”，又一次次迎来“柳暗花明”。它又像穿行在时光隧道里的源远流长的大河，总体技术的一次次重大创新，就像一缕缕春风，牵引着它一次次走进解冻的春天、奔流的夏天，然后盛极而衰，进入萧瑟的秋天、沉寂的冬天。电子管计算机、晶体管计算机、集成电路计算机、向量计算机、并行计算机……无一不演绎着这“四季轮回”。

一阵阵轻缓的暖风，带着湘江的湿润，无声地爬上山坡，一朵朵、一丛丛迎风绽放的杜鹃花，肆意地随风摇曳，荡起花浪，醉了山峦……

20 世纪 90 年代初微处理器（CPU）的问世及其催生大规模并行计算（MPP）总体技术的突破，就像这一阵阵春风，打破冬天的沉寂，唤醒冰封的长河，开创了人类计算机史上从未有过的辉煌时期。美、日等传统超级计算机强国的技术进步突飞猛进，德、意、英、法等西欧诸国及加拿大、澳大利亚、巴西、印度等国的超级计算机事业也蒸蒸日上：Cray 公司 NUMA 结构的 Cray-T3E 系列，IBM 公司分布存储结构的 SP2 系列，SGI 公司 CC-NUMA 结构的 Origin 系列，NASA 的“NAS2000”，美国能源部的

“ASCI”，日本横滨的“地球模拟器”，日本 gov 使用的“NEC”，巴塞罗那工业大学的“IBM”，美国的“美洲虎”，巴伐利亚大学的“SuperMUC”，美国的“蓝山”……它们就像这满山的杜鹃，花团锦簇，让人眼花缭乱。

计算机技术从此迈入超级计算机时代，其“身价”也随之骤然飙升，成为国际战略家们眼中“国际竞争的战略领域”，与传统的“科学技术之两足”——科学理论、科学实验“并肩而立”，成为“支撑现代科技大厦三大支柱”之一。

杨学军背着双手，低头爬坡，走着走着前边突然耸起一面悬崖。他向左看看，是深谷；向右瞧瞧，是深渊……

随着 21 世纪之门向人类徐徐开启，大规模并行计算技术也和他此时此刻一样，似乎走到了悬崖跟前：由于单芯片性能提升受到制备工艺限制而大大放缓，提高超级计算机系统的整体性能只能依赖于加大系统规模。这样一来，超级计算机系统性能的突破，就会出现一系列难以逾越的“高墙”：

比如体积，它将有几个足球场那么大。

比如功耗，需要建一个专用的发电站，才能满足它的功耗。

以日本“地球模拟器”为例。日本 NEC 公司于 2004 年 6 月推出的这台机器，虽然峰值性能达到 35.86TFLOPS，一度在国际 TOP500 中排名第一。但它采用了 5120 个定制向量处理器，功耗高达 12 兆瓦，其机房共有 4 层，机器存放在四楼，三楼布置了上百公里长的铜质电缆用于全局互连，二楼是空调房，一楼则是电力房，这样布局的原因是它功耗太大。虽然“地球模拟器”在可编程性和系统实用效率方面有所变革，但它极高的功耗和硬件成本，使得该机器成为迈向高效能计算的反面典型。

随着体积急剧膨胀、功耗迅猛攀升，还出现了并行算法设计困难、通信存储带宽不足、运行维护成本大大增加、系统可靠性差、安全性能低等问题。这一个个问题，都是难以攻克的技术瓶颈。

超级计算机技术再跨越，需要新的体系结构理论来支撑。

想到这里，杨学军脸上不禁浮现出欣喜的笑容。因为这意味着，在高性能计算机新的技术高峰面前，中国等发展中国家的超级计算机发展和美、日等发达国家站在了同一起跑线上，是个难得的超越超算强国的重大机遇！

杨学军仰头望着高高的悬崖之顶。他想，那上边一定有着更加壮美的风景。毫无疑问，只有在这没有路的绝壁之上凿出一条新路，才能领略到绝顶之上的绮丽风光。

中国在超级计算机领域艰难跋涉了半个世纪，才终于等到与世界超算大国决战的时机，正在崛起的中国已经等待得太久，中国绝不能再等待！

杨学军作为“银河事业”“接棒人”，一定要率领团队登上眼前的“断崖绝壁”，率先领略绝顶之上那更加壮美的风光！

但攀登之路在何方？

杨学军收回目光，将思维的触角伸向人类计算机发展那长长的时光隧道……

无论电子管计算机时代、晶体管计算机时代、集成电路计算机时代、向量计算机时代、并行计算机时代，还是大规模、超大规模并行计算机时代，为什么美国都能成为世界领跑者？

其根本原因，就在于美国几乎独占了计算机重大基础创新或理论创新成果。电子管、晶体管、集成电路、芯片等计算机元器件，还有向量计算、并行计算、大规模并行计算等计算机总体结构理论，特别是曾给人们对并行计算认识带来三次飞跃的三个公式，计算性能加速比公式、Gustafson 加速比公式、计算机效能模型框架，无一不是美国科学家的发明。这一个个首创产生的推动力，加上日益增长的计算机应用需求的牵引力，让美国计算机技术开创了一个个“新纪元”“新时代”，也一次次把美国推向世界计算机发展乃至整个世界科技的先锋潮头。

科技首创，尤其是重大基础技术、基础理论首创，是科技发展和经济发展的强大引擎。

中国的超级计算机技术要由“跟踪”“追随”变为“超越”“领跑”，必须在重大基础技术、基础理论上另辟蹊径，在别人尚未涉足的荒草地上闯出一条新路！

那么，什么样的体系结构可以破除超大规模并行超级计算机面临的“高大难”（功耗高、体积大、技术实现难）窘境呢？

杨学军认为，在世界超级计算机技术发展面临困境之时，中国计算机科学家有责任、有义务，也有能力为人类回答这一世纪难题做出应有的贡献！

当天晚上，杨学军组织几名博士生成立了总体技术课题组，开始了新一代超级计算机技术破冰之旅。

从此，一名身材魁梧、浓眉大眼、气宇轩昂的中年军人，经常在国防科学技术大学计算机学院大楼旁的银河广场上慢慢踱步，他时而驻足沉思，时而抬头仰望一眼广袤的太空……他手上夹着香烟，一口接一口地抽着，一支接一支地点着。他的思绪，随着缓缓吐出的烟雾，袅袅地飘向太空，飘向世界，飘向深邃的历史……他掏出手机，边慢慢踱着步子边打着电话，常常一打几个小时，打到电池没电了，换一块电池接着打……

经过一番苦心思索、反复论证，杨学军在世界上最早提出异构融合体系结构技术。

所谓异构融合体系结构，就是在计算结点中包含两种不同类型的处理器。一种是传统通用处理器（CPU），用来处理常规任务；另一种是专用定制处理器，用来处理特定算法，这种处理器经过特别设计，处理特定算法时性能非常高，可以大大提升计算结点的整体性能。

可什么样的处理器能充当专用处理器，完成特定算法的使命呢？

杨学军的目光瞄准了一种刚刚萌芽的流处理器 Imagine。他凭着深厚的学术底蕴和多年率团攻关的实践经验，敏锐地意识到这种有着计算与访存分离、显式开发局部性等诸多创新思想的流处理器 Imagine，是一种很有前景、可以与 CPU 一起应用于超级计算机研制的处理器。

可流处理器 Imagine 仅仅是一款研究性的原型芯片，一般也只用来处理与流媒体相关的计算任务，究竟能不能用来处理科学与工程计算，还是个谜。

为找到这个谜底，2006 年，杨学军带领由自己学生组成的流处理器小组及硬件、软件设计团队，向用于科学计算流处理技术展开攻关，终于验证了流处理器用于高性能计算的可行性，提出了可用于科学与工程计算的 64 位流处理器 FT64，并成功应用于大规模并行系统的构建。

这些研究成果，是名副其实的世界首创!

2007 年 6 月，杨学军带领团队完成的流处理器研究论文《64 位流处理器体系结构研究》，发表在国际计算机系统结构年会（ISCA）上，并被国际权威期刊 *IEEE Transactions on Parallel and Distributed Systems* 收录。该论文介绍了国防科学技术大学自主设计的面向科学计算的 64 位流处理器和其编程方法。*IEEE TPDS* 2009 期刊转载该论文时，团队又扩充了基于依赖关系的流化理论流编译优化方法，以及扩充实验数据和结果。

这是国际计算机系统结构年会收录的第一篇来自中国研究机构、由中国学者独立完成的学术论文，也是计算机发展史上第一个由中国人提出的体系结构理论。

论文发表后，在国内外计算机领域引起轰动。

流处理器技术先驱、美国斯坦福大学计算机系主任 William Dally 认为：“该论文在面向科学计算的硬件设计上和编程方法的研究上为流处理器的发展取得了重要的进步。”

美国艺术与科学学院院士、美国工程院院士、NVIDIA 公司首席科学家、原斯坦福大学计算机系主任 Bill Dally 称赞：“该论文实现了世界上第一款用于科学计算的流处理器。”

美国威斯康星大学和得克萨斯州大学的学者在体系结构领域顶级会议 MICRO’2008 上发表文章，称杨学军关于流处理器的研究论文“描述了一个面向科学计算应用的可扩展的流处理器”。

CPU 与 64 位流处理器异构融合体系结构，为世界超级计算机技术突破“冰封期”提供了崭新的思路。

美国，又是美国！

踌躇满志的杨学军，决心率领团队沿着自己在超级计算机发展的“悬崖峭壁”上凿出的新路——异构融合体系结构技术，奋勇攀登，抢占巅峰。

2008 年 6 月，一个消息突然传来：世界首台每秒 1000 万亿次超级计算机“走鹃”问世了。

它的总体技术也是采用异构融合体系结构技术！

“走鹃”的问世，充分展现了异构融合体系结构技术为人类超级计算机发展开拓的广阔前景。它不仅大幅提高了单个计算结点的性能，并大大降低了功耗，整个系统的规模也得到大幅缩减。当时和“走鹃”同处于国际 TOP500 排行榜前 20 名、位于美国劳伦斯国家实验室的 BlueGene/L 拥有 65536 个结点，IBM 公司的另一台 BlueGene/P 系统有 73728 个结点，而“走鹃”则只有 3240 个结点，只有前两个系统的 1/20。如此大幅度的结点规模缩减，使通信、存储、编程、功耗等技术瓶颈一下子放宽了。

而推出“走鹃”的国家是美国。又是美国！

美国在超级计算机领域的再次捷足先登，让杨学军再度陷入沉思。

他想起了亟待崛起的祖国。这头“东方雄狮”自从1949年站立起来，开始健步走向世界，尤其是1978年改革开放后，国家经济高速发展，21世纪初国家经济总量成功超越日本，成为世界第二大经济体，并继续保持快速发展态势，向世界经济霸主美国逼近。与此同时，国防、军队现代化信息化建设快马加鞭、突飞猛进。可以说，人民实现中华民族复兴的愿望，从未像现在这样急切，时机也从未像现在这样成熟！

他想起了国家对超级计算机的紧迫需求。从“制造大国”向“创造王国”的飞跃、科技强军的崇高使命、民族崛起的伟大梦想，急需高性能计算这个宽阔坚实的现代化平台提供强大支撑、强力承载！

他想起了“银河事业”创始人慈云桂的殷殷嘱托：“我们要让中华民族巨型机事业，在世界上占有一席之地！让世人刮目相看！”

他想起了自己这些年走过的路。自从担任“银河-Ⅲ”总设计师，他带领团队在国内率先突破MPP技术后，银河系列超级计算机关键技术攻坚势如破竹，成功推出“银河”系列超级计算机。2007年初，中共中央总书记、国家主席、中央军委主席胡锦涛闻知他们研制出新一代超级计算机后，欣然批示：希望同志们进一步增强攀登世界科技高峰的信心和勇气，不断提高自主创新能力，努力在若干重要领域掌握一批核心技术，为推进科技强军、建设创新型国家做出新的更大贡献！

与此同时，其他国产超级计算机品牌也异军突起，我国超级计算机事业呈现欣欣向荣之势。国家智能计算机研究开发中心，于近年相继推出“曙光2000-Ⅰ”“曙光2000-Ⅱ”“曙光3000”“曙光4000L”“曙光4000A”“曙光5000A”“曙光·星云”等系列高性能计算机系统。国家并行计算机工程技术中心，于1999年推出运算速度达到每秒3840亿次的“神威-Ⅰ”，2007年推出运算速度达到每秒18万亿次的“神威-Ⅱ”，

2010年推出我国第一台全部采用国产CPU、运算速度达到每秒1100万亿次的“神威-Ⅲ”。21世纪初，以商业运作为核心的联想、浪潮等企业，纷纷加盟超级计算机产业，推出了“深腾”系列超级计算机。2002年推出的“深腾1800”系统，实测性能超过每秒万亿次，实际运算速度在国际TOP500强中排名第43位。2003年推出的“深腾6800”，经美国能源部伯克利国家实验室测试，运算速度达到每秒4.183万亿次，国际TOP500排名第14位。2007年推出的“深腾7000”，运算速度每秒106.5万亿次，以强大的营销攻势迅速渗入教育、政府、海洋等领域。

然而，只要留心对比一下中国与世界超级计算机代际更替时间便会发现，每当我国超级计算机性能跃上一个新台阶不久，美国或日本便会宣布研制出世界上运算速度更快的超级计算机。

用行内的话说：“我们的超级计算机水平总是比别人差那么一点点。”

虽然只是“一点点”，但在愈演愈烈的国际竞争中，这“一点点”却是天壤之别。

别人高了那么“一点点”，就是“世界领先”；你低了这么“一点点”，充其量只能算个“世界先进”，绝对落后于别人！

别人高了那么“一点点”，就意味着站在“巅峰”之上，就可以用俯视的目光看世界；你低了这么“一点点”，说明你还在半山腰，对别人只能仰视！

只要别人高了那么“一点点”，就可以在谈判桌上跷着二郎腿，傲慢地嘿嘿笑着向你漫天要价，就可以要求在你的土地上建不许你进去的黑屋子，就可以对你说“No”，就可以蛮横地说“这个不能卖给你中国”“那个不能卖给你中国”，就可以对你指手画脚，要求你这么做、不允许你那么做……一句话，别人爱怎么的就怎么的，而你却拿别人没招！

这“一点点”，是勒在中国人脖子上的一根“绳套”，让人喘不上气来。

这“一点点”，是悬在中国人头顶上的一把“利剑”，深深刺痛国人的心。

中国超级计算机技术发展之路，就像在艰难困苦中突围的红军长征，虽然已“渡过湘江”“跨过大渡河”“突破乌江”“翻越雪山”“踏过草地”，甚至“拿下了腊子口”，但依然处于世界计算机强国的“重重包围”中。

在超级计算机技术这个没有硝烟的战场上，中国人已经被别人包围得太久，忍受了太多的憋屈。中国人再不能憋屈下去！

东方巨龙要腾飞，必须在超级计算机领域突出重围！

中国超级计算机技术要突出重围，需要打一场“决死之战”！

刚刚带领团队完成每秒10万亿次超级计算机型号任务的杨学军，决定绕过每秒100万亿次机型，直接冲刺每秒1000万亿次超级计算机技术，与美国、日本等超级计算机强国决一雌雄。

消息传开，业内一片哗然。

“从每秒10万亿次直接冲刺每秒1000万亿次，研制超级计算机一般都以10倍速度逐步递增，这已成为国际惯例。从每秒10万亿次直接向每秒1000万亿次跨越，这一步是不是迈得大了点？能跨过去吗？”

“就是把机器做出来了，应用水平能跟上吗？”

“此时与世界强国决战，具备这个条件吗？”

…………

针对上述疑问，杨学军召集廖湘科、宋君强等总师组成员，集体讨论研究。会议一开始，会场便像炸了锅一般，大家七嘴八舌、踊跃发言，但意见确是惊人一致：

“两步并作一步走的事，虽然国际上少有，但对我们‘银河人’来说并不是什么新鲜事。当年慈云桂带领大家研制‘远望一号’远洋测量船中心计算机时，不也是从每秒万次直接向每秒100万次冲刺的嘛。”

“当今世界，超级计算机每10年性能提升1000倍，在此情况下，若按照所谓‘惯例’，按部就班、亦步亦趋，只能永远处于‘跟班’‘借鉴’‘仰人鼻息’的被动局面。只有从荆棘丛中、险关狭隘另辟蹊径，才能杀出重围，率先‘登顶’。”

“我们通过数十年科研攻关，形成了以第三代‘银河人’执掌帅旗、第四代‘银河人’前沿指挥、第五代‘银河人’冲锋陷阵的科技攻坚阵营。”

“在‘211工程’‘985工程’支持下，研究所先后建成了现代化的高性能计算创新平台、高性能微处理器技术创新平台，以及高性能计算应用研究中心、高性能计算网络支撑环境。‘银河人’已经告别‘用小梁建大房子’的艰难日子。”

“我们还拥有一柄得天独厚的精神利剑。它就是由第一代、第二代‘银河人’用智慧、汗水、心血乃至生命凝练的，以‘胸怀祖国、团结协作、志在高峰、奋勇拼搏’为内容的银河精神。”

“我们不能再‘跟跑’美国、日本，我们要‘领跑’世界！”

…………

他们的坚定决心，赢得了党中央的信任，国家“863”把“千万亿次高效能计算系统”列为重大专项，并把“高性能通用微处理器”“高端服务器操作系统”纳入国家“核高基”重大专项，予以直接投资。

他们的跨越之举更得到了学校党委的大力支持。学校特意把高性能计算、高性能微处理、基础软件、网络技术、应用技术等国家创新团队进行有机组合，编成了一支超级计算机创新的“航母舰队”。

杨学军及其团队与美国、日本等世界超级计算机强国展开决战，直接冲顶“珠峰”，已具天时、地利、人和！

因为我们落后了

就在杨学军准备带领团队沿着既定的技术路线——CPU+64 位流处理器 Imagine 异构融合技术，向我国首台每秒 1000 万亿次超级计算机技术高峰发起冲锋时，一种崭新的、主要用于图像处理、与 64 位流处理器 Imagine 有着异曲同工之妙的电子芯片——GPU，突然出现在他的视野里。

杨学军突发奇想：能否让 GPU 替代 64 位流处理器 Imagine，在超级计算机系统中行使科学计算的使命呢？

也就是放弃走既定的 CPU+64 位流处理器 Imagine 异构融合技术路线，重新尝试 CPU（通用微处理器）+GPU（专用微处理器）异构融合技术路线。

用 GPU 替代 64 位流处理器 Imagine 的优势显而易见。它运算速度快，比 CPU 高出 6 倍，能有效缩小机器空间；它能耗低，仅有 CPU 的五分之一，可有效解决超级计算机高能耗的短板；它在市场上流通的品种很多，可供选择性大，而且技术成熟；它价格便宜，可有效提高机器的性价比，让用户用得起……

总师会上，杨学军建议："我们要大胆尝试 CPU+GPU 异构融合技术之路！"

此言一出，立刻引起大家的热烈讨论，其中不乏反对之声。

有人说："现在国际上公认 GPU 最高计算效能仅为 20%，根本不可能执行科学计算任务，怎么能用于研制超级计算机呢？"

杨学军说："国际公认并不是绝对真理，我感觉 GPU 的计算效能还有很大提升空间。”

有人说：“既然GPU能否用于高性能计算还是个谜，我们为什么不走原来的CPU+64位流处理器Imagine异构融合技术路线？这可是团队攻关多年，有比较雄厚技术积累、比较成熟、成功可能性很大的技术方案。”

杨学军说：“如果我们把CPU+GPU异构融合技术之路走通了，我们就有可能一步赶超世界。”

有人说：“可要是走不通呢？”

杨学军比谁都清楚，放着相对成熟的CPU+64位流处理器Imagine异构融合技术路线不走，而重新尝试CPU+GPU异构融合技术之路，无异于放弃轻车熟路，而偏偏去攀登悬崖峭壁。可轻车熟路就像那一弯盘山道，需要绕很多弯子才能到达顶峰。悬崖峭壁虽然充满艰难险阻，却是登顶的捷径啊。

杨学军说：“走CPU+GPU异构融合技术之路虽然风险很大，但风险再大，我们也要勇敢地去闯！”

有人还是不理解：“这是为什么？”

杨学军说：“因为我们落后了！”

会场一下子安静下来。表决时，总师组十几名成员都举起了右手。

CPU+GPU异构融合体系结构，形象地说，就是把众多CPU、GPU有机地连成一枚“捆绑式火箭”（CPU相当于主发动机、GPU相当于助推发动机）。

这一技术路线的最大创新，就是将用于图像处理的GPU运用于高性能计算，最大的挑战就是实现GPU高效能计算。它成为阻挡每秒千万亿次超级计算机战役进展的第一个“堡垒”。

中国有一句谚语：一个和尚挑水喝，两个和尚抬水喝，三个和尚没水喝。

CPU+GPU异构融合体系结构，把数千个CPU、数千个GPU组合在一个“大庙”里，它们还能卖力“挑水”吗?

2009 年 3 月，他们把 CPU、GPU 这两类“和尚”组合起来，利用 GPU 加速应用程序进行评测，竟发现总性能还不到每秒 600 亿次，而一块 CPU 就有近每秒 500 亿次的性能。也就是说 GPU 这个“和尚”，虽然用于图像处理速度惊人，但把它与 CPU 放在一块用于科学计算，就变得非常懒惰，计算效能只有 20%左右。

面对这样的测试结果，大家心里凉了半截。须知，凭着 GPU 这等工作效率要造出每秒千万亿次超级计算机，是绝对不可能的呀。

杨学军听到这个报告，心里不禁“咯噔”了一下。难道真如外国专家断定的，GPU 根本不能用于科学计算机吗?

他向身边的妻子招招手：“玉华，你去把车开来，带我出去转转。”

每当科研遇到难题时，他就让妻子开车带他去兜风。

“雪佛兰”驶出市区，奔驰在二环高速公路上。杨学军仰靠着座背，微闭着眼睛，让思绪随着从车旁呼啸而过的春风、扑面而来又疾速闪去的盎然春景在科学的天地间盘旋……

为什么让单个 GPU 进行图像处理时风生水起，而把多个 GPU 集合起来进行科学计算时却如此懒惰不堪、死气沉沉?

杨学军突然问妻子：“玉华，你说 1+1 真的会小于 1 吗?”

“这怎么可能呢?”妻子朝他笑道，“你怎么会想到这么个怪问题?”

杨学军说：“按照这个逻辑，两个人的力量加起来，应该永远大于一个人的力量，而三个人的合力就要大于两个人……”

妻子说：“本来就这样呀。”

杨学军说：“那为什么会出现‘一个和尚挑水喝，两个和尚抬水喝，三个和尚没水喝’呢?”

妻子说：“那是因为庙里没有建立科学的制度，如果有一个让和尚们抢着去挑水的好机制，庙里愁的不是没水喝，而是水缸太小了。”

妻子的话，让杨学军心中的信念更加坚定："是啊，既然单个 GPU 效能那么强大，两个 GPU 合起来，性能肯定更强大！"

杨学军回到实验室，大家呼啦啦围了上来："我们下一步怎么办？"

杨学军语气镇定地说："别人不敢走的路，并不等于走不通。现在系统计算效能低，并不意味着 CPU+GPU 技术路线就是死胡同。之所以出现这种情况，那是软件优化问题。我坚信，只要把软件优化到位，建立一种科学机制，把每个 GPU 的工作潜能充分挖掘出来，让它们默契配合起来，系统效能定会大幅提高！因此，我们不仅坚持走 CPU+GPU 技术路线，而且要把完成研制任务的时间节点，由原计划的 2010 年底提前到 2009 年底，推出中国第一台每秒千万亿次超级计算机！"

杨学军的话，把大家的眼睛惊得圆圆的："关键技术尚未突破，还要提前一年完成任务，能行吗？"

可他心里充满自信："当年研制'银河-Ⅰ'时，困难难道不大吗？可前辈们顽强拼搏，愣是提前一年完成了任务。还有'银河-Ⅲ'，原计划用五年，大家齐心协力，争分夺秒，仅用三年就实现了每秒 10 亿次到每秒 100 亿次的大跨越。过去能做到的，现在也一定能做到！"

面对总师的超常决策，大家没再问为什么，因为他时刻挂在嘴上的那句话，也时刻在大家耳畔回响——"因为我们落后了！"

GPU 王子

白白胖胖、敦敦实实的杨灿群，给人的第一印象是脸上的笑容。他不仅爱笑，脸上整天都是喜颜悦色，而且笑得很灿烂，轻轻一咧嘴，就见嘴角里、腮帮上、鼻子尖、额纹间都挂着笑意，尤其是那双眸子流露的笑容，仿佛让那副深度近视眼镜也深受感染，不住地扑闪着快乐的光芒。

大伙常说：“不管谁在什么时候遇上烦心事，只要和灿群在一起，看看他脸上的笑容，烦恼立刻去了一半。”

于是，大伙送了他一个雅号——“微笑王子”。

而现在，杨灿群又多了一个新雅号——“GPU 王子”。

说起这新雅号的来历，杨灿群就一脸的得意：“这些年，我与 GPU 不仅有缘，而且天天纠缠在一块，都纠缠出感觉、纠缠出感情来了，现在 GPU 都成了我的‘情人’了。”

他与 GPU 的缘分，是从每秒 1000 万亿次超级计算机攻关开始的。2008 年底，总师组确定 CPU+GPU 技术路线后，杨学军就把攻关遇到的第一个也是最大一个险关——提升 GPU 计算效能的重任，放到他的肩头上。

经过 10 余年科研实践历练的杨灿群，对于工程研究体会很深：“搞工程技术，就像猜谜语。谜底出来了，大家恍然大悟：‘原来并不深奥。’可在此之前，你的眼前却是一片云山雾海，你不知道目标在哪里，甚至不知道该朝哪个方向寻找，可以说两眼迷茫。”

GPU 的科学计算问题便是这样一道谜语。

杨灿群需要猜破的第一个谜语，就是哪一种 GPU 最适宜于科学计算。当时，市场上宣称有通用计算能力的 GPU 有两种，分别由 NVIDIA（英伟达）与 AMD（美超微）生产，每种 GPU 都有多个型号。单独的 GPU 只是一块芯片，需要和配套的存储器及外围电路构成显卡才能使用，生产此类显卡的厂商有好几家，市场上可购买的计算显卡就有近 20 种。这林林总总的显卡中，哪款能满足科学计算要求？杨灿群和团队成员们，两眼一抹黑。

他带着突击队员开始对显卡筛选之日，正是春节来临之时。学校放假了，战友们携妻带子，纷纷返回家乡与亲人团圆。

一些突击队员建议：“杨教授，我们也先放几天假吧，等春节后再干。”

杨灿群把脸上的笑容一收，严肃地说：“GPU 的科学计算效能，现在可是整个工程的卡脖子技术，大家正等着我们尽快拿出成果来呢，咱们能放假吗?”

于是，杨灿群和突击队员一个不少，齐刷刷地走进实验室加班。

除夕前一天，经过一番测试，他们发现一种显卡比较合适。可安装到一款主机板上一试，系统竟然无法启动!

杨灿群问硬件技术员：“是硬件有问题吧?”

硬件技术员肯定地回答：“硬件绝对过硬!”

“那么是软件出问题了。”

杨灿群喃喃着换了一款软件，一试，还是死机。他们又换上另一版本软件，依然不能启动。凌晨 1 点多，他们已连续尝试了近 10 个版本测试软件，都无济于事。

杨灿群对大家说：“今天找不到问题，明天除夕继续找；除夕找不到，后天大年初一还继续……”

大年初四那天，他们不经意间在主板上发现有个模糊标识，称该主板有启动异常故障，维修后也没有确认故障是否彻底排除。

大伙搭上一个春节假期，找到的竟是这样一个结果，真让人哭笑不得啊。

而这种无功而返的事情，他们还得继续做、天天做。整整忙活了两个月后，他们把第 20 款 GPU 装到了测试主板上。一通电，居然成了。

杨灿群拿起那款 GPU 亲了又亲：“众里寻你千百度，蓦然回首，没想到，你却在灯火阑珊处。”

GPU 型号找到了，但把它们与 CPU 组合为系统后，它们都不愿工作，发挥不了什么作用。

于是，第二个“谜语”又摆到了杨灿群和突击队员们的面前——如何调动 GPU 的工作积极性，提升系统整体效能。这个“谜语”显然比第一个“谜语”更为诡秘，揭开“谜底”更为艰难。

杨灿群说：“封闭式攻关是我们‘银河人’屡破难关的撒手锏。我们也要用这把撒手锏为工程后续研究杀出一条新路！”

长沙北郊的湘江之畔，有一片群山环抱的洼地，山上树木郁郁葱葱，山下坐落着一栋三层小楼。这是长沙市抗洪指挥部所在地。由于汛期未至，这里鸟儿啁啾，人迹稀少，煞是幽静。

杨灿群和他的突击队，把这里当作攻坚的战场。他们整天猫在小楼里，心里只想一件事，就是想方设法调动 GPU 这群“和尚”的积极性，让他们多“挑水”，争取“1+1”尽量接近“2”；眼睛也只盯着一个地方——显示屏，从那些不停滚动的浩如烟海的数据中，寻找一个个稍纵即逝的灵感，捕捉一次次优化 GPU 计算效能的机遇，然后对计算程序进行一遍又一遍的修改。

那周，杨灿群与伙伴们和往常一样，从早上 7 点盯到午夜，从周一盯到周五，竟然没有发现一次战机，没有取得任何战果。

连续鏖战数日，早已筋疲力尽的杨灿群，躺在床上辗转反侧，难以入眠。他于心不甘。往常从周一到周五，都能找到性能优化突破口，可在周末时间研究优化方法。那些数据犹如一群蜜蜂，在眼前不停地窜来窜去。闭上眼睛，满脑子还是那些波涛般滚动的数据。

突然，他隐隐觉得眼帘上滚动的一些数据低于设计目标。他一骨碌从床上爬起来跑到办公室，打开与服务器相连的笔记本电脑，进入试验数据库，果然发现 GPU 的一部分计算资源没有用起来。兴奋难抑的杨灿群立刻着手程序优化，GPU 计算性能又一次得到提升。

当杨灿群改完程序起身打开房门时，只见太阳早已爬上山顶，露出了灿烂的笑脸，小鸟在树林里欢快舞蹈、清脆鸣唱。

类似这样的优化改进，他们在两个月里进行了一万多次，终于把 GPU 计算效能提升到 58%。

这充分验证 CPU+GPU 异构融合技术是科学可行的！

杨灿群带领突击队乘胜扩大战果，不分昼夜地反复测试、研讨、改进。虽然每一次提升都如同滴水般微小，但把它们汇集起来，就能创造科学奇迹。在连续奋战 4 个月，先后改进优化 8 万余次之后，GPU 计算效能跃升至 70%以上，达到世界最高水平，而且系统长时间稳定运行。

美国计算机天才西摩·克雷说："可以造出一个速度快的 CPU，却很难造出一个速度快的系统。"

"超级计算机之父"这句名言，在中国第一台每秒千万亿次超级计算机研制中再一次应验了。

2009 年 7 月，杨灿群和突击队按照 CPU+GPU 体系结构方案构建了几个机柜的系统，一试运行，系统稳定运行时间竟然没有超过半个小时！这是为什么？

于是，杨灿群和突击队员们又面临了第三道"谜语"——如何提高系统 GPU 的稳定性。

GPU 用于图形处理，其计算负载与通用计算存在较大差异，尤其是 GPU 实际性能发挥出来后，各部件进入重负载状态，功耗提高，散热要求高，各器件的稳定性下降。当系统中使用的 GPU 数量多了，系统平均无故障时间也会随之下降。

这个问题不解决，CPU+GPU 异构融合之路还是一条"死胡同"。

他们首先使用筛选法对众多 GPU 逐一进行压力测试，找出那些运行稳定的 GPU。

结果不理想，系统稳定性虽然有所提高，但与系统稳定性要求相去甚远。

他们仿佛陷入了迷魂阵，四周迷雾茫茫，不知方向在哪里、出路在哪里。

但他们始终坚信，黑夜再漫长，曙光总会出现。一次次无功而返，他们一次次从头再来。

八一节到了，单位组织会餐。杨灿群对战友们说："走，喝两杯去，醒醒脑。"

餐桌上，他们喝着酒、吃着菜，脑子里的GPU稳定性问题依然挥之不去。突然，杨灿群不经意间浏览过的一个有关GPU超频提高性能的帖子浮现他的脑海：帖子上说，GPU超频可以提高性能，但会导致GPU运行不稳定，甚至系统黑屏。

杨灿群灵机一动，来了个反向思维：如果选用的GPU具有调频功能，让GPU降频不就可以提高它的稳定性吗？

杨灿群把手里的酒杯、筷子一放，一溜烟回到实验室，拿过使用的那款GPU一看，恰恰具备调频功能！

大家赶紧对它进行降频处理。结果GPU的稳定性问题终于迎刃而解！

大伙高兴得紧紧拥抱在一起……

兴奋过后，杨灿群问大家："噫，我们中午都吃了些什么菜？"

大家你看我我看你，都摇头："不知道，想不起来了。"

杨灿群又问："上的又是什么酒呢？"

大伙哈哈笑了："上的是'醒脑酒'，杨教授一喝，脑子就清醒了，问题就解决了！"

依然差那么一点点

我国第一台每秒千万亿次超级计算机横空出世!

中国成为世界上第一个掌握 CPU+GPU 异构融合体系结构技术、第二个研制出每秒千万亿次超级计算机的国家!

中共中央总书记、国家主席、中央军委主席胡锦涛闻讯，亲自为它题名“天河”。

2009 年深秋，湖南长沙，天蓝水碧，红叶漫山，枝头垂金。在这果实累累的季节，国际 TOP500 创始人汉斯·莫尔率领测试人员来到湘江之畔，走进国防科学技术大学，对“天河一号”超级计算机的性能进行实测。

作为国际 TOP500 机构创始人，汉斯·莫尔可谓见多识广，可当他一脚跨进“天河”机房大厅时，细心的人们发现，他那双浓眉还是抑制不住地向上挑了挑。

展现在汉斯·莫尔面前的“天河一号”超级计算机系统，的确令人震撼。在近千平方米的机房大厅里，一排排工艺精致的机柜傲然挺立，犹如阅兵大典中气势如虹的受阅方阵，成千上万的指示灯闪闪烁烁，仿佛汇成了一条绿色的人间天河。

而“天河一号”独特的技术、优越的性能，更让汉斯·莫尔一行惊讶不已。

“天河一号”系统峰值性能为每秒 1206 万亿次、Linpack 实测性能为每秒 563.1 万亿次。

“天河一号”计算一天，一台配置 Intel 双核 CPU、主频为 2.5GHz 的

“天河一号”千万亿次超级计算机系统

微机需要计算 160 年!

它的存储量相当于 4 个藏书量为 2700 万册的国家图书馆的总和，能够为全国每人储存一张接近 1MB 的照片!

“天河一号”在运行情况下，每小时耗电 1280 千瓦时，每千瓦时电创造的计算效能为 4.3 亿次运算，达到世界领先水平。

汉斯·莫尔感叹不已：“中国国防科学技术大学的科学家们用 CPU+GPU 异构融合技术研制成功‘天河一号’，真是令人惊奇!”

11 月 18 日，国际超级计算大会在美国西部城市波特兰举行，国际 TOP500 在大会上发布第 34 届国际 500 强排行榜时，立刻引起一片惊叹。

此届榜单，爆出两大新闻。一是被称为超级计算“老祖宗”的美国 Cray 公司，终于凭借峰值速度达每秒 1767 万亿次、实测性能每秒 1759 万亿次的“美洲虎”，取代了长期霸占榜首的 IBM 公司，一举拔得头筹。二是“天河一号”夺得世界第五，不仅是中国机器在 TOP500 排名中的最好成绩，而且名次较此前实现了大幅上升。

这个第五名，可谓难能可贵、非同寻常。排名前10的机器中，有9台机器是美国研制的，只有“天河一号”是中国产品。这是中国机器第一次战胜日本机器，首次获得亚洲第一，成为超级计算领域的“亚洲王”。参加排名的机器，来自五大洲，其他各大洲的“第一”均为美国造，只有“亚洲第一”的奖杯上刻着醒目的“Made in China”。

国防科学技术大学教授王宝生，兴冲冲地走上领奖台，从颁奖人手中接过“世界第五”“亚洲第一”的奖杯时，激动得差点忘了发表获奖感言。

领奖归来，王宝生向总师组汇报时依然兴奋难抑、意犹未尽：“那感觉就像在奥运会上拿了个大奖牌。要是再像奥运会那样，奏中华人民共和国国歌，那就真的美极了。”

“我们拿了个冠军，还是个亚洲冠军。”杨学军听了，淡淡地笑了笑，“我们比别人依然差那么一点点啊。”

自从加入“银河人”行列，尤其是接过“银河事业”帅旗以来，杨学军带领大伙在超级计算机前沿阵地冲锋陷阵、屡克难关，硕果累累，曾获得国防科技进步特等奖、一等奖，国家教学成果一等奖，国家技术发明二等奖，军队专业技术重大贡献奖，国家杰出青年科学基金、创新研究群体科学基金，荣立一等功。每次得知喜讯，或收到奖状、奖章，他都是这般淡淡一笑而已。“天河一号”研制成功，对他来说和过去攻克的每一个科技“堡垒”一样，只不过是一个逗号，而逗号的后边，还有无数个问号，在等着他带领团队去求索、去破解。

要说听到这个喜讯，与过去有什么不同，就是他忽然感觉非常疲倦。自从“天河一号”工程启动后，身为工程总设计师，他既要处理行政事务，又要谋划工程进展，还要深入科研一线指导攻关，整天脑子绷得像根弦、身子忙得似飞转的陀螺，根本感觉不到疲劳，甚至不知什么是饥饿。

他往床上一倒，便进入甜蜜的梦乡。睁开眼睛时，他看到玻璃窗上映着一方金色阳光，一只小鸟站在窗外的枝头上“啾啾”欢叫。

他揉了揉眼睛，问在大厅里忙碌的妻子：“玉华，几点了？”

妻子说：“快8点了。”

“今天几号？”

“20号。你足足睡了两天呢。”

杨学军惬意地舒展了一下胳膊，吃过妻子备好的早点，掏出手机拨通了老战友廖湘科的电话，然后两人来到银河广场，像往常那样肩并肩慢慢踱着步子。

杨学军说：“虽然获得了亚洲第一，但我们的目光绝不能只盯着亚洲，

科研人员调试系统硬件

而是要放眼世界。”

廖湘科说：“是啊，慈云桂教授当年说，拼了这条老命也要让中国在世界超级计算机领域占有一席之地，让外国人对我们中国刮目相看！他老人家的梦想，我们还没有完全实现呢。”

杨学军说：“党中央提出建设创新型国家、建设信息化人民军队的宏伟目标，学校作为强军兴国先锋，任重道远啊。”

廖湘科说：“据参加国际 TOP500 颁奖典礼的同志通报说，虽然我们的名次提升很快，但与发达国家相比，我们还存在较大差距，在整个 500 强中，美国就占了 277 套系统，而我们只有 21 套系统。国家已经制定了超级计算机整体赶超计划，我们作为计算机技术创新国家队，一定要多发挥作用，发挥大作用。”

杨学军说：“大家听到我们的机器跻身世界前五的消息后都非常振奋，心里都憋着一股子劲，都渴望尽快启动‘天河一号’二期工程，乘胜冲击超级计算机的珠穆朗玛峰!”

次日，国防科学技术大学计算机学院超级计算机创新团队召开“天河一号”二期系统决战动员会。大家高举右手，喊出了“银河”前辈铿锵的声音：

“时间一年，一天不超!”

“每秒 4700 万亿次，一次不少!”

别听外国人瞎掰

当时，国际 TOP500 排名第一的美国机器“美洲虎”峰值性能为每秒

1767万亿次。“天河一号”二期工程，一年时间要把系统峰值性能从每秒1206万亿次，提升到每秒4700万亿次！

这是一场名副其实的与世界超算强国的大决战！

用大伙的话来说：“‘天河一号’二期工程攻坚，是中美之间在超级计算机领域打响的‘上甘岭战役’！”

超级计算机系统峰值性能要实现大跨越，不仅要求CPU、GPU的计算速度“翻跟头”，而且要求有一个由众多“立交桥”构成的快捷通畅的“高速公路网”，让各种数据“跑得快”。

这个“高速公路网”就是网络系统。

苏金树带领大伙受领研制这个“高速公路网”——新型交换机的重任。他们通过深入调研、严密论证，提出正交系统互连方案，使系统结构简洁，设计难度、制造工艺要求、研制和生产成本大幅降低。

这个方案是否可行呢？美国不是网络技术的“鼻祖”和“老大”吗，那就向他们请教请教嘛。

他们通过互联网将正交互连方案和芯片制造商美国技术工程师交流。没想到对方接到邮件还不到10分钟，就回信予以否定，此后几天又三番五次地来邮件、打电话，反复强调：

一、他们也研究过正交互连，也进行过正交互连结构条件下的仿真、实验和测试，结论是：信号传输损耗大，阻抗不连续，不能满足该型交换机信号传输要求。

二、该型交换机设计非常困难，他们用了两年多时间才完成，没有他们的技术支持，不可能成功。

三、如果坚持正交互连方案，他们将不给予正确的技术支持。

四、如果坚持正交互连方案，必以失败告终。

面对这些邮件、电话，大家直摇头。

“这些美国专家，对我们也太热情了吧？”

“他们把自己当作真理的主宰者了。”

“好像没有他们，我们就啥事也做不成了。”

…………

“别听外国人瞎掰。”苏金树说，“大家想想看，如果我们改方案，完全按美国人提供的方案搞，虽然成功有把握，但没有创新，没有自己的特色，没有优势。而坚持走自己设计的路线，虽然需要一切从头探索，创新难度大，风险高，但搞成了，就是世界唯一。大家看我们是要世界唯一，还是顺顺当当过日子？”

大家说：“要干就干最好的，这可是我们‘银河人’的传统！”

苏金树说：“20 世纪 60 年代，苏联撤走专家，中国照样搞出了原子弹！90 年代，英国撤走汽车专家，中国照样搞出了小汽车。就拿我国网络技术来说吧，他们卡了我们几十年脖子，我们的网络技术照样风生水起，推出一代代先进的路由器。”

“他们为什么表现得这么热情？”苏金树嘿嘿笑着对大家说，“我都怀疑他们是不是怕我们一旦把这个难题突破了，超过他们呢。”

当然，对外国权威的态度可以藐视，但对他们的意见却不能轻视。

他们通过两个多月夜以继日的仿真和试验，发现美国人的试验方案和设计规范在正交互连条件下，确实不能满足某新型交换机信号的传输要求。

为什么不能满足呢？

他们继续追索。深入研究了信号完整性方面的相关理论和技术及美国人的设计规范后，终于发现他们使用的矩形反焊盘是导致信号传输损耗大和传输阻抗不连续的主要原因。

针对这一薄弱环节，苏金树带领团队发明了跑道式和哑铃式反焊盘，通过 3 个多月反复迭代仿真，得到全面设计规范，关键的眼图技术参数达到 60ps，远远大于美国的 35ps！

仅用10个月时间，他们就研制完成新型交换机。实测技术指标大大超过同类系统，而成本是同类同规模产品的80%！

美国专家得知这一消息，又连续发来三四封邮件，连夸中国同行“真是了不起”，表示“想来学习学习”。

一句话：“服强不服弱。”

美国人也曾断言：“中国永远都做不出可用于工程的CPU。”

顺着这个逻辑，美国就把芯片技术当作“绳套子”勒在中国的脖子上。

20世纪90年代初，我国启动第三代战机工程，研制者们决心突破一系列数字化航空关键技术。

哪知刚做出几架样机，美国突然宣布对第三代战机研制所需的芯片实行禁运，一下子把中国新一代战机工程卡在“嗓子眼”，下不去，上不来。

一位美国航空专家与华侨说起这事时，非常得意：“我们不卖给中国人芯片，看你们用什么造第三代飞机。”

这话传到国防科学技术大学计算机研究所芯片技术专家李国宽的耳朵里，他也是那句话：“别听外国人瞎掰。”

李国宽带领创新团队毅然承担起制备航空芯片的紧急重任。

此前，李国宽他们虽然参与了DSPC30攻关，但只做其中的逻辑设计和逻辑模拟，而这次还要做版图设计和版图模拟，并且设计好后将直接制版、流片、封装、测试、试用、考核和定型。由于国外对有关资料实行严格封锁，这意味着从体系结构、图纸设计到实现技术，都要自力更生。

但国防科学技术大学微处理器创新团队依然大胆“接招”。长期的科技攻关实践，已经使他们形成了这样的“思维惯性”：有挑战，才有机遇，才有创新！

项目攻关誓师大会上，大家发出了气冲霄汉的声音：“一定要让中国新一代战机用上中国芯！”

总部有关专家对研制方案进行评审后，认为这是国内研制难度最大的微处理器，建议研制工作分两步走：第一步，突破复杂指令集超标量微体系结构和逻辑设计技术；第二步，完成超深亚微米全定制设计。

这样固然稳妥可靠，但需要时间。我军现代化建设最宝贵、最拖不起的就是时间。李国宽主动提出“一步到位”。

他率领100多个研制人员，每周7个工作日，每天工作十几个小时。艰苦奋战5年，该型号芯片终于一次性流片成功，创造三个“中国之最”：国内最早实现超标量CISC体系结构的微处理器，国内最复杂、最大规模的微处理器超深亚微米全定制设计技术，国内最早实现全定制微处理器时序建模与时序分析技术。

2001年12月，中国新一代战机带着国防科学技术大学微处理器创新团队设计的“中国芯”直冲云霄，骄傲地翱翔在祖国的蓝天。试飞证明，中国第三代战机各项战术技术指标与世界第三代战机相比毫不逊色。

“中国造不出自己的军用芯片”的魔咒，被奇迹般地打破了！

“天河一号”一期工程勇夺亚洲第一、世界第五后，一些外国人又讥笑道：“这没什么了不起的，你们中国机器，永远都是美国芯！”

真是这样吗？中国人就是不信这个邪，就是要争这口气！

“天河一号”二期工程总师组下定决心：二期工程一定要用上“中国芯”！

事实上，早在“天河一号”一期工程启动时，国防科学技术大学微处理器技术创新团队就开始研制设计“飞腾1000”芯片。

为让“飞腾1000”达到国际先进水平，而且便于推广应用和可持续发展，创新团队顺应国际微处理器发展潮流，选择兼容生态系统良好的SPARC指令系统，采用多核多线程SOC体系结构，片内集成了8个处理器核，每个核8个线程，成为国内单芯片线程最多的处理器。此外，还面向超级计算机研制需求，在“飞腾1000”中集成了3路芯片直连接口，支持

2~4 个处理器芯片直接互联构成多路 SMP 系统；集成 4MB 共享二级 Cache 和 4 路 DDR3 存储控制器（MCU），使数据处理和访存带宽更好匹配，缓解存储墙压力。

有人把这一研制目标形象地概括为“一步登天”。这四个字，透显出如虹气势，也意味着艰难险阻。

研制工作刚展开，DDR3 调测试就遇到双重挑战：一是 DIMM 条上的控制芯片与最新的 DDR3 规范有些不兼容，导致多个 rank 同时刷新的命令无法存储，丢失数据；二是由于芯片规模大，封装难度高，芯片到 DIMM 条的时钟占空比不理想。大家苦熬几个通宵，才找到最佳办法，选出最优方案，圆满解决问题。

不久，长沙遭遇“2008 冰雪灾害”，输电线路惨遭破坏，城区管理部门被迫出台限电令，禁止使用空调。室外白雪皑皑，室内寒似冰窖。长期集中攻关的科研人员，大多患有腰肌劳损，让寒气一逼，腰酸背痛，但他们拿被子往腰上一围，继续坚持工作。

天气暖和了，设计工作告一段落。可制成样品后，又发现性能不达标。费了九牛二虎之力，才发现是合作单位对顶层困难估计不足，导致顶层规划出现问题。没办法，只好推倒重来，重新确定新的物理设计方法，大幅提高了产品性能。

10 月份，“秋老虎”走了，但难度最大的“拦路虎”却跳了出来。由于设计规模巨大，synopsys ICC 工具失去作用，Cadence Encounter 基本绕线不通。此时，离芯片投片已不足两个月。

大家知道，愈是形势紧迫，愈要沉着应对。通过仔细分析设计数据、梳理数据流向，他们又提出顶层设计新方案。该方案虽然需要把顶层设计及其功耗设计、封装设计等一系列工作推倒重来，工作量巨大，但科学可行，赢得总师组支持和合作单位密切配合。通过 20 多天紧急突击，使时序违反的路径迅速收敛，最终完全收敛了下来。

当时间完成一个轮回，再次跨入深冬季节时，芯片设计进入最后时序检查阶段。哪知这时，一个意想不到的问题又斜刺里杀了出来——设计流程在分层延迟计算和信号完整性方面存在重大隐患。若不排除，整个 CPU 将功亏一篑。

大家立马重整旗鼓，对问题隐患进行密集排查，终于找到并成功排除，使所有数据回归正常。

“飞腾 1000”通用 CPU，按时完成设计，并一次性投片成功！

一个人的婚礼

那年春天，在河南驻马店泌阳县宾馆举行的那场特别的婚礼，至今依然被人们津津乐道。

那场婚礼很隆重，宽敞的宴会大厅张灯结彩，宾朋满座，笑语盈盈，沉浸在一片喜庆之中。

12 点 28 分，在欢快的《婚礼进行曲》中，年轻英俊的主持人出场后，开口便给来宾抖出一个大悬念：“亲爱的来宾，首先我要告诉大家，今天的婚礼很特别，特别得我从未见过，甚至从未想过。今天的婚礼更喜庆、更精彩，喜庆得大家的笑声会把楼顶冲破，精彩得准保每一位来宾都会流出感动的泪花。下面有请新娘刘琼闪亮登场……”

来宾一听，有些纳闷了：按规矩应该新郎先亮相呀。

上亲席上的七大姑八大姨们，开始轻声议论起来。

“这新郎官是哪里人，您知道吗？”

“我们哪知道呀，我们还从没见过新郎官呢。”

…………

丈母娘哈哈笑道："他哪有时间和你们见面呀，我们家姑娘和他谈了几年恋爱，也只带回家一次，而且只住了一个晚上就走了。"

"他是干啥的，那么忙？"

丈母娘也卖起了关子："等会儿你们就知道了。"

在来宾期待而又疑惑的目光里，身披洁白婚纱的新娘幸福地微笑着款款向大家走来，好一个身姿婀娜、明眸皓齿、面容姣好的姑娘。

主持人问她："新娘子，请你告诉大家，今天你幸福吗？"

刘琼自豪地回答："我很幸福，是长大后觉得最幸福的一天。"

主持人说："是哪位小伙子让我们漂亮的新娘子这样幸福？大家想看看我们的新郎官吗？"

来宾齐声高呼："想——"

"有请新郎官！"

来宾纷纷向宴会厅门口眺望，却迟迟不见新郎。

这时，只见他从屏幕里走了出来：那是一年前他和刘琼去郊游时，战友们给他们拍摄的一段录像。他叫宋振龙，山东胶州小伙，在国防科学技术大学计算机研究所工作。一身戎装的他，年轻洒脱，热情奔放，充满阳刚之气。两人手牵着手，并肩走在陡峭的山间小道上。在高高的山顶上，两人坐在小亭里小憩，她把圆润的脸轻轻依偎在他敦实的肩头上……

"看这小两口多幸福呀。"主持人羡慕地说，"在今天这个幸福的时刻，大家说，他们俩该不该亲一个？"

来宾连声大嚷："亲一个！亲一个……"

大家想，这下新郎该露面了吧。

哪知，他还是在录像里。屏幕上的宋振龙脱去了白大褂，一身笔挺的军装，胸前别着一朵红色鲜花，花带上写着"新郎"。他的身后是一列列整齐的大机柜，他的战友正在机柜前不停地忙碌……

“这段录像，是新郎的战友今天上午用手机拍摄的，一个小时前通过互联网传过来的。”主持人深情地介绍，“新郎参加一项国家重大工程研制任务。此时此刻，为了国家的强盛、民族的崛起，他和战友们正在机房里辛勤地忙碌着。”

来宾们听了很感动，但还是有些不理解：“这是什么任务啊，忙得连婚礼都不能参加，让新娘一个人举行婚礼?”

只有刘琼理解他。

一年前，两人约定了婚期。哪知佳期临近时，宋振龙因每秒千万亿次超级计算机研制时间紧张无法脱身。他想，等到婚礼前一天再赶回去，与亲朋好友见个面、喝杯酒。

可当他提前完成阶段性任务，正准备往回赶时，突然接到通知，一个由他负责的程序在调试时出现了问题，需要马上解决，否则将影响工程进展。解决这个问题，至少需要两天时间。由于程序复杂，即使把它交给同事，交接时间也需要几天。也就是说，无论是自己干，还是别人干，自己都赶不上婚礼了。

宋振龙无奈地拨通了妻子的电话，抱歉地说：“刘琼，我可能赶不上婚礼了。”

刘琼一听便急了：“你不回来怎么行呀，请柬都发出去了!”

宋振龙比她更急啊。可他能对领导说“工作上的事我不管了，我得先回去结婚，这是我一生的头等大事，比整个工程进展要重要得多”吗?他又能对战友们说“你们先休息两天，等我结婚回来排除故障再继续干”吗?

他不能!作为一名军人科技工作者，程序故障就是冲锋路上的敌堡，必须义无反顾地迎上去，端掉它!

而此时此刻，对于刘琼来说，溢满心间的全是温馨与快乐。她打开婚礼录像，幸福地回味着那场独特的婚礼……

宽敞的宴会大厅张灯结彩，宾朋满座，欢声笑语，《婚礼进行曲》欢快的音符仿佛轻波荡漾。

英俊潇洒的主持人刚一登台亮相，张口便抖出一个大悬念……

新郎宋振龙在屏幕上发表热情洋溢的感言："敬爱的爸爸妈妈，你们辛苦了！感谢你们对刘琼的养育之恩。请爸爸妈妈放心，我一定像对待自己的生命那样对待刘琼，真心爱她、疼她，细心照顾她、呵护她，让她永远快乐、永远幸福……"

他的战友也呼啦啦涌过来，一个个做着憨态可掬的鬼脸，冲着镜头喊道：

"刘琼嫂子——我们要喝喜酒——"

"刘琼嫂子——我们要吃喜糖——"

屏幕中的宋振龙，端着一杯红葡萄酒，向大家敬酒："各位亲朋好友，感谢你们光临！请大家多喝几杯！"

镜头定格。刘琼跑到屏幕前，久久地亲吻着他那幸福的笑脸。当她回过头来时，已是泪流满面。

主持人递上一张纸巾，告诉刘琼："新郎打来电话了，你想和他说话吗？"

刘琼赶紧接过电话："喂，振龙，你那边的问题解决了吗？"

"解决了，解决了，10分钟前解决了！"

"那你快回来娶我呀！"

"明天！明天！"

"几点的火车？我去接你！"

…………

宴会厅里回荡着一对新人深情的通话，还有《十五的月亮》那动人的歌声：

十五的月亮，

照在家乡，照在边关。

宁静的夜晚，

你也思念，我也思念。

…………

军功章里，

有你的一半，也有我的一半。

…………

精诚报国，倾情尽孝

胡世平是一员参加过“银河-Ⅰ”“银河-Ⅱ”“银河-Ⅲ”系列巨型机研制的老将。在每秒千万亿次超级计算机攻关中，他又带领大家担负起研制电源分系统的重任。

超级计算机要实现快速稳定的计算，需要电源分系统将4000千瓦交流电转换为计算芯片工作所需要的几十万个低压直流供电分路，并且必须保证各电源分路稳定工作。

这是个决定机器功耗、稳定性能的关键技术，也是让各国超级计算机专家头疼的难题，更是一项繁重而具体的工作。整个电源系统包括电源电路的基础实验、电源在印制板上的布局布线、变电站和配电设施建设、动力电缆的铺设、20000多块插件板的电源调试、系统的安装与调试等，哪一项都是细致活，哪一项也不能少。

胡世平深感责任重大，不敢有丝毫懈怠。他与电源分系统的另外两名设计师坚持细致活细心做，反复分析研究工作进度、任务难点，对分系统的实现方案、工程质量保障等问题，一一制定出科学的实施方案。

总师组见他们人手少、任务重，特意招聘5名刚毕业的大学生，又从计算机工厂抽调1名技术员，加强到电源分系统。

力量是加强了，但大多是新手。为让他们尽快掌握相关业务知识技能，早日进入状态，胡世平与两名电源设计师，分头给大家讲课，整理相关资料给他们学习参考，把他们带到现场，亲自给他们示范，手把手地教，将自己多年积累的技术经验传授给他们。

2009年7月，每秒千万亿次超级计算机机房进行配电建设。胡世平一边要进行电源系统的技术攻关，一边要与电力公司工程技术人员研究解决变压器施工中出现的问题，还要参加动力电缆施工，50多岁的他经常干最苦最累的活，不认识他的人还以为他这个大教授是一名电工呢。

那段日子里，胡世平忙得两头都快变成了一头，不但没有了节假日，还时常一干就是一个通宵。

偏在这节骨眼上，他90岁高龄的母亲股骨颈骨折，生命垂危，被紧急送进了医院。胡世平听到这个消息，心一下子揪紧了。

他的父亲，是1953年组建哈军工时由陈赓院长亲自点将、经周总理批准，第一批从全国抽调到学校工作的专家教授。他出生3个月后，母亲就带着他和他的哥哥、姐姐，去了军事工程学院，在校直属医院当了一名产科医生。此后，母亲一直在校医院工作，一生中迎接的新生命数以千计。心地善良的母亲喜欢孩子，更爱自己的三个孩子，而对他这个老幺，更是百般关爱，倍加呵护。

胡世平对母亲也很爱戴和敬重。母亲住院后，他任务再重，工作再忙，也要尽到为人子的孝道。每天白天争分夺秒赶任务，晚上下班后，再晚也要到医院守候病中的母亲，给老人家翻身擦背、洗脸梳头。

医院没有陪护床位，他每天只能趴在母亲的床沿上睡一会儿。后来，他去超市买了一张折叠床，睡在母亲的病床旁。每晚都要起来好几回观察母亲的病情，给她掖紧被窝。

那几天，母亲病情缓解了一些，神志也清醒了许多。他晚上下班一到病房，母亲便拉着他的手，轻轻抚着他的脸庞说："世平，你每天这么忙，又在做一台大机器吧？看把我们家老幺都累瘦了。"

胡世平见母亲状况好转，很是高兴，微笑着告诉老人家："妈，我们在搞每秒千万亿次超级计算机，很快就要研制出来了。"

母亲说："它与外国人的比，是什么水平？"

胡世平说："前几名吧。我们要争取拿世界冠军。"

母亲说："那可好了。到时你得带我去看看。"

胡世平满口答应："好，我一定带妈去参观。"

母亲说："可妈老喽，现在又病成这样，走不动了。"

胡世平说："不用妈走路，有车呢。"

母亲说："可车子进不了房子，上不了楼梯呀。"

胡世平说："我背着妈去参观。"

母亲说："妈妈老得不行了，我们家老幺也老了，怕是背不动啦。"

胡世平说："现在大家正加班加点干呢，机器研制出来了，我拍好多好多照片给妈看。"

"好，好。"母亲慈爱地抚着儿子的脸庞，"你也是奔60岁的人了，以后别再那么拼命了，要注意身体啊。"

那个晚上，是母亲住院以来，他睡得最香的一个晚上。

第二天，他又是从早上忙到晚上才下班。母亲还没睡，见老幺回来了，高兴得直冲他笑。他知道，那是母亲在等着他回来聊天。

"妈，今天好些没？"

"有老幺陪着，妈就好。"

"我这奔60岁的人，还有妈让我守、让我叫，那才是幸福呢。"

“我们家老幺越老越会说话了。”

“我们家老太太，也越来越会疼儿女了。”

“你媳妇还好不？”

“她白天不是还在病房守着你吗？”

“哦，妈忘性真大。”

“你哥呢，好吗？”

“哥好呢。”

“你姐呢，好吗？”

“姐也好呢。”

“我孙子呢？”

“他……”他的眼帘一个劲往下耷拉，“他……好呢。”

老人不吭声了，只用目光静静地望着儿子。胡世平一愣，赶紧睁开眼睛。

“妈，您说话呀。”

“不说了，我们家老幺累了，赶紧睡吧。”

“我不累，您说吧。”

“我不说了，你睡吧。”

“我不睡，想和妈妈多说会儿话。”

“我不说了，妈也累了——”

母亲也慢慢闭上了眼睛。

这天，总师组领导找到他说：“天津用户那边供电工程出问题了，自己解决不了，已经拖了工程后腿，请你赶快过去。”

胡世平领受了任务，回到医院告别母亲，当天飞到天津。

他一下飞机立刻开展工作，连续奋战两天一夜，终于解决了问题。其间，别说睡觉，连饭都没有好好吃一顿。用户非常感激他，特意为他摆了一桌酒菜。心里惦记着躺在病床上的母亲，胡世平哪有心思喝酒，他让服务员用饭盒装了几样菜便上了出租车，边吃边往机场赶。

虽然胡世平以最快速度赶回了长沙，可当他一下飞机把手机打开时，“通话秘书”告诉他：半小时前，妻子给他打了十几个电话。

胡世平预感到出事了，立刻把电话回过去。

妻子哽咽着告诉他：“妈妈在半小时前走了——”

他奔到医院，只见母亲躺在急救室的病床上，双唇轻闭，一脸安详，只是两只眼睛微微地露着一条缝。他知道，那是老人在等着他回来，那是母亲在告诉他，她还有很多很多话，要跟他这个家里的老幺说，那是老人在等着看儿子拍摄的“天河一号”二期工程的照片。

胡世平双膝跪在母亲跟前，声泪俱下：“妈妈，您不是说要等我回来吗？您不是要等我们把机器搞完了，带您去参观吗？现在我们的机器还没做完，还没等我出差回来，您怎么就走了呢……”

胡世平赶紧拿上相机，赶到机房，从各个角度拍摄了很多“天河一号”的照片，然后跪在母亲面前，一张一张拿给母亲看。

“妈，您看，这就是我们研制的‘天河’机，多壮观呀，要是妈妈等儿子回来，背您去参观，比这还好看呢……”

他和母亲说了很久、很久……

泪，也流了很多很多，把他膝下的地板打湿了一大片。

把“美洲虎”甩得远些、再远些

随着“天河”队伍进驻天津超算中心，开始安装“天河一号”二期系统，“上甘岭”战役最后攻坚拉开序幕。

参与工程任务的科研人员，就像当年在上甘岭上与美帝国主义侵略者决战的将士。为了国家荣誉、民族尊严，以连续作战的作风、顽强拼搏的意志、“舍身炸碉堡”的勇气，向着科学巅峰躬身冲刺！

通信光纤铺设，是“天河一号”二期系统进驻国家超算天津中心的首期工程，时间紧迫、任务艰巨。为确保按期完成施工任务，指挥员把任务细化到天，要求大家“当天任务完不成当天不吃不睡”。

哪知施工第一天，刚铺了几根光纤，施工指挥员拿起一看，立刻傻眼了：光纤的绝缘胶皮被磨出了道道裂痕，个别地方还露出了线芯。

原来地沟的水泥表层太粗糙，加之时值盛夏，地沟温度高达40多摄氏度，把光纤绝缘层烤得似细皮嫩肉，哪经得起水泥地的摧残。

这个问题不解决，后果不堪设想。轻则信号中断、通信短路，重则导致系统紊乱。

如何避免光纤绝缘层受损？

大家绞尽脑汁，也没想出个法子来。急得指挥员抓耳挠腮，一屁股坐在地上：“咳！这可怎么办？”

时间，在嘀嘀嗒嗒一秒秒过去。大伙讨论了两个小时，还是没招。

指挥员抹了一把脸上的汗水，举着手掌愣了愣，然后一拍大腿说：“有办法了！”

只见他把衬衣、裤子一脱，跳进闷热的地沟，俯卧在粗糙的水泥地上。

大家一看，立刻明白了指挥员的意思，不用谁下令，纷纷脱下身上的衣裤，跟着跳进地沟，铺设了一条光滑的人肉地毯。

一根根光纤顺着官兵们光滑的皮肉通畅地向前延伸。滚烫的水泥地灼烤着官兵们的血肉之躯，大家一身汗水、满身污垢。

背上被磨得通红，官兵们咬牙坚持；皮肉被磨破了，他们依然一动不动；伤口不住地往外渗着血水，还是没有一人撤退……

天津滨海新区一名领导看见这一幕，非常感动。“战争年代，我军将士为民族独立、人民解放，用血肉之躯堵枪眼、炸碉堡。和平时期，人民子弟兵，跳进洪流堵溃堤，冒着地震救灾民。今天，我又看见我军科研人员，为保护科研器材，赤身裸背卧地沟，流汗淌血不后退。人民军队的光荣传统，在你们身上没有丢！我们国家有这样的科研队伍，再艰难的工程也能拿下！”

他们几十个人，在粗糙闷热的地沟里赤身裸背趴了30天。

一个个被坚硬的水泥地和光纤刮得遍体鳞伤。

但15000根光纤毫发无损！

“天河一号”二期系统试机那天，一打开机器，全部通信线路畅通无阻。国家超算天津中心领导，特意来到担负光纤铺设任务的官兵中间，一一察看他们背上那些尚未痊愈的伤口，动情地说：“‘天河一号’二期系统首试畅通，有你们的贡献！功劳簿上，有大家的名字！”

但电流畅通了，系统却出问题了。

按要求，“天河一号”二期系统必须运行4小时以上，所有部件无故障。而它只运行了半小时就掉链子了。

“怎么回事呀？在长沙对4组机柜分别进行了试机，每组机柜都能连续运行10小时无故障，为什么到了天津组合为一个大系统就出问题了呢？”

杨灿群寻思着抬头望一眼天河机房，并排矗立的140组机柜，层层叠叠，有种一眼望不到头的感觉。这些机柜里，包含了数以万计的部件，只要其中一个部件、一个系统出问题，都会影响系统的稳定性。

这个问题部件、系统在哪儿呢？

杨灿群和大伙仿佛一脚踏进一个深坑，眼前一片漆黑。

在黑暗中探索好几天，他们才发现问题竟然出在水冷系统上：由于水量不足，散热功能下降，造成超级计算机系统温度过高。

科研人员在检测“天河一号”二期系统

他们补充了水量，降低了机温。心想，这下机器该好好工作了吧。

哪知随着系统调试的全面展开，又发现 GPU 也存在抽风似的波动现象。真是一步一险关、一步一惊心啊。

他们一一排查影响 GPU 稳定性的相关因素。

查 GPU 性能，没问题。查 GPU 的供电模块，没问题。查 GPU 与主机的通信接口卡，没问题。查 GPU 散热性能，还是没问题……对所有零部件静态性能查了一个遍，都没发现问题呀。

问题到底出在哪儿呢？

“它们静态下测试性能良好，但工作状态会不会出问题呢？”杨灿群问自己。

于是，他又带领大家对 GPU 的工作状态温度进行监控，通过大量数据采样分析后，终于发现同一个刀片上的两块 GPU 的工作温度有明显差异。

通过风量“挖补”，散热不均匀的问题迎刃而解，GPU 波动现象烟消云散。

这时，从芯片市场传来一个喜讯：一款性能更高的 GPU 上市了！

这对于正与世界强国决战的“银河人”来说，就像在国际足球赛中的前锋面前突然出现了空门，让大家兴奋到狂喜。

但这“临门一脚”并不好踢：一是离任务节点只有一个月了，而更换 GPU 必须先拆再装，整个系统数以千计的节点，团队完成更换 GPU 的工作通常需要半个月左右。而且更换了新 GPU 之后，就必须对原先的软件优化措施加以改进，能按时完成任务吗？

杨学军把一线攻关团队集合起来，大声问大家：“这款 GPU，我们上不上？”

大家异口同声：“上！上！上！”

“按时完成党和国家交给我们的任务，有没有信心！”

“保证完成任务！”

国庆节来临了，最后的突击开始了。测试筛选、拆卸安装 GPU，是个体力活。团队全体人员，男女老少齐上阵，三天三夜，谁也没合过一下眼，终于完成数以千计的 GPU 更换工作。

任务完成后，杨学军再次把大家集合起来，看着大家一双双贴满创可贴的手、一双双熬得通红的眼睛，他的眼睛也红了。

“天河一号”二期系统进入全面调试提升阶段。大家再次把目光聚集在杨灿群及其突击队身上。

杨灿群笑眯眯地扶了扶眼镜框，拍拍胸脯说：“没问题，大家看我们的。”

首先，他们逐个测试系统的各个计算结点，排除内存故障、GPU 故障影响计算效能问题，计算效能一下子提升到每秒 1890 万亿次。

初战告捷，他们趁势扩大战果，又对应用软件进行优化，使系统性能达到每秒2339万亿次。

这已经是个奇迹了。当时世界排名第一的美国“美洲虎”超级计算机，计算效能也只有每秒1767万亿次。如果按照国际TOP500组织以计算效能排名，“天河一号”二期系统已将它远远甩在后边。

但杨灿群和同事们还不满足，他们认为“天河一号”还有潜力可挖。把“美洲虎”甩得越远，“天河一号”对世界第一的冲击力就越大。

他们继续把自己关在机房，发起最后冲刺。

10月19日下午，杨灿群到北京办事。汽车在京津高速公路上奔驰，在通过一个立交桥时，他看着来自四面八方的车辆汇集在桥上，然后又有序地驶向四面八方……

科研人员在更换“天河一号”二期系统部件

杨灿群的脑海随之灵感闪现：如果把超级计算机网络喻为城市交通枢纽，网络路径就是一条条城市街道，这些街道的交会点，往往成为交通堵塞区，车辆只有合理放行，才能保证交通畅通。

杨灿群马上给同事打电话，让他们关注网络路径，修改参数，对超级计算机的计算效能再次优化。

当天晚上，“天河一号”计算效能再次冲高——每秒2490万亿次。

次日，奇迹再现——每秒2507万亿次！

10月30日，“天河一号”二期系统在向国际TOP500组织递交测试结果的前夕，他们仍在继续优化，并再下一城将系统计算效能提高到每秒2566亿次，计算效率达到54.6%，属于世界最高水平。

“天河一号”二期系统峰值速度终于达到每秒4700万亿次、持续速度每秒2566万亿次，分别提高了2.89倍和3.55倍！

“天河”登上世界之巅

濒临墨西哥湾的美国第二大港口城市新奥尔良市的隆冬，天高云淡，海风拂面，到了晚上，节奏舒缓的爵士乐，在街巷里随风飘扬。

2010年11月，温暖的新奥尔良迎来了世界计算机界的盛会——世界超级计算机500强（TOP500）颁奖大会。

会上，国际计算机领域著名专家将分析当今世界超级计算机整体情况，预测未来发展趋势，公布年度世界超级计算机排名情况，并为前三名研制单位颁奖。

TOP500排名，是由德国曼海姆大学汉斯教授、埃里克教授等国际著名计算机专家于1993年发起创建的全球计算机排行榜。目前由德国曼海姆大学、美国田纳西大学、美国能源研究科学计算中心及劳伦斯伯克利国家实验室联合发布，它以超级计算机持续速度（LINPACK实验值）为基准，每年排名两次，是世界最具权威的超级计算机排行榜，也是衡量各国超级计算机水平的重要参考依据，在一定程度上代表着一个国家在信息技术领域的科技创新能力和综合实力。

因此，TOP500颁奖大会被誉为“世界计算机奥林匹克”。

11月16日下午5时30分，颁奖大会拉开序幕。TOP500创始人汉斯·莫尔教授，在众人目光和摄影机镜头聚焦下，迈着沉稳的步伐走上讲台，宣布TOP500前三名分别是：中国国防科学技术大学研制的“天河一号”、美国橡树岭国家实验室研制的“美洲虎”、中国曙光研制的“曙光星云”！

TOP500专家对“天河一号”现场评测的性能是：峰值速度每秒4700万亿次、持续速度每秒2566万亿次浮点运算。它运行一小时，相当于中国13亿人同时计算340年；运算一天，相当于一台双核高档桌面电脑运算620年；总存储量可容纳1000万亿汉字，相当于一个10亿册100万字书籍的巨大图书馆！

“天河一号”峰值速度是排名第二的“美洲虎”的2倍多！

让中国超级计算机拥有一颗“中国芯”，是中国科学家久远的梦想。国防科学技术大学研发的“飞腾1000”CPU，成功应用于“天河一号”，部分取代进口CPU。中国机器开始有了“中国芯”！

“天河一号”二期系统成功夺冠并部分使用国产CPU，打破了美国在超级计算机领域长期一家独大的局面，标志着我国自主研制的超级计算机综合技术水平跨入世界领先行列，更显示出中国信息领域科技的创新能力和综合国力快速提升。

国防科学技术大学教授、国家超算天津中心主任刘光明，代表“天河

“天河一号”二期系统

一号”研制团队登上领奖台，接过刻有“中国制造”的金光灿灿的奖牌。他是自鸦片战争以来登上世界科技竞赛最高领奖台的第一个中国人！

虽然这个“科技奥林匹克”没有奥运会那样气势恢宏的赛场，不升国旗，不奏国歌，但它不只是代表一个人、几个人、十几个人的力量和技巧，而是代表着一个国家、一个民族的科技创新力，象征着一个国家的综合国力，它的含金量比奥运金牌更高、分量更重、影响更深远！

走下领奖台，面对新华社记者的采访，刘光明按捺不住激动的心情，说：“这一刻，我们几代‘银河人’孜孜以求、苦苦等待了30多年啊！对于高性能计算机，欧美国家长期对我们中国禁运，还设立了专门从事禁运工作的巴统组织。20世纪80年代，我们气象部门想从美国克雷公司进口一台计算机，美国人就是死活不肯卖。后来我们自己搞出了这个等级的计算机，他们才很不情愿地卖给我们，还给了一台质量很差的，要经常维修，真是气人哪。现在我们‘天河一号’的峰值性能、实用性能和可靠性，都进入国际领先行列。我们受气的年代，终于过去了！”

总设计师杨学军得知“天河一号”二期系统在国际TOP500中排名第一的消息，轻轻嘘了一口气说：“我们做了一件让自己满意的事，做了一件让中国人扬眉吐气的事。”一向工作严谨、生活低调的他，竟突发诗兴，即兴赋诗一首：

梦幻天河弹指间，
电闪巡地十亿年。
滨海坐拥飞流急，
倚天妙算出奇篇。

在北京举行的记者招待会上，一名新华社记者采访杨学军时，说：“听老一辈国防科大人说，20世纪80年代，国外卖给中国的机器，要封在玻璃房里，由他们自己人使用监控，不许中国科技人员进去。”

杨学军沉重地嘘了口气：“心痛啊……这段真实的历史，是中国科研工作者心中永远的痛。在中国的土地上，被外国人拒于‘技术大门’之外，就像农民自家没粮，母亲自己没奶喂孩子，一个科学家没有尽到责任啊。”

杨学军沉吟半晌，然后脸上浮出开心的笑容：“现在好了，别人看中国有自己的东西，愿意和我们‘对等’交流了。我们非常欢迎全世界从事超算研究、使用超算的朋友来参观‘天河’，提意见，帮助我们‘天河’进步。”

这就是中国底气、中国胸怀！

“天河一号”登顶“珠峰”，无疑是TOP500排名史上爆出的最大冷门！各国专家纷纷发表评论。

英国爱丁堡大学并行计算中心主任阿瑟·特鲁教授接受记者采访时

说："这是一个有趣的变化。许多年来，美国以拥有世界上运算速度最快的超级计算机为荣，但现在中国成为这一荣誉的拥有者。"

美国弗吉尼亚理工学院的一位计算机专家称：这意味着美国在这一技术领域的支配权已经动摇。这甚至可能会对美国经济前景产生冲击性的影响。

法国原子能委员会数字与模拟信息项目主任让·戈诺尔认为："天河一号"运算速度达到世界领先水平，其意义远远超过计算机本身。这意味着中国科技水平向前迈进了一大步，也表明中国经济竞争力的增强。

日本东京理工大学副教授平塚三好认为"'天河一号'是一个标志"，说明中国能够开发电子学领域最尖端的关键技术。

德国《明镜》周刊评论说：中国在技术研发方面，常被西方扣上"拷贝"的标签，"天河一号"说明中国已经是个创新国家。

…………

"天河一号"在世界 TOP500 中排名第一的消息，就像天上掉下一块大陨石，"哐啷"一声砸进本就喜欢兴风作浪的世界媒体大湖里，立刻激起层层波澜。

国内媒体一片欢天喜地。新华社三天内向全国媒体发出《"天河一号"超级计算机二期系统性能世界领先》《中国在高科技领域迈向世界一流水平》《中国科技迅猛发展重要标志》等 12 篇通稿；《人民日报》一天之内发表《"天河一号"运算速度创纪录》《中国速度震惊美国》《"天河一号"，全球超算"一哥"》等 4 篇消息、通讯；《解放军报》先后推出《"天河一号"运算性能跃上世界之巅》《超越之路》等 5 篇文章；中央电视台综合频道以《国际超级计算机 500 强发布：中国"天河一号"夺魁》为题，在 11 月 17 日《新闻联播》头条推出，当日《新闻 30 分》《新闻直播间》《军事报道》等央视栏目滚动播出……从国内权威媒体快节奏、高密度的报道和那一个个醒目的标题里，不难体会这个消息给国人带来了怎样的心情。

当天，世界各大媒体无一例外地报道了这一消息，而且酸涩苦辣咸，羡慕嫉妒恨，五味杂陈，其中美国媒体的反应，最有代表性。

《华尔街日报》在《超级计算机给竞争火上浇油》一文中，引用计算机专家的话说："这台机器毫无疑问是高性能计算领域游戏规则的改变者，这是一个转折，标志着经济竞争力从西方转向东方。"

美国《技术评论》发表题为《为什么说中国的最新超级计算机仅在技术意义上是世界最快的》文章，质疑"天河一号"榜首地位。

美国众多媒体直呼"'天河一号'登上榜首让美国不安""美国绝不会让中国成为常胜将军"！

一位美国记者甚至在颁奖大会上，公然对TOP500组织的测试结果表示不满。

"天河一号"在TOP500排名中横空出世，甚至让美国总统耿耿于怀。

2010年1月25日，美国总统贝拉克·奥巴马向全体国会议员并通过广播电视向全体国民发表国情咨文时说："世界上计算速度最快的超级计算机'天河一号'，是中国国防科大制造的，这是中国在为未来投资……当前世界已发生深刻变革，美国正在同其他国家竞争，美国需要保持竞争力……"

此前，他在一次演讲中就已经提到"天河一号"："不久前，中国造出了世界上速度最快的高速列车，现在中国又造出了世界上计算速度最快的超级计算机。"

发表国情咨文，是从华盛顿就任美国首任总统就开始、写入《美国宪法》的一年一度的政治活动，是美国历届总统向国会乃至全国人民表述国家施政方针、传达政府政治主张的重要途径。美国总统在这样一种场合提到外国尤其是发展中国家的科技创新成果，史上罕见。

"天河一号"成功登上世界超算之巅，更引起了国家领导人的高度关注。

2011 年 3 月 22 日下午，中共中央政治局常委、国家副主席、中央军委副主席习近平，在国防科学技术大学视察了“天河一号”超级计算机系统。

习近平详细听取了计算机学院领导关于“天河一号”超级计算机系统研制情况的汇报，现场观看了学校为国家超算长沙中心研制的“天河一号”任务主机，仔细了解了“天河一号”计算机的自主创新成果和在各领域的应用情况，并发表重要讲话。

习近平说，“天河一号”研制成功后，在国内外引起了极大轰动，产生了巨大影响。国外把“天河一号”看成中国综合国力增强的象征，对提高我国国际形象、增强国际影响做出了重大贡献，对凝聚我们民族意志、提升民族自信，也有着很重要的意义。从它的应用价值来讲，无论是在国防建设方面，还是在经济建设方面、推进社会进步方面，都有着广阔的前景，将对中国自主创新起到联动效应，发挥促进作用。衷心希望国防科学技术大学再接再厉，继续攀登世界科技高峰，为我们国家技术创新再上新台阶做出重要贡献，为我们国家国防建设、国民经济建设、社会发展进步做出重要贡献。

2011 年 4 月 30 日下午，中共中央总书记、国家主席、中央军委主席胡锦涛高兴地来到国家超算天津中心，视察“天河一号”系统。胡锦涛仔细听取了学校领导关于“天河一号”系统的情况汇报，十分关切地询问了系统采用的 CPU、操作系统、高速互联通信系统等关键技术的自主性、安全性和系统应用情况。

胡锦涛深情地对“天河人”说，“天河一号”研制成功，使我国在超级计算机领域跨入了世界领先行列，具有重要战略意义。希望同志们搞好“天河一号”的运营管理，进一步提高服务质量，为推动我国经济社会又好又快发展发挥更大作用。国防科大要做好超级计算机领域的基础研究工作，保持先进水平，努力攀登新的世界高峰。我们中国人应该有这样的志气，要保持我们应有的一些自立。

中国超算，终于梦圆巅峰！

长征没有终点

那天晚上，计算机学院院长、“天河一号”工程总指挥廖湘科，准时回家吃晚饭。

夫人似乎有些意外：“哟，今天你们不加班？”

廖湘科说：“二期工程刚搞完，让大伙放松几天。”

夫人做了几样地道的家乡菜，很下饭，他连盛了三碗，把肚子撑得圆圆的。

夫人笑道：“今天胃口不错嘛。”

廖湘科惬意地抚着腹部说：“谢谢夫人犒劳我。”

这时，一旁的手机响了。廖湘科接完电话，把手机一放，冲着正在收拾碗筷的夫人喊道：“把前段儿同学送我的那瓶法国红酒拿出来！”

夫人一时怔住了，说：“饭都吃完了，还喝什么酒？”

廖湘科说：“要喝，一定要喝！喜事来了！”

夫人说：“你不是刚授少将军衔吗，又来了啥喜事？”

廖湘科说：“我们‘天河一号’登上国际TOP500排行榜榜首了！”

“确实是大喜事，值得喝两杯！”

夫人拿出法国红酒、高脚杯，高兴地与丈夫对饮起来。

“湘科，祝贺你和战友们，你们奋斗了几十年的梦想，终于实现了。”

中国工程院院士廖湘科

“我要感谢你。这些年来，我整天忙于工作上的事，在家里当甩手掌柜。孩子的生活、学习，我基本没管过，交给你一个人管，而且你管得不错，孩子听话，还上了大学。”

他碰了碰她的杯子：“祝贺，你教子成功！”

她甜蜜地碰了碰他的杯子：“祝贺，你的孩子争气！”

两人一扬脖子，干了杯中的酒。她平时不喝酒，量浅，几杯下去，便有了醉意，靠着沙发酣然入睡。

而此时此刻，他绝对不能醉啊。廖湘科从卧室拿来一张薄花被，轻轻给夫人盖上，然后端着酒杯走到窗下，轻轻拉开窗帘。

窗外起风了，呼呼的西北风，扬起地上的落叶在空中乱舞，刮得一排排大树弯下了枝头。一阵风从敞开的窗户挤了进来，让他感到了些许寒意。

是啊，秋天过后，便是冬天了。

“天河一号”在国际TOP500排名中夺冠，对正在崛起的中国、对“天河人”来说，既是天大的喜讯，也是巨大的压力呀。

他既是“天河一号”总指挥副总师，也是一名“银河”老将。他先后参与5代银河高性能计算机、银河麒麟操作系统、某信息处理平台安全操作系统、某机要服务器、某可搬移并行计算机的研制工作，历任银河系列超级计算机主管设计师、主任设计师、副总设计师、常务副总设计师。在“银河-Ⅱ”研制中，他负责操作系统并行处理软件的研制，创造性地采用了“逻辑CPU”概念，设计了“任务-逻辑CPU-物理CPU”两级调度算法，使“银河-Ⅱ”并行效率达到世界领先水平。研制“银河-Ⅲ”时，他作为I/O操作系统主任设计师，重点解决了MPP巨型机I/O能力与计算能力均衡技术难题，同时负责“银河-Ⅲ”分布主存并行机制研究，提出的用户级通信优化协议，显著提高了大规模并行处理系统的实际通信性能。他作为总设计师研制的国产操作系统“银河麒麟”操作系统，是当时国内安全等级最高的服务器操作系统。该系统于2006年12月通过验收，具有高性能、高安全、高可用、强实时和可扩展的特点，通过了公安部和军队安全认证机构的结构化保护级测评，是我军第一个通过装备设计定型审查的通用软件装备，获“中国高等学校十大科技进展”殊荣，并参加国家“十五”重大科技成就展，受到了中央领导和专家的高度好评。他先后获得国家科技进步一等奖3项，军队科技进步一等奖5项和中国青年科技奖、“求是”杰出青年实用工程奖、中创软件人才奖，荣立二等功2次。是国家“新世纪百千万人才工程”人选，“核心电子器件、高端通用芯片和基础软件”国家重大专项基础软件实施专家组副组长，“十一五”“863”信息领域专家委员会委员，“十五”“863”软件重大专项专家组组长、信息产业部“信息产业科技发展‘十一五’计划和2020中长期规划”软件技术组副组长，国产基础软件教育部工程研究中心学术委员会副主任。

长期的超级计算机技术攻关经验告诉他，“天河一号”高居榜首后将会面临怎样的挑战。

超级计算机，是国际竞争、大国较量的战备平台，是制约国计民生的高端科技，也是美国、日本长期称霸的优势领地。美国对超级计算机领地的严防死守，从 1993 年国际 TOP500 创立以来排名榜首的机器，便可见端倪：

1993 年 6 月—1993 年 11 月，美国公司制造的“CM-5”；

1993 年 11 月—1994 年 6 月，日本公司制造的“数值风洞”；

1994 年 6 月—1994 年 11 月，美国公司制造的“ParagonXP/S140”；

1994 年 11 月—1996 年 6 月，日本公司制造的“数值风洞”；

1996 年 6 月—1997 年 6 月，日本公司制造的“SR2201”“CP-PACS”；

1997 年 6 月—2000 年 11 月，美国公司制造的“ASCI Red”；

2000 年 11 月—2002 年 6 月，美国公司制造的“ASCI White”；

2002 年 6 月—2004 年 11 月，日本公司制造的“地球模拟器”；

2004 年 11 月—2008 年 6 月，美国公司制造的“蓝色基因/L”；

2008 年 6 月—2009 年 11 月，美国公司制造的“走鹃”；

2009 年 11 月—2010 年 11 月，美国公司制造的“美洲豹”；

…………

从上述排名可以看出，美国制造的机器折桂次数最多、占据鳌头时间最长。与此同时，在排名前 10 位的机器中，也绝大部分是“美国制造”，而且在前 500 中所占份额达 50%以上，名副其实的半壁江山。在超级计算机领域，除了美国以外，只有日本可以偶露“峥嵘”。可对此，美国依然耿耿于怀。

以“地球模拟器”为例。2002 年 6 月，日本推出这台用于研制地球自然物理过程的超级计算机，取代美国的“ASCI White”，摘取世界排名桂冠，而且速度是“ASCI White”的 5 倍以上，计算能力更是比美国排名前

20 台机器的总和还要强大。

“它的出现，在美国的反应，就像 1957 年苏联成功发射了人造地球卫星。”杰克·唐加拉这样形容“地球模拟器”给美国带来的震动。

然后，美国迅速行动起来。一方面投入巨资实施超级计算机超越战略，另一方面将超级计算机应用由冷战时期主要集中于武器装备研制转向全社会各领域渗透，打起了超级计算机的“全面战争”。

为让总统批准这一计划，拿到“足够经费”，美国国家科学咨询委员会在报告中列举了气候预测、交通业、生物信息学和计算生物学、社会健康与安全、地震、地球物理探测和地球科学、天体物理学、材料科学与计算纳米技术、人类组织系统研究等 9 大领域的“挑战性问题”。

美国媒体把这一计划称为“超级计算机十字军东征”。

两年半后，美国“蓝色基因/L”终结了“地球模拟器”的神话，并充满自豪地揶揄道：“日本这匹‘黑马’推动了美国对超级计算机水平的提高。”

对日本这个“臣服者”“盟友”“马前卒”染指超级计算机排名第一，美国尚且如此“水火不容”，对中国这个“潜在威胁”，美国又岂能“睁一只眼睛闭一只眼睛”?

窗外狂风呼啸。廖湘科仿佛听到了轰隆的枪炮声。那是强国“围剿”“天河”的枪炮声。

世界强国在高科技领域的较量，永无止境，你突破了“湘江”，前边还有“大渡河”，过完了“雪山”，前方还有“草地”……它是一场没有终点的长征!

其实，在“天河一号”登顶成功的第一时间，美国就已经发出“反扑”的信号。

国防科学技术大学计算机专家前往美国领奖，在办理签证时遭到美国驻华使馆的拒签。费尽周折到达美国后，美国有关部门又禁止中国新闻媒体现场录像。问对方为什么，别人只摇头，不回答，反正就是不允许。

正如美国弗吉尼亚理工学院一位资深计算机专家听到“天河一号”夺冠的消息后，对记者所说的那样：“中国‘天河一号’二期系统的出现，在人意料之外，让人猝不及防，美国还没有做好心理准备。预计中国未来还有许多事情，让我们想不到，美国要早做这个思想准备。”

美国总统奥巴马在国会众议院中期选举后首场记者招待会上直言不讳地说：“我们今天应该取得的共识是，按理说中国不应该拥有比我们先进的铁路系统，新加坡的机场不应该比我们更好，而我们刚刚听说，中国现在又有了世界上最快的超级计算机！”

众多美国网民纷纷抱怨：“红色中国有了世界上最快的计算机，而我们还在为占领伊拉克和阿富汗每年花费30亿美元！”

香港一家媒体认为：“近百年来，很少有过哪个国家的哪项技术发明像‘天河一号’这样让美国上下如此震惊。”

美国人为什么会这样？就是奥巴马自己所说的——“这个领域的第一通常是我们的”，现在中国拿了这个第一，说明中国正在把基础设施当作投资，并期望从这些投资中获得长远回报——若按美国的逻辑继续推理下去，其结果就是“对美国未来形成挑战和威胁”。

美国能源部长朱棣文，在美国国家新闻俱乐部发表演说：“就在上个月，中国的国防科学技术大学研制出世界上最快的计算机，这是对我们提出的挑战。美国该行动起来做我们最擅长的事了，那就是创新！”

美国《华尔街日报》刊文称：“看到中国安装了世界上最快的计算机，美国政府该行动起来了，要恢复美国在这一领域的领导地位，要把当前最强大的计算机加速1000倍，超过中国工程师、超过中国的机器。中国计划研制出完全自主创新的微处理器，在未来计算机中作为核心计算引擎。若那一天到来，中国对美国公司援助的依赖程度将大大降低，对美国政府出口的抵制能力也将加强。”

…………

廖湘科轻轻放下红酒杯，拿起身边的手机，拨通了“天河一号”总师杨学军的电话。

“杨教授，我们的‘天河’拿了第一，恐怕有人睡不着了。”

“廖教授，那是因为我们突然闯到了别人的卧榻之侧。”

“是啊，别人的卧榻之侧岂容我们安睡？”

“别人不让我们睡，我们自己也不能睡呀。”

“从现在开始，超算‘王位’轮流坐庄，已成常态。”

“因此，我们绝不能懈怠！”

…………

“天河”王者归来

“天河一号”成功登顶后，“天河人”开的第一个会，不是庆功会，而是“天河”工程领导小组形势分析会。

会议记录本上写的是“醒脑会”。记录本上留下如下内容摘要：

> 虽然“天河一号”冲顶成功，掌声与鲜花让人感到自豪与欣慰，但我们绝不能因此而得意忘形、心浮气躁。要知道，世界超算领域的“游戏规则”并未因“天河一号”的出现而改变。就整体实力而言，第一梯队仍然是美国。“天河一号”暂时胜出，只能说明我们已经站在第二梯队的前列。
>
> 在最新TOP500排行榜中，美国上榜计算机230多台，并且全部

由美国公司自己研制，仅惠普、IBM、克雷三家公司，就制造了500强中的409台。IBM公司内部员工流传一句笑话：在超级计算机领域，97%的市场份额来自IBM公司，剩下的3%来自IBM二手机器。日本上榜的30台机器中，日本制造仅占37%，其余均为美国制造；中国上榜76台，中国制造只有13%，电信、互联网等领域的用户大多使用惠普、IBM系统。中国超级计算机总体水平与美国相比，差距不是一点点，而是一大截。

中国的整体系统已经走在世界前列，但就高性能计算机完整产业链而言，中国还有很长的路要走。我国在核心部件与原创技术上，与国外先进水平差距不小。如CPU的物理设计与美国起码差一代，工艺起码差两代。应用方面也一样，美国、日本等超算技术发达国家，超算与社会生产发展实现深度融合，推动了汽车、飞机、航天、电影等一大批产业的快速发展。而我国的超级机只在一部分专业领域得到成功应用，应用瓶颈尚未完全突破，既影响社会进步，也迟滞了超级计算机的发展。人才方面更处于劣势。美国有超过1万人的超级计算机高级专业人才，中国用高薪也聘不到几个人。深圳超算中心开出年薪100万，还是一才难求。

虽然“天河一号”在国际TOP500中夺魁，但西方国家在信息技术领域的优势地位没有改变，美国在超级计算机研制和应用中的主导地位没有改变，世界强国争夺超级计算机领先地位的态势没有改变。

三个“没有改变”，既是“天河人”对超级计算机领域各国实力的清醒认识，也意味着未来依然任重道远！

2011年1月，“天河人”打响了“天河二号”每秒亿亿次超级计算机的战役。计算机学院院长、“天河一号”研制总指挥、副总设计师廖湘科，担任“天河二号”研制总指挥、总设计师。

他们刚刚摆开攻坚的战场，即 2011 年 6 月国际 TOP500 发布新榜单时，日本公司研制并安装于本国理化研究所的超级计算机“京”，扶摇直上，取代“天河一号”占据了榜首位置。

面对着“‘天河一号’只是昙花一现”“‘天河一号’就是形象工程”等一片嘈杂声，正在奋力爬坡的“天河人”保持沉默，出奇地冷静。

2012 年 6 月、11 月，美国的超级计算机“红杉”“泰坦”，又先后登上国际 TOP500 排名之巅。“天河一号”排名跌到世界第八！

科研人员在攻关

"天河人"还是只顾爬坡，一言不发。

针锋相对，大声反击，有时也是虚张声势，而沉默往往代表着镇静、意味着实力，它在无言地告诉对方："我懒得理你，咱们走着瞧!"

"天河人"对自己的家底，心里还是有数的。

超级计算机有体系结构、互联技术、操作系统、微处理器、应用软件等5个核心要素，他们掌握了其中的3门"绝活"：

CPU+GPU异构融合体系结构，是一项对传统技术路线有着颠覆性创新意义的总体结构技术，有着低能耗、低成本、高集成度等优点，很快成为国际主流。在此基础上，天河团队大胆创新，为"天河二号"设计出新型异构多态体系结构，大大提升了系统计算速度，并将其应用从科学计算拓展到大数据处理、大规模信息服务等领域。

"天河二号"高速互联系统性能，是当前国际商用互联系统的2倍。它可以把几万颗微处理器联系起来，共同解决一个计算问题，解决了高效互联中"微处理器越多效能越低"的世界难题。他们自主研制了互联通信系统最核心的两块芯片：路由器和网络接口。一台超级计算机系统好比一个大城市，互联通信系统就是城市的公路网，路由器就是立交桥，网络接口就是主干道出入口。一个城市公路网市政设施建设得再好，立交桥和主干道出入口不设计好，城市交通依然拥挤不堪。他们在设计这两块芯片时，应用多种创新技术，实现了数据交换高效快捷。正如杰克·唐加拉教授在回答记者"什么使中国超级计算机如此神速"这一问题时说："中国自主研发了内部互联技术，这是买不来的。这是他们基于芯片、路由器及自主生产的交换器开发出来的。这跟Cray公司情况相似，Cray公司的贡献除了集成以及软件以外，还贡献了内部互联技术。他们运用无限带宽技术的内部互联，将2倍于内部互联带宽的东西整合在一起。"

操作系统有中国特色。它在大多数中国超级计算机使用外国操作系统的情况下，采用自主研发、以高安全性著称的"银河麒麟"操作系统。该

天河二号

工作人员在维护“天河二号”

操作系统，使“天河”的每一名用户像到银行租了个保险箱一样，钥匙和密码都握在自己手上。其中的信息，其他用户甚至连管理员都看不到。一句话：“中国人自己研制的操作系统，中国人放心用。”

果然，沉寂两年半后，“天河”超级计算机雄姿再现，王者归来，于2013年6月在国际TOP500排名中，重新站上世界超算之巅！

“天河二号”峰值速度达到每秒54.9千万亿次，持续计算速度达到每秒33.86千万亿次，综合技术处于国际领先水平！它比此前排名世界第一的美国“泰坦”超级计算机，计算速度快1倍，计算密度高1.5倍！它与“天河一号”相比，计算性能、计算密度均提升10倍以上，能效比提升2倍，耗电量却只有“天河一号”的三分之一！

“天河二号”由170个机柜组成，它运算1小时，相当于13亿人同时用计算器计算1000年，其存储总容量相当于600亿册、每册10万字的图书。它创造了新的“中国速度”，是名副其实的高性能、高效能。

国际TOP500组织专家、美国田纳西大学杰克·唐加拉教授说：“‘天河二号’与美国的‘泰坦’超级计算机大小相当，速度却是它的2倍，非常令人震撼。”

德国尤利希科学中心的塞巴斯第安·施密特教授说：“‘天河二号’是世界上最好的计算机之一，它有着非常出色的表现，我十分肯定它可以解决科学领域的很多问题。”

若想探索地球气候变化规律，“天河一号”可以模拟2000年前的气候变迁，“天河二号”能够回溯到5000年前。进行500人规模的全基因组信息关联性分析，华大转基因用自有计算机系统需要1年完成，运用“天河二号”只需要3小时。电影《阿凡达》特技渲染制作耗时1年多，若用“天河二号”，1小时便可完成。用传统方法研发新型轿车，要经过上百次碰撞、历时2年多的实验，利用“天河二号”只需3至5次碰撞、2个多月便可实现……

“天河二号”的计算能力，是名副其实的超级“神算”！

中共中央总书记、国家主席、中央军委主席习近平在题词中强调，“天河二号”巨型机系统研制成功，标志着中国在超级计算机领域已走在世界前列！

中国拉着世界跑

再次站在世界超算之巅的“天河人”，又是怎样一种心情呢？

看看庆功宴上，他们在敬酒时说的那番话吧——

杨学军说：“国防科学技术大学从1958年研制成功我国第一台专用数字电子管计算机，成为我国计算机科研和人才培养基地后，坚持瞄准世界前沿攻坚克难，引领着我国计算机技术不断发展。尤其是1983年研制成功‘银河-Ⅰ’每秒亿次巨型机，实现了我国从大型机到巨型机的飞跃；1983年至1997年的14年间，研制‘银河-Ⅱ’‘银河-Ⅲ’，推动了我国巨型机从每秒亿次到每秒10亿次，再到每秒100亿次的跨越，此后10年又相继研制出每秒万亿次、30万亿次、100万亿次巨型机；在2007年至2010年不到3年时间里，又在世界上率先创造出引领世界潮流的体系结构技术，使我国超级计算机从每秒百万亿次跃进到每秒千万亿次，在国际TOP500中排名第一，圆了‘银河人’‘天河人’追求数十年的梦想。现在我们再折世界桂冠，进一步巩固了国家在世界超算领域的地位。这一系列跨越说明了什么？说明这是我们的传统！同时也是责任。现在信息技术领域发展神速，我们必须不断挑战自我、超越自我，稍有懈怠，就将被世界淘汰！”

廖湘科说："再站巅峰，并不是创新的休止符。在研制'天河一号''天河二号'时，我们并没有把十八般武艺都用上，我们的技术路线还有很大的发展空间，我们的队伍还有很大的创新潜力。我们一定要，也一定能站得更高、走得更远！"

"党的十八大召开后，习主席提出的中国梦强军梦，让广大科技工作者深受鼓舞，大家纷纷表示要为中华崛起贡献更多智慧、更大力量。"曾参加对越自卫反击战的学院政委刘学明说，"科研攻关就像战场，冲锋是最好的防守，要想在这个战场上立于不败之地，需要我们冲刺！冲刺！再冲刺！"

"天河人"继续一路冲刺，不断刷新世界超算的纪录：

2013年11月，在第四十二届国际TOP500排名中，"天河二号"再度夺得世界冠军。

2014年6月，"天河二号"实现国际TOP500排名"三连冠"。

2014年11月，"天河二号"以每秒33.86千万亿次的浮点运算速度，第四次摘得全球运行速度最快的超级计算机桂冠，持续计算速度比排名第二的美国"泰坦"快近1倍。这是"天河"系列超级计算机第五次摘得世界超算桂冠。

"天河"系列超级计算机在国际TOP500排名中连续夺冠，标志着世界超级计算机开始步入"中国时代"。

"天河二号"在国际TOP500排名"六连冠"不久，美国能源部突然宣布：美国将投资3.25亿美元建造两套超级计算机系统，其计算速度将超出连续几次获得国际TOP500排名第一的中国"天河二号"的3至4倍，重新夺回世界冠军。

接着，美国总统奥巴马又以行政命令授命建立"国家战略计算计划"，决心研制世界上第一台每秒百亿亿次超级计算机，"维持并提升本国在高性能计算机研究、开发与部署领域的领导地位"。

此举被世界媒体解读为："向中国'下战书'！"

既然别人把对超级计算机制高点的争夺定义为一场"战争"，就自然而然地"不择手段"，用尽"绝招"扼杀我们。

其实，在"天河二号"世界"五连冠"后不久，美国突然宣布 Intel 芯片对中国禁运！

世界媒体把美国当局这一举措理解为"对'天河'系列超级计算机釜底抽薪"，"真正扼住了中国超级计算机发展的'咽喉'"。

粗看起来，这招儿似乎真掐住了中国的"要害"。芯片，确实是中国信息技术产业尤其是超算行业的薄弱环节。

虽然 20 世纪六七十年代，中国在高性能计算机领域也曾有过自己的辉煌，哈军工曾经制造出具有分时操作系统和汇编语言、Fortran 语言及标准程序库的 441B 系列计算机。北京大学、北京有线电厂等单位联合研制 150 计算机。清华大学、北京无线电三厂研制生产了 130、131、132、135、140、152、153 系列计算机近千台。国防科大成功研制出 151 计算机，华东计算技术研究所成功研制出 1001 中型集成电路计算机和 HDS-9 计算机，其中 HDS-9 计算机每秒运算达 500 万次，更为难能可贵的是，这些计算机的软件和硬件是中国人自己编译和制造的。但在 80 年代因迷信"造不如买，买不如租""市场换技术"等论调，放弃了自主芯片的研发，转而大量购买国外芯片，导致从 80 年代的"银河-Ⅰ"巨型机，到 90 年代的"银河-Ⅱ""银河-Ⅲ"巨型机，以及"曙光"系列巨型计算机，都没有中国"芯"，在技术上始终受制于人。即使是几年前研制完成的"天河一号""天河二号"，也只有 4096 片飞腾 1500 作为计算节点前端处理器，其他芯片依然采用 Intel 处理器。

于是，一些外国媒体说："中国超级计算机，不具备完全自主知识产权。"

一些别有用心的媒体讥讽道："中国超级计算机，没有中国芯，是空心机！”

国内专家学者则认为：“这是中国之痛！”

因此，美国宣布对中国禁运 Intel 芯片后，一位日本学者便有些按捺不住兴奋之情：“这么一来，中国在国际 TOP500 排名‘连冠’的历史应该终结了！”

果真如此吗？

别忘了中国有一句老话：此一时，彼一时。

就在美、日等超算大国睁大两只眼睛盯着“天河”超级计算机上的外国芯时，他们万万没想到，中国芯已经悄然崛起。

在中国超级计算机研制阵营中，除了国防科学技术大学计算机研究所这支传统的国家队，还有多支有志振兴中国超算事业的研制队伍，其中总参谋部第 56 研究所，就是一支实力雄厚的劲旅。

20 世纪 80 年代以来，总参谋部第 56 研究所在计算机、通信及机电一体化等领域共荣获国家、军队科学技术成果奖 300 多项，其中国家科学技术进步特等奖 3 项，军队科学技术进步一等奖 35 项。1987 年、2000 年，中央军委两次为 56 所荣记集体一等功。1993 年中央军委授予 56 所“勇攀科技高峰先进研究所”荣誉称号。

为医治“中国之痛”，56 所于 21 世纪初开始打造国产芯片品牌“申威”，不断推动国产芯片向世界一流迈进——

2006 年，他们设计出具有自主微结构的“申威 1”：130nm 制程工艺的单核心 CPU，主频 900MHz，集成 5700 万晶体管。

2008 年完成“申威 2”：130nm 制程工艺的双核 CPU，主频 1.4GHz。

2010 年研发成功“申威 1600”：65nm 制程工艺的 16 核 CPU，主频1.1 GHz，双精浮点 140G。

2012 年推出“申威 1610”“申威 410”：前者为 40nm 制程工艺的 16 核 CPU，集成 10 亿晶体管，主频 1.6GHz，最大功耗 50W，双精浮点运算

200GFLOPS；后者为40nm制程工艺的4核CPU，集成2.7亿晶体管，主频1.6GHz。

2014年底“申威5”成功流片：集成4个管理核心和256个运算核心的高性能众核CPU，双精浮点运算超过1TFLOPS，核内Linpack（线性系统软件包）效率93%，并有很高的性能功耗比。

2016年6月，第47届世界超算大会在德国法兰克福召开。世界目光再次汇聚国际TOP500排行榜。世界媒体纷纷猜测：“中国‘天河二号’不会再续辉煌了吧。”“这回该是美国机器占据榜首了吧。”……

国际TOP500排行榜在大家关注的目光下终于揭去面纱，结果再次让人们大跌眼镜！

中国人民解放军总参谋部第56研究所推出的“神威太湖之光”占据榜首！

“神威太湖之光”超级计算机全部采用具有完全自主知识产权的中国芯——“申威26010”，中国超级计算机的“外国芯”历史宣告终结！

国际TOP500组织在一份特别声明中写道：“中国在国际TOP500组织第47期榜单上保持第一名的位置，凭借的是一个完全基于中国设计、制造的处理器而打造的新系统。”

“神威太湖之光”采用的“申威26010”芯片，是我国第一款运算速度超过每秒万万亿次浮点结果的高性能处理器，它采用64位自主指令系统，开发片上异构的处理器架构，单芯片集成260个核心，核心工作频率达到1.5GHz，峰值运算速度达到每秒3.168万万亿次双精度浮点结果，是全球第一款性能超过每秒3万万亿次浮点结果的芯片，性能超过Intel、AMD、NVIDIA等国际厂商的商用量产芯片。

“申威”，达到国际领先水平！中国网友纷纷建议：“我们的芯片，也要向美国禁运！”

此届榜单前两名，均为中国机器——“神威太湖之光”“天河二号”。

中国在计算性能类别上居于领先位置！

此前历届国际 TOP500，进入榜单机器数美国最多。但此届榜单，美国入榜机器 165 台，中国入榜机器 167 台，中国首次超过美国，登上国际 TOP500 的另一个榜首！

一次国际 TOP500 排行榜，中国展示了 4 项第一！

在如此骄人成绩面前，排行榜主要编撰人、美国田纳西大学计算机学教授杰克·唐加拉断定："中国超级计算机不断增多已成为一个趋势！"他还深有感触地说："超级计算机现在比以往任何时候都重要，能为能源、医药、飞机制造、汽车与娱乐业等广泛领域的行业提供高性能计算服务。更强大的计算能力将使得这些不同行业更快地生产出优异的新产品，从而提高一个国家的竞争力。2001 年中国上榜数量还是零，但今天中国已经超过美国，没有其他国家有这样快的增长速度！"

一些网友痛快地说："中国'申威'成就的中国'神威'，狠狠扇了美国一耳光！那个扇在美国人脸上的清脆的声音，让人听了就像听到国歌一样振奋人心！"

"申威""神威"，让中国超级计算机威震西方！

至此，中国超算连续 9 次夺得国际 TOP500 排名桂冠。其中，"天河"系列超级计算机创造了国际 TOP500 排名最高纪录——"七连冠"！

中国科学院软件研究所研究员张云泉自豪地说："在体系结构之路上，中国人在拉着世界走！"

后　　记

写完最后一个句号，轻轻嘘了一口气，特别渴望松弛一下紧绷的大脑。于是打开电视，正好播放的是我的最爱——《动物世界》。本期介绍的是高原之鹰，电视上跳出老鹰哺育雏鹰的画面，只见鹰巢筑于万丈悬崖之上，且十分简陋，一堆杂乱的小石块，几根树枝，一层薄薄的杂草，便是雏鹰们成长的“襁褓”。

我不禁纳闷：雄鹰号称“高空王者”，叼羊擒兔如拈小草，可谓气力无穷，但筑巢却为何如此惜力，不给后代营造一个“金丝摇篮”？而且偌大一个高原，在哪儿筑巢不好，非要筑在这万丈悬崖之上？

这时，节目解说员仿佛了解我的心思似的，娓娓动听、充满诗意地说：“这些‘高空王者’，之所以把雏鹰成长的摇篮选在万丈悬崖之上，那是一代代雄鹰留给后代的成长密码，它们在无言地告诫雏鹰们：你们必须从小就树立高飞的理想，否则第一次飞翔就将粉身碎骨！”

我一听，不禁在心底里“哇”了一声，对这些“高空王者”肃然起敬。由此，我不由想到我们祖辈、父辈和我们这几代人。我们的祖辈、父辈，都是生在战乱时期，成长在流亡路上。我们这一代则在饥饿的母腹中孕育，在“文化饥荒、知识贫困”的年代求学，以至于在改革开放之初，有人把我们这一代喻作“人才断层”，认为是“垮掉的一代”。然而，正是“喝着苦水”成长的这几代人，义无反顾地肩负起民族复兴的伟大使命，并且经过数十年几代人卧薪尝胆、继往开来，把泱泱中华一步步推向世界强国行列。本书所展示的中国科学家在世界超算领域从比别国落后20年，到“天河二号”创造国际TOP500排名“连冠”之最的惊世逆转，便是典型例证和缩影。

这几代人为何能谱写“苦难辉煌”的传奇篇章？是因为和高原雏鹰一样“居悬崖、枕乱石、眠杂草”成长起来的科学家们，始终怀揣着高飞的理想，那就是“让中国超算在世界占有一席之地”。

为了这个梦想，他们敢于担当。20世纪50年代末，他们没有实验室、没有元器件、没有设备，依靠“借鸡生蛋”突破计算机的核心关键技术，仅用1年时间研制成功我国第一台专用数字计算机——“鱼雷快艇指挥仪”；60年代初，国际晶体管对我国禁售，有人预言“运用落后国产晶体管10年内搞不出晶体管计算机”，他们霸王硬上弓，仅用不到3年时间便研制出“两弹一星”功臣机——处于世界先进水平的我国第一台晶体管通用机“441B”；70年代，他们历经千辛万苦，突破道道难关，实现了我国计算机由每秒万次到每秒百万次的大跨越；70年代末，美国计算机专家讥讽道：“我们把图纸、设备、元器件全给了中国，他们能把巨型机安装起来，就是头号新闻!”我国第一台每秒亿次巨型机“银河-Ⅰ”总设计师慈云桂，向党中央立下军令状：“我拼了这条老命也要带领大家搞出巨型机!”“每秒一亿次，一次不少！六年时间，一天不拖！预算经费，一分不超!”21世纪初，他们敢走别人不敢走的路，独创了“CPU+GPU”并行融合主流技术，研制出我国第一台每秒千万亿次超级计算机“天河一号”，让中国人自鸦片战争以来第一次登上世界科技竞赛的最高领奖台。

为了这一梦想，他们勇于牺牲。我国第一台每秒10亿次巨型机“银河-Ⅱ”总设计师周兴铭，在实验室里度过了4年“单身”生活；我国

CAD 技术创始人李思昆，为了抢时间、赶任务，妻子住院一个月都抽不出时间去探望，直到那晚雷电毁坏变压器，他加不了班才骑着自行车，冒着狂风暴雨来到妻子的病床边。他们中，有的甚至献出了宝贵的生命。“中国巨型机之父”慈云桂倒下时正在修改学生参加世界计算机年会的论文，在生命的最后一刻，手中依然紧握着那支用了十几年的派克钢笔。一些倒在向计算机高峰冲刺的征途上的生命，更是年轻得让人心痛。“乔国良，56 岁；钟士熙，49 岁；王育民，41 岁；张树生，40 岁；俞午龙，36 岁……”大家读到这些名字时，心都会战栗，而他们当年却走得无怨无悔。

接下来，我想和“90 后”和“21 世纪新生代”们说几句知心话。你们的成长和学习环境，不仅与你们的父母、爷爷奶奶们有着天壤之别，甚至堪称“赶上了历史上的最好时光”，是名副其实的幸运而幸福的一代。然而，这既是你们的福分，又是历史交给你们的人生难题：如何才能身处平原而不失高飞的梦想，如何在“金窝银窝”里“苦心志”“劳筋骨”“饿体肤”。这是你们面临的特殊挑战，也是唯一选择。

因为你们是“八九点钟的太阳”，中华民族的未来需要你们去照亮。

因为没有风雨就没有彩虹，没有苦难同样没有辉煌！

龚盛辉
2017 年 7 月